SABAHATTİN ALİ

Kuyucaklı Yusuf

Roman

YKY
YAPI KREDİ YAYINLARI

Yapı Kredi Yayınları - 1120
Edebiyat - 300

Kuyucaklı Yusuf / Sabahattin Ali

Kitap editörü: Ayfer Tunç

Kapak tasarımı: Nahide Dikel

Baskı: Promat Basım Yayım San. ve Tic. A.Ş.
Orhangazi Mahallesi, 1673. Sokak, No: 34 Esenyurt / İstanbul
Sertifika No: 12039

YKY'de 1. baskı: İstanbul, Ocak 1999
80. baskı: İstanbul, Mayıs 2018
ISBN 978-975-08-0001-X

Yapı Kredi Kültür Sanat Yayıncılık Ticaret ve Sanayi A.Ş.
İstiklal Caddesi No: 161 Beyoğlu 34433 İstanbul
Telefon: (0212) 252 47 00 Faks: (0212) 293 07 23
http://www.ykykultur.com.tr
e-posta: ykykultur@ykykultur.com.tr
İnternet satış adresi: http://alisveris.yapikredi.com.tr

Yapı Kredi Kültür Sanat Yayıncılık
PEN International Publishers Circle üyesidir.

KUYUCAKLI YUSUF

Birinci Kısım

1

1903 senesi sonbaharında ve yağmurlu bir gecede Aydın'ın Nazilli kazasına yakın Kuyucak köyünü eşkıyalar bastılar ve bir karı kocayı öldürdüler.

Kaza kaymakamı Salâhattin Bey, Müddeiumumi ile Doktor'u yanına alarak ertesi günü tahkikata bizzat gitti. Candarma kumandanı izinli olduğu için yanlarında bir başçavuş ve üç candarma neferi vardı.

Siyah kuzu derisi kalpaklarından (ve Doktor'un fesinden) renkli yağmur suları süzülüyor, şakaklarında garip şekiller çizdikten sonra çenelerinin altında birleşerek göğüslerine damlıyordu.

Yolun iki tarafındaki ıslak söğüt ve hayıt ağaçlarına düşen yağmur damlaları hafif, melankolik bir tıpırtı çıkarıyor, atların kumlu yolda intizamsız izler bırakan ayakları gıcırtılı ve ezik sesler veriyordu.

Köye yaklaştıkça yolun kenarlarındaki ağaçların cinsi değişti. Şimdi birçok yerlerde incir ve ceviz ağaçları, yolun kenarlarında koyu yeşil iki duvar gibi yükseliyor, hatta bazı yerlerde iri cevizler tabii bir kemer vücuda getiriyorlardı.

Bu kasvetli ve şıpırtılı günde hiç ses çıkarmadan ilerleyen kafileyi görmek insana elinde olmayan bir ürkeklik veriyordu. Yaşı otuz beşten fazla olmamasına rağmen kalpağının kenarından bembeyaz saçları görünen kaymakam en ileride, başı önüne eğili ve gözleri atının ıslak ıslak sivrilen kulaklarında, gidiyordu. Müddeiumumi sağında ve biraz acemice ve korkak, atın üzerinde sallanıyor, bir türlü ateş almayan çakmağından sigarasını yakmaya uğraşıyordu. Doktor ise kalender, gün görmüş bir adamdı. Güzel tambur çalardı; şimdi de bıyıklarından sular akarak hafif hafif ıslık çalıyor, bugünlerde çalıştığı, kemençeci usta Nikolaki'nin mahur saz semaisini tekrar ediyordu.

Arkadan gelen dört candarma, yamçılarına bürünmüş ve martinlerini sırtlarına çaprazlama asmışlardı. Yamçılar atların kasıklarına kadar uzandığı ve tüylü, siyah bir ehram halinde süvarisi ile hayvanını birleştirdiği için bir tek mahluk gibi görünüyorlardı.

İki saat kadar sonra Kuyucak'a geldiler. Çamurlu sokaklarda hiç kimseler yoktu; yalnız çıplak ayaklı küçük bir kız çocuğu elinde bir değnek ile, mütemadiyen bağıran ve çamurlu kanatlarını telaşla çarparak koşan birkaç kazı kovalıyor, onları bir bahçe çitinin alt tarafındaki ufak delikten içeri sokmak istiyordu. Atları görünce, kenardaki ekşi kokusu ta uzaklara kadar yayılan bir gübre yığınının üzerine çıktı; değneğini ayaklarının ucuna dayadı ve büyük gözlerle geçenlere bakmaya başladı. Atlılar köşeyi dönünce kazları olduğu gibi bıraktı, elinden değneğini atarak evine koştu.

Gelenler hiç dinlenmeden, muhtarı da alarak cinayet yerine gittiler. Burası köyün kenarındaki küçük, bahçeli bir evceğizdi. İki kanatlı siyah bir kapıdan ufak fakat çiçekli bir bahçeye giriliyor; iki sıra şimşir fidanlarının ve birkaç küçük kayısı ağacının arasından geçildikten sonra karşıya tahta bir merdiven çıkıyordu. Merdivenin üst başında önlerine ilk gelen odaya girdiler. Gördükleri manzara hepsinin, hatta bu gibi şeylere alışık olan candarmaların bile tüylerini ürpertti:

Kapıdan girince sağ tarafta bir yük, onun biraz ötesinde yüksek bir konsol vardı. Konsolun üzerinde bir cam fanusun altına konulmuş eski usul bir saat, kırmızı gaz bezleriyle örtülü, abajurlu iki petrol lambası, sarı yaldız çerçeveli büyükçe bir ayna ve aynanın üst tarafında duvarda, kılıflarıyla asılmış bir çift çakmaklı tabanca duruyordu. Karşıda, perdeleri tamamen inik olan pencerelerin önünde, bütün duvar boyunca uzanan, üzerine halı döşeli alçak bir sedir, ve sedirin köşelerinde pazen yüzlü minderlerle yastıklar, yastıkların üzerinde ise fiyonk yapılmış sırma işlemeli yağlıklar vardı. Sedirle kapı arasında, ayakucu kapıya doğru bir yatak duruyor; yatağın üzerini tamamen örten ve uçları biraz da yere uzanan yorganı hareketsiz iki insan vücudu kabartıyordu.

Yatağın kenarından başlayıp odanın ortasına kadar yayılan ve orada ufak bir gölcük meydana getiren pıhtılaşmış kanlar bu odada birtakım hadiseler olduğunu söylüyordu.

Fakat odaya girenleri dehşet içinde bırakan ne bu bir miktar kan, ne de yorganın altında görünmeden kabaran bu iki vücuttu; onlar sedirin köşesinde diz çöküp oturan ve kendilerine sabit gözlerle bakan küçük bir çocuk görmüşlerdi.

Kaymakam ıslak kalpağını biraz geriye attı, çocuğa doğru yürüdü, bu esnada Doktor da yorganın kenarını kaldırarak ölüleri muayeneye başlamıştı.

Kaymakam sordu:

"Sen kimsin oğlum?"

"Ben Yusuf'um!"

"Kim Yusuf?"

"Etem Ağa'nın oğlu Yusuf!.."

Kaymakam şaşırmış gibi suallerini kesti. Çocuk ölenlerin oğlu idi.

"Burada ne bekliyorsun?"

Eliyle ölüleri gösterdi:

"Nah, bunları bekliyorum!"

"Ne zamandan beri buradasın?"

"Akşamdan beri... Vukuattan sonra candarmaya koştum, haber saldım, sonra yine geldim. Fıkaraları nasıl yalnız bırakayım..."

"Korkmuyor musun?"

"Anamla babam, nesinden korkayım..."

"Vukuat olduğu zaman da burada mıydın?"

"Yanı başımızdaki odadaydım. Anam bağırınca uyandım, koştum geldim ama, imansızlar ben gelene kadar babamı da, anamı da kesmişler."

"Sana bir şey yapmadılar mı?"

"Biri bana da saldırdı ya, aşağıdan başka biri geldi, öbürünü aldı götürdü."

"Elinde ne var?"

Çocuk ehemmiyet vermek istemeyen bir tavırla başını salladı ve elini uzattı:

"Odaya girdiğimde anam daha canlı idi. Debeleniyordu. Hemen eşkıyanın üstüne atıldım, azıcık boğuştuk, ama anacağızım depreşmez oldu, ben de yakasını bıraktım. Sonradan bir baktım, dövüşürken parmağım kesilmiş. Çok acıdı, çok acıdı ama, şimdi biraz hafifledi..."

İleri doğru uzattığı sağ elinden kanlı paçavralar düştü. Baş parmağının kopuk bir et parçası halinde aşağı sallandığını görünce hepsi hayret dolu bir ürperme geçirdiler.

Doktor, ölülerin üstüne yorganı tekrar çekerek çocuğun yanına geldi, kopuk parmağı tamamen kesti ve eli yıkamaya, sarmaya başladı. Çocuk bu esnada hayret veren bir itidal ve lakaytlık gösteriyor, yalnız ara sıra şiddetle dişlerini sıkıyor ve sapsarı kesiliyordu. Bu dayanılmaz acı hamlelerinden sonra, sanki zaafını göstermiş olmaktan ve siyah gözlerini nemleyen yaşlardan utanmış gibi, soluk ve çok ince dudaklarına bir tebessüm geliyordu. Yüzüne hayretle bakan Doktora:

"Bir şey değil Doktor Bey, bir parmaktan ne çıkar?" dedi.

"Bir şey çıkmaz ama oğlum, sen biraz fazla kan kaybetmişsin!"

Ve Kaymakam'a döndü:

"Ayakta nasıl durabildiğine hayret ediyorum."

Bu esnada Müddeiumumi sordu:

"Bizden evvel buraya giren oldu mu?"

Muhtar atıldı:

"Ben girdim ama, her şeyi olduğu gibi bıraktım. Geldiğim zaman odayı böyle bulmuştum."

Müddeiumumi çocuğa döndü:

"Bunları sen mi yatağa koydun?"

"A-ah... Zaten yataktalardı. Ben başlarını yastığa getirdim, yorgancağızı üstlerine çektim. Uyusun fıkaracıklar gayri. Ne yapalım?"

Bunları söylerken tavrında bir kalenderlikten ziyade bir irade, birçok büyük ve düşünceli adamları gıptaya sevk edecek bir irade görünüyordu. Çaresiz bir şey için, hem de bu kadar şehirlinin karşısında teessür göstermek herhalde izzetinefsine dokunuyordu.

Kaymakam tekrar sordu:

"Senin kimin kimsen var mı?"

"Bunlardan gayri kimsem yoktu!"

Çocuğun bu metaneti orada bulunanların kalbini parçalıyordu. Zaten, bir felakete sükûn ve itidalle tahammül edenlerin manzarası, o felaket için ağlayıp çırpınanların manzarasından çok daha korkunç ve ezicidir. Kuru ve sabit gözlerin arkasında nasıl bir ateşin yandığı; yavaşça kalkıp inen göğsün içinde nelerin kaynadığı bilinmediği için, insan mütemadi bir ürkeklik ve tereddüt içinde üzülür...

Kaymakam küçük Yusuf'un elinden tuttu, kendine doğru çekti. Gözleri yaşarmış gibiydi.

"Gel benimle öyleyse..." dedi.

"Nereye geleyim?"

"Benimle gel... Benim yanımda kal. Ben seni baban gibi severim, olmaz mı?"

"Beni babam gibi sevemezsin ama, geleyim. Senin de kimin kimsen yok mu?"

"Var, var ama sen de gel. Benim oğlum ol. Benim hiç erkek çocuğum yok!"

Yusuf'u çenesinin altından tuttu, başını yukarıya doğru kaldırdı. Fakat Yusuf silkindi ve başını çekti. Yavaş yavaş odanın bir köşesine çekildi. Tahkikat bitip hiçbir iz bulunmadan kasabaya dönülürken Yusuf da beraberdi. Köyden tedarik edilen küçük bir atın üzerinde dimdik duruyordu. Yalnız gece, Kaymakam'ın evinde yatağa yatırıldığı zaman, kendini kaybetti ve iki gün ateşler içinde sayıkladı.

2

Kaymakam'ın karısı Şahinde Hanım, eve bir "köylü piçinin" getirilmesinden hiç de memnun olmadı ve bunu çocuğun yanında bağıra bağıra söylemekten çekinmedi.

Salâhattin Bey, gençliğini deli gibi geçirdikten, hayatın tadılmadık zevkini bırakmadıktan sonra, birdenbire yorgunlaştığını, artık daha fazla koşacak kuvveti olmadığını görmüş, beş sene kadar evvel, bu kendisinden tam on beş yaş küçük kızla evlenivermişti.

Bizim küçük Anadolu şehirlerimizde bu müzmin evlenme hastalığı daima hüküm sürmektedir. En kuvvetliler bile bir iki sene dayanabildikten sonra bu amansız mikroptan yakalarını kurtaramazlar ve kör gibi, önlerine ilk çıkanla evleniverirler.

Tabii bu evlenmede herhangi bir müşterek hayattan ziyade, erkek için evde bir kadın bulunması; kız için de "münasipçe bir kısmet" varken kaçırılmaması düşünülmüştür. Bu izdivaç mikrobu evlendikten sonra faaliyetine başlar: Evvelce birtakım emelleri olan, yükselmek, kendini göstermek, eser vermek isteyen adamlara bir kalenderlik, bir lakaytlık gelir. Evde meram anlatmaya asla imkân olmayan, seviyesi, ahlak telakkisi, dünyayı görüşü ve itiyatları büsbütün ayrı bir mahlukla daimi bir beraberlik insanı dış hayatta da bedbin yapar ve bütün insanlardan şüpheye düşürür.

Evlendikten sonra bir adamın bütün gayesi ve istikbal düşüncesi, bir kere içine girmiş bulunduğu ve şimdi mukadder telakki ettiği bu belayı ses çıkarmadan ve dosta düşmana pek belli etmeden sürükleyip götürmek, onda herkes tarafından söylenen, fakat kimse tarafından bulunamayan meziyetler ve saadetler araştırmaktır.

Salâhattin Bey otuz yaşına kadar gençliğinin ve içindeki sönmez görünen enerjinin yardımı ile hürriyetini ve benliğini koruyabildi. Fakat insanın damarları ve sinirleri bazen iradesinden ve aklından daha kuvvetlidir ve muhayyilemiz bizi iğfal etmekte bazen birçok fettanları geri bırakır. Ve bunlar hüküm ve nüfuzu ellerine aldılar mı, iş bitmiş demektir: Artık dimağımızın bu işi mantığa uydurup makul göstermesi bir zaman meselesidir.

Salâhattin Bey oldukça güzel olan bu kızı evvela kendisi ile bir ayarda bir mahluk gibi değil, güzel bir kedi, bir kuzu gibi sevdi. Lakin derhal anladı ki, bu kızcağız kendisini hiç de küçük, basit görmemekte, bir müsavat istemektedir.

Gene pek az zaman içinde tespit etti ki bu güzel kedinin çok sivri tırnakları, bu kuzunun sert boynuzları vardır. Şahinde, Salâhattin Bey'den adamcağızın hiç aklına getirmediği bir şeyi, kendisine akran muamelesi etmesini istiyordu. Tabii derhal bir sürü tatsızlıklar, hatta bir hayli acılar başgösterdi. Salâhattin Bey'in bu esnada en az işine yarayan şeyler, mantık ve akıl gibi bazen pek gülünç ve aciz oluveren büyük isimli vasıtalardı. Kapalı büyüyen ve bu şekilde bütün tabii arzu ve ihtiyaçlarını içinde hapsetmeye mecbur olan genç kız, gayet tabii olarak, sinirli ve manen bozuk bir mahluktu. Anası onu gezmeye götürürken bir saat saçlarını düzeltmeye uğraştığı halde, ne anasının, ne babasının aklına bu kafanın içi ile de bir parça meşgul olmak düşüncesi gelmemişti. Onlar işportaya konan bir elma gibi onu süsleyip temizlemişler, parlatmışlar, sonra yağlı bir müşteriye okutmuşlardı. Kız yetiştirmekten de gaye bu değil miydi?

Hakikaten, gece saat on ikiye kadar tavla ve çene attıktan sonra ciddi bir tavır alarak eve gelen ve yatakta beyaz, tombul bir vücut arayan birçok kocalar için bu çeşit karılar birebirdi. Fakat Salâhattin Bey gibi aklınca "bir aile yuvası kurmak!" isteyenler, işlerin bu şekli alıverdiğini, çok gafillik ettiklerini görünce büyük bir hayal inkisarına uğruyorlardı.

Salâhattin Bey neler yapmamıştı! Eline geçirebildiği ve Şahinde'nin anlayacağını tahmin ettiği kitapları getirir, onun fikrini yükseltmek isterdi. Fakat bunun ilk tezahürleri karısının manasız ve lüzumsuz yerlerde lügat kullanması olurdu, Salâhattin Bey bunları düzeltmek istedi mi, karısının "gururu" yaralanır ve derhal kızılca kıyamet kopardı.

Salâhattin Bey kızın yaşı küçük olduğunu, gözlerini dünyaya kendi evinde açtığını düşünerek onu yola getireceğini, kendisine bir arkadaş yapabileceğini zannetti durdu. Ona evlat ve kardeş muamelesi yapacak oldu ve çirkin bir alayla karşılandı; efendi ve hâkim muamelesi yapacak oldu, ya isyan, yahut da, daha ileri gidecek olursa, bayılma nöbetleri ile karşılaştı; en nihayet ona tam bir müsavat vermek isteyince de bir sürü yersiz taleplere, saçma hareketlere ve sonradan görme arzulara tahammül mecburiyetinde kaldı.

Bereket versin, Anadolu'nun bu yalnız kendisine mahsus dertleri yanında bunların gene yalnız kendisine mahsus çareleri vardır. Bunlardan en birincisi "rakı"dır.

Burada felaketzede memur içer; müflis tüccar içer; fena mahsul çıkaran eşraf içer, senelerden beri aynı köşede bırakıldığı için içerleyen zabit içer ve nihayet karısı ile geçinemeyen kaymakam içer...

Salâhattin Bey de içiyordu ve kocasının sarhoşluğu karısını herkes nazarında yavaş yavaş bir şirret ve tecrübesiz kız mevkiinden alıp bir sabır ve feragat melaikesi mertebesine çıkarıyordu...

İzdivaçlarının ilk senesinde dünyaya gelen bir kızcağız bile anası ile babası arasındaki bu geniş uçuruma bir köprü olamadı.

Doğduğu günden beri dünyanın bir acayiplikler diyarı olduğunu ona anlatmaya çalışıyorlardı. Gece yarısı, mışıl mışıl uyurken iki sinirli el ona sarılır ve hıçkıran bir göğse bastırırdı. Çocuk anlamayan gözlerle bu alelacayip hareketlere bakarken, ağlamaklı bir ses kulağının dibinde vızıldamaya başlardı.

"Ah benim talihsiz kızım! Ah benim zavallı Muazzez'im; benim yetim yavrucuğum. Bak, baban hâlâ gelmedi! Ah benim talihsiz, masum yavrucuğum!"

Çocuk bu sözlerden bir şey anlamaz, fakat hali ile, asıl talihsizliğin böyle gece yarısı uykudan uyandırılarak hırpalanmak olduğunu söylemeye çalışır, sonra daha fazla tahammül edemeyerek anasının ağlamasına daha tiz bir perdeden iştirak ederdi.

Annesi bu sefer onu susturmak için kucağında hoplatarak odada dolaşır, sonra bahçeye çıkarak kızcağızı orada avutmak isterdi.

Bahçede karanlık yapraklı ağaçları, bunların arasından süzülüp gelen ay ışığını görünce biraz susar gibi olan çocuk, kemiklerine geçen soğukla tekrar feryada başlar, komşuları uyandırırdı.

"Sus şekerim... Sus benim bir tanecik kızım... Sus... Baban şimdi gelir... Sen ağlama benim babası sağken yetim kalan kızım. Allah bize çektirenlerin yanına komaz..."

Bu esnada komşu evlerden birinin penceresi açılır, bir kadın başı görülür ve sorardı:

"Ne o, Şahindeciğim, kızım, bey gene mi gelmedi?"

"Gelmedi teyzeciğim... Yavrucuğum da babası gelmeden uyumuyor. Akşamdan beri, baba!.. baba!.. diye çırpınır durur... Ne yapacağımı ben de şaşırdım, teyzeciğim!"

Komşu teyze, genç kadına birtakım nasihatler verdikten ve kocasına bir sürü beddua ettikten sonra çekilir... Bu esnada kapı açılarak Salâhattin Bey girer, merdivenleri yıkıla yıkıla çıkarak kendini elbisesi ile yatağa atardı.

Odaya girip kendisini soymak isteyen karısı, sarhoşun zaten taşmaya hazır olan rikkat ve nedamet hislerinin boşanmasına sebep olur, kendini bilmeyen adam, anlaşılmaz kelimeler mırıldanarak karısının ellerine sarılır, onları öper, yumrukları ile göğsünü ve beyaz saçlı başını dövmeye başlardı. Bu çok ateşli tarziye şeklinden ziyadesiyle mütehassis ve müteheyyiç olan Şahinde, gözyaşlarına büsbütün cereyan verir; bütün bunlardan bir şey anlamayan ve şimdi yatağın kenarına bırakılıvermiş olan küçük Muazzez de şikâyet ve sitem dolu ağlamasına devam ederdi.

3

Yusuf evin içindeki bu anlaşılmaz hallere şaşkın şaşkın bakıyordu. Anasıyla babası arasında da kavga olurdu ama, bunlara kavgadan ziyade babasının herhangi bir şeye kızıp acısını anasından çıkarması demek daha doğruydu. Çünkü zavallı kadıncağız mukabele etmek, hatta ağzını açmak şöyle dursun, gözlerini bile kaldıramaz, sessiz sessiz ağlardı.

Yusuf bir kadının çenesini bu kadar açabilmesine hayret ediyor, bunlara tahammül eden Kaymakam'a biraz da merhametle bakıyordu.

Kendisine karşı yapılan muamelelere aldırış ettiği yoktu. Bir evde sözü geçecek, hükmü yürüyecek yegâne adam o evin erkeği olduğuna ve bu erkek de kendisini istediğine göre, Şahinde Hanım'ın sözlerinin bir kıymeti olamazdı. Kendisine karşı bazen pek edepsizleşen kadına: "Karı kısmının sözüne bakılmaz, herhalde senin aklın pek yerinde olmamalı!" demek isteyen gözlerle bakar; yalnız, Salâhattin Bey'in bu çenesi gevşek karıyı ne diye kolundan tutup kapı dışarı etmediğine hayret ederdi.

İlk geldiği günlerde kimseyle konuşmak istemiyordu. Havalar yavaş yavaş soğuduğu için odada oturur, iş gösterilmediği zamanlar pencereden Kuyucak dağlarına doğru bakar, bulutların arka tarafından bir şeyler görmek ister, fakat odaya birisi girer girmez derhal başını çevirerek herhangi bir şeyle meşgul olurdu.

Herkese, hatta Kaymakam'a bile soğuk davranırdı. Şahinde bu çocukta insanlık, his namına bir şey bulunmadığını, anası babası öldürüldüğü zamanki lakaytlığını ileri sürerek, söyler dururdu. Hakikaten hiç kimse bu çocuğun şimdiye kadar herhangi bir münasebetle, herhangi bir hissi tezahür gösterdiğini görmemişti.

Yalnız, ara sıra, karı koca kavga ederken, adeta kin ve istihfaf ile Şahinde'ye dikilen gözleri, Salâhattin Bey'e ilişince öyle yumuşaklaşır, öyle tatlı ve birçok şeyler söyleyen kıvılcımlarla dolardı ki, bunu gören bir adam, Yusuf'un içerisinde bizimkilere hiç benzemeyen, bizimkilerden çok daha derin ve büyük birtakım hislerin bulunduğunu zannedebilirdi.

Yusuf'un hislerini göstermekten çekinmediği yegâne mahluk, küçük Muazzez'di.

Muazzez tombul ve boğumlu ayaklarıyla odada tıpış tıpış dolaşırken Yusuf onu, dudaklarının kenarında hafif bir tebessümle takip eder, sonra dayanamayarak kucağına alır, yavaş yavaş, adeta kırılmasından korkuyormuş gibi, ihtimamla okşardı. Küçük kız, bütün evdekiler arasında kendisiyle patırtısız, gürültüsüz meşgul olan bu çocuğa başkalarına pek göstermediği mülayim taraflarını gösterir, onun burnunu, saçlarını çeker; Yusuf kendisini koltuklarından tutup hoplattıkça başını geriye atarak kahkahalardan kırılırdı.

Fakat bu oyunlar ve bu minimini kız, Yusuf'u açmaya, neşelendirmeye kâfi gelmiyordu. Bazen gözü pencereden Kuyucak tarafına ilişiyor, hemen kendisine bir durgunluk geliyor, çocuğu kucağından yere bırakarak düşünmeye başlıyordu. Bu sırada Muazzez de sanki her şeyi anlıyormuş gibi, hiç sesini çıkarmadan bir köşeye çekiliyor, büyük mağmum gözlerle Yusuf'a bakıyordu.

Yusuf'un halleri, Salâhattin Bey naklen Edremit'e, yani Kuyucak'tan çok uzağa tayin edilinceye kadar devam etti.

4

Yusuf ilk defa Edremit'te mektebe gitti. Fakat bu mektep devri pek uzun sürmedi.

Buraya geldikleri zaman Yusuf on yaşlarında kadardı. Sarı benizli, nahif, fakat kuvvetli ve dayanıklı bir çocuktu. Görenler, onun kendisinden daha büyük birkaç çocuğu bile yıldırabileceğine imkân vermezlerdi. Halbuki, mahalle kavgalarında, her zaman karışmasa bile, karıştığı zamanlar, daima baş olur ve dört beş kişiye karşı kordu. Hasımlarını ürküten, onun kuvvet ve cesaretinden ziyade, hiç kaybolmayan sükûneti ve kendisine olan sonsuz emniyetinin her hareketinde görülen tezahürleri idi.

Mektep onu sıkıyordu. İlk zamanlarda, yani okuma öğreninceye kadar, devam eden merak ve alakası pek çabuk kayboldu. Bir sürü "kıvır zıvır" bilgi sahibi olmak için o "bey çocukları" ile düşüp kalkamayacağını söylüyordu. Tabii bunlar Şahinde'nin yeni birtakım hücumlarına ve çocuğun istikbaline dair falcılıklarına yol açıyordu. Kaç defa Salâhattin Bey'e: "Bey, bu çocuk senin başının derdi demez miydim? İşte, adam olmaktan nasıl korktuğunu gör. İşte parmağımı basıyorum, bu çocuk ya hamal, ya yol kesici olacak... Ama sen kendin sardın başına bu derdi. Kimsede kabahat yok..." diye çatmıştı.

"Peki ama, karıcığım, ne istersin şu çocuktan? Bakalım, biraz daha büyüsün, belki biraz heveslenir. Daha köyünden ayrılalı bir sene olmadı bile... İçinde ne kadar olsa serbestlik arzusu var. Şehirlere alışamadı."

"Sen bilirsin. Fakat bu ahlaksız mahalle piçi hep böyle kopuklukta devam ederse, ben kızımı alır giderim; sen sevgili Yusuf'unla otur ondan sonra."

Salâhattin Bey, böyle şeylere hacet kalmayacağını, hem artık ikide birde bu pılıyı pırtıyı toplamak tehdidinden vazgeçmesini, eğer canı pek gitmek istiyorsa, işte kapının açık olduğunu, fakat Nazilli'de reji ambar memuru olan babasının kendisini dört gözle beklemediğini biraz sertçe bir lisanla ona izah ediverir ve bunun arkasından, yarım saatten fazla süren bir ağlama ve çırpınma nöbetini yatıştırmakla uğraşırdı.

Yusuf'un tahsile karşı olan bu lakaytlığı, Salâhattin Bey'in de pek hoşuna gitmiyordu, ama çocuğun ne kadar garip tabiatlı olduğunu bildiği için, fazla ısrardan çekiniyordu. Birkaç kere soracak oldu:

"Yusuf, sen neden okumak istemiyorsun?"

"Okumak öğrendim ya! Daha ne okuyayım!"

"Canım, bu kadar yetmez. Bu dünyada birçok şeyleri bilmek lazım!"

"Sırası düştükçe bilenlerden öğrenirim!"

"Hocadan öğrenmek daha iyi değil mi be oğlum!"

Hoca, çocuğun aklına ve gözlerinin önüne gelince dudakları elinde olmayarak bir büküldü. Kaşlarını kaldırdı:

"Hocanın bildiği birisinin işine yarasa, kendi işine yarardı. Sen bile okudun bildin de ne oldun sanki? Benim babam bir şeycikler bilmezdi ama, evinde sözü senden çok geçerdi," dedi ve usulca, mahrem bir tavırla ilave etti: "Şu Şahinde anam sabahacak encek gibi dırlanır durur da bir yolunu bulup onu bile susturamazsın; ne edeyim ben senin okumanı?"

Bu sözlerin çocukça ve basit olması, onlarda oldukça hakikat bulunmasına mani değildi; ve çocuk mantığına hitap ederek bunlara mukabele etmek Salâhattin Bey'e çok güç geldi.

Bir müddet işi oluruna bırakmaya karar verdi. Şahinde de bütün dırıltısına rağmen bu işten pek şikâyetçi değildi: Muazzez'i her zaman Yusuf'a bırakıp istediği gibi gezebiliyor, kızı her yere götürüp başına dert etmek veya evde bırakıp gözü arkada kalmak gibi sıkıntılardan kurtuluyordu.

Böylece küçük Yusuf, bir sur harabesi üzerinde çıkan bir yabani incir ağacı gibi, biraz sıkıntılı ve şekilsiz, fakat serbest ve istediği gibi, büyüyor, gelişiyordu.

5

Edremit, üç tarafını saran Çamtepe, İbramcaköy ve Tavşanbayırı isimli üç yamaca yaslanan büyükçe, şirince bir kasabaydı. İki küçük dere, kasabanın içinden ve kaldırımlı sokakların ortasından gelerek Aşağıçarşı dedikleri yerde birleşiyor, sonra biraz ilerde kasabayı yalayıp geçen Büyükçay'a kavuşuyordu.

Tepelerden birine çıkıp bakıldığı zaman, görülen manzara ender bir şeydi:

Damların yosun tutan ve kararan kiremitlerini nihayetsiz dut, erik ve iri yapraklı incir ağaçları örtmeye çalışıyor, derelerin kenarını beyazımtırak yapraklarıyla uzun kavaklar, bazı yerlerde kopan bir şerit halinde ve yalnız kenar mahallelerde takip ediyor; bunların arasında belki yirmiden fazla minare, bembeyaz yükseliyor ve uzaktan bakan bir göze, tıpkı kavak ağaçları gibi hafif hafif sallanıyor hissini veriyordu.

Yukarıçarşı'daki Kurşunlu Camii'nin iri kubbesi daima donuk bir ışıltı ile parlıyordu.

Kasabanın panoramasında, bir tablodaki kadar ahenk ve uygunluk vardı.

Bu, ağaç, minare ve kiremit kümesinin etrafını ayva ve diğer meyve ağaçlarından ve ova tarafında bağlardan ibaret açık yeşil bir çember sarıyor; onun etrafında da siyah yapraklı zeytinlerin daima kıpırdayan halısı göz alabildiğine uzanıyordu.

Şehrin içerisi orta halli bir esnaf manzarası gösterirdi. Dar sokakların iki tarafındaki ahşap, fakat oldukça biçimli ve aşağı yukarı birbirine benzeyen evlerin hepsinde muhakkak bir bahçe vardı. Bunların arasında bazen sivriliveren büyük eşraf evleri, beyaz badanaları, çifte kanatlı sokak kapıları ve ikinci katın sokağa doğru yaptığı çıkıntıdaki tozlu kalyon ve muharebe resimleri ile insana küçükken dinlediği masalları hatırlatırdı.

Salâhattin Bey'in evi Bayramyeri dedikleri semtte, yabancı memurların oturduğu Rum mahallesi ve Aşağıçarşı taraflarından uzaktaydı.

Sokağın köşesinde olan evin arkasında büyük bir bahçe vardı. Dere, bahçenin kenarından geçer ve çocuklar ellerindeki fıçı çemberlerinin keskin taraflarını vurarak, bir karıştan daha derin olmayan suda balık avlarlardı.

Evin ön tarafındaki meydanda mahallenin bulgur değirmeni vardı; büyük bir taş çanağın üzerinde tahta kollar vasıtasıyla döndürülen, yine taş bir yuvarlaktan ibaret olan bu değirmeni, kadınlar gülüşüp oynaşarak çevirirlerdi.

Biraz ilerde, derenin bir parça genişleyip derinleştiği yerde mahallenin büyükçe çocukları ördek dövüştürürlerdi.

Burada çocukların büyük adamlar gibi, muhtelif sınıfları, muhtelif grupları vardı ve bu tasnifte büyüklerinkinden çok farklı esaslar gözetiliyordu.

En itibarlı ve en sözü geçen sınıf, kabadayı, aynı zamanda ağırbaşlı olanlardı: Bunlar olur olmaz şeyler için kavga etmezler, fakat kavga ederlerse ucunda ölüm olsa da yılmazlar. Küçük ve zayıf çocukları daima himaye, mahalledeki çocuk münazaalarını güzellikle, olmazsa zorla hallederler. Yani her hususta hâkimdirler. Bunlar çok kere orta halli veya fakir, fakat namuslu ailelerin çocuklarıdır; ya bir esnafın yanında çıraklık, yahut da babalarına yardım ederler.

Bunlardan sonra terbiyeli ve kendi halinde çocuklar gelir. Bunların hemen hemen hepsi mektebe gider ve çalışkandır. Kimseye çatmazlar. Kendilerine çatılsa bile mukabele etmezler ve yollarına giderler. Taarruz daha ileri giderse ağlayarak babalarına şikâyet ederler. Fakat babalarından ziyade, birinci sınıfta zikredilen "namuslu kabadayı"ların himayeleri bunları korur. Bilhassa mahallenin kadınlarıyla ihtiyarlarının bunlara teveccühleri vardır ve analarıyla babalarının "medarı iftiharı"dırlar.

Bir de haylaz, kavgacı, insafsız kabadayılar vardır. Bunların da gözleri hiçbir şeyden yılmaz; fakat diğerleri gibi ağırbaşlı değildirler. Durup dururken kavga, vukuat çıkarırlar; işleri güçleri ördek dövüştürmek, boncuk oynamak, yahut komşu bahçelerinden dut taşlamaktır. Mahalle bunlardan yaka silker ve uslu çocukların en yıldıkları bunlardır.

En istihfaf edilenler, yüzsüz, korkak, yılışık ve haylaz olan bir sınıftır ki, bunların çoğunu memur çocukları teşkil eder. Usulsüz bir terbiye ile evde mütemadiyen dayak yiyen, izzetinefis namına bir şeyleri kalmayan ve mektep kaçkınlığını itiyat eden bu çocuklar, hakiki kabadayılar tarafından daima hor görülür. Diğerlerinden, birtakım istifade düşünceleriyle, yüz bulsalar bile (çünkü bunlar sırf yaranmak için evlerinden öteberi bile çalıp getirirler) ilk fırsatta terslenir ve kovulurlar. Mahalle kavgalarında ve gezmelerde yerleri yoktur.

En sonra, korkak ve suya sabuna dokunmayan zavallı birtakım çocuklar gelir ki, kimse bunlarla meşgul olmaya tenezzül etmez; herkes tarafından rahat bırakılırlar. Çünkü bunlar, feleğin sillesini yemiş, ya boğaz tokluğuna bir nalbant veya kahveci yanında çalışan ve böylece günün on sekiz saatini işbaşında geçiren fukaralar; yahut da yazın tarlada, kışın zeytinde çalışıp anasını beslemeye uğraşan yetimlerdir; herkes bunlara merhamet ve çekingenlikle bakar.

6

Yusuf bir müddet mahallenin işlerine karışmadı. Bir kere eski ve korkunç hatıraları kafasından atabilmiş değildi, ikincisi kendisini burada oldukça yabancı buluyordu. Buranın insanları çok şeyler biliyorlardı; kendisinin hiç bilmediği birtakım şeyler... Ve bu bilgiçlikleri her tavırlarından dökülüyordu. Bu yabani çocuğa evvela ehemmiyet vermediler; fakat asıl ve hakikaten ehemmiyet vermeyenin bu yabani çocuk olduğunu fark edince onunla alay etmek, onu kızdırmak istediler. Yusuf onların bu incelmiş alaylarından da bir şeyler anlayamadı, fakat bir gün, kendisi hakkında yine manasını anlayamadığı bir şeyler söyleyen ve bu pek de Yusuf'un lehine olmayan sözlerle etrafındakileri güldüren Karabaşın Mehmet ismindeki bir çocuğa Yusuf birdenbire iki kuvvetli yumruk ekleştirdi. Neye uğradığını bilemeyen çocuk, ağzı kan içinde iki kere yerde yuvarlandı. Kalkıp Yusuf'a atılmak istedi, daha doğrulmaya vakit bulamadan ikinci bir hücumla yere serildi. Yusuf, etrafta ses çıkarmadan bakakalan çocukların yanından ağır ağır çekildi, eve döndü. O zamandan sonra bütün mahalle ondan çekiniyordu. O sırada birkaç arkadaş peyda etti. Bunların en başında bakkal Şerif Efendi'nin oğlu Ali vardı, muntazam mektebe giden ve hiç kimse ile kavga etmeyen bu çocukla evde annesinin yanında tanıştı. Yaşça kendisinden büyük olduğu halde onu korumaya, ona ağabeylik etmeye başladı. Ali mektepte birçok şeyler öğreniyor, bunları Yusuf'a da anlatıyordu. Yusuf bazen hafif bir tebessümle, bazen de ciddiyetle kaşlarını kaldırarak bunları dinler, fakat katiyen hayret eseri göstermezdi. Adeta bütün bu anlatılan şeyleri önceden biliyormuş gibi bir hali vardı. Dünyanın en meraklı ve hayret verecek hadisesi bile onun lakaytlığını izale edemeyecek gibiydi. Ali buna biraz içerlese bile, ses çıkarmadan dinlediği için, memnun, anlatır, anlatır, sonra akşamüstü onunla beraber sokaklarda gezmeye veya testileri alarak yine beraberce Çınarlıçeşme'ye su doldurmaya giderdi. Kasabanın en iyi suyu olan bu çeşmenin başı, bilhassa akşamüzerleri, mahşere dönerdi; testiyi taktıkları kolun mukabil tarafına meylederek ağızlarında sakız, çıplak ayaklarında nalınla gelen yetişkin kızlar; emzikli toprak bir ibrik ile ıkına sıkına gelen ve karanlığa kalınca ağlamaya başlayan çocuklar; ellerinde iki teneke, saçları ortadan ayrılmış, beyaz önlüklü kahveci çırakları hep burada toplaşırlar, konuşurlar ve sıra kavgası ederler, sonra kaplarını doldurup giderlerdi. Mahallenin en kibar çocukları bile her akşam evin içecek suyunu buradan temin ile mükellef idiler. Bu eski bir âdetti.

Yusuf bu Çınarlıçeşme seyahatlerine çok kere Muazzez'i de alırdı. Kendisi Ali ile konuşurken kız, Yusuf'un elini sımsıkı tutar; küçük ayaklarıyla, bozuk yollarda, sesini çıkarmadan taştan taşa sekerdi. Yusuf ara sıra lakırdıyı bırakıp küçük kıza doğru bakınca kız da başını ona kaldırır, güler, fakat ayağını bir taşa çarparak derhal yüzünü buruşturur, önüne bakmaya mecbur olur, böylece Yusuf'u güldürürdü.

Bütün dışardaki arkadaşlarına rağmen Yusuf'un asla ihmal etmediği bir tek kişi Muazzez'di. Gün geçtikçe ahbaplıkları artıyordu. Bazen anası, babası küçüğe söz geçiremezler ve Yusuf'a müracaat ederlerdi.

Muazzez'in onun sözünden çıktığı görülmemişti. Birbirlerine bu kadar sokulmalarında, çok yalnız ve alakasız bırakılmalarının da tesiri vardı. Şahinde Hanım, Nazilli'ye nazaran çok daha büyük ve "ileri" olan bu kasabada kafa dengi birçok arkadaşlar, komşular bulmuştu. Onlarla geziyor, eğleniyor, çalgı, cümbüş vakit geçiriyordu. Salâhattin Bey'in ise evin semtine uğradığı yoktu. Gündüzün hükümet işleri, gece de rakı meclisleri, onun yüzünü çocukların, bazen haftalarca görmemelerine sebep oluyordu.

Rumelili ihtiyar bir hizmetçi, çocukların önüne bir iki kap yemek kor, ondan sonra odasına giderek uyur, onları keyiflerine bırakırdı. Zaten biraz yaramaz olan Muazzez, Yusuf olmasa evin altını üstüne getirebilirdi. Bereket versin beriki, onun oyunlarını tanzim ve idare ediyor, ona hem arkadaşlık, hem de aklının erdiği kadar mürebbilik yapıyordu.

Bu esnada seneler birer birer, ağır ağır, fakat hiç durmadan geçiyordu.

7

Yusuf'un mahalledeki diğer bir arkadaşı da Alanyalı Rüştü Efendi'nin oğlu Kâzım idi. Bunların evlerinin bahçeleri çok büyük olduğu için, çocuklar ekseriya burada oynarlardı. Burasının tercihinde, bahçede pek bol bulunan meyve ağaçlarının da tesiri vardı. Hele kocaman bir ekşi karadut ağacı bir mıknatıs gibi mahallenin çocuklarını çekerdi. Sırf bu dutun hatırı için Kâzım ile ahbap olanlar vardı. Akşam serinliğinde ihtiyar ağacın dalları, irili ufaklı çocuklarla dolar, geniş ve yeşil yaprakların arasından kâh aşağı doğru sallanan bir bacak, kâh başka bir dala uzanmaya çalışan bir kol görünürdü. Ağaçtan inenlerin elleri, yüzleri ve gömlekleri koyu vişne çürüğü lekelerle donanır, hepsi ellerinde bir avuç dut yaprağı, bunlarla ovuşturarak lekelerini çıkarmak için tulumbanın başına koşarlardı.

Hem mektebe giden, hem de babasının manifaturacı dükkânında yardım eden Kâzım, içlerinde yaşça en büyükleri ve en hesaplıları idi. Hiçbir şeyi anafora kaptırmaz ve evinde yenilen dutun acısını, cumaları yapılan gezintilere hiçbir şey götürmeyip diğerlerinden geçinerek çıkarırdı.

Bu cuma gezintileri de mahalledeki çocukların pek mühim eğlencelerinden biri idi. Daha perşembeden helva filan yaptırılır, cuma günü de fırına kâğıt kebabı veya güveç verilir, yahut çiğ et alınarak kırda pişirilirdi. Aşçılıkta en mahirleri Şube Reisi'nin oğlu Vasfi idi. Bu çocuğu, biraz yılışık ve korkak olduğu için, pek aralarına almak istemezlerdi. Bilhassa mektep arkadaşları müzevirliğinden şikâyetçi idiler. Fakat maskaralık ederek herkesi güldürdüğü için, tahammül edilirdi. Bu da Kâzım gibi, fakat hiçbir şey mukabili olmayarak, diğerlerinin sırtından geçinirdi.

En gani gönüllüleri Hacı Rifat'ın İhsan isminde birisi idi. Bir sene evvel babası avda kaza neticesinde vurulup ölünce (bu ölümün kaza olmayıp, bir zeytinlik meselesi yüzünden araları açık bulunan Arnavut Galip Ağa'nın intikamı olduğunu söyleyenler de vardı) evin erkekliği ve bütün mallar bu on dört yaşındaki çocuğa kalmıştı. Son zamanlarda mektebi asıyor, devam ettiği zamanlarda ise bazı delikanlılarla beraber yaptığı rakı âlemlerinden, kadın vak'alarından bahsederek dinleyenlerin ağızlarını hayret ve gıpta ile açık bırakıyordu. Herkes ona, daha şimdiden, büyük bir adam gibi bakıyor, onun aralarına katışmasını bir şeref sayıyordu. İyi kalpli ve mert bir çocuk olan İhsan'ın yegâne kusuru, biraz şımarıkça ve bir hayli kavgacı olması idi. Çok kere ufak bir mesele için bütün mahalleyi diğer bir mahalle ile dövüşe sürüklediği olurdu.

Bu cuma gezintilerine, çok kere her evde bulunan kuzular da beraber götürülür, onlar bol otlu bir yerde yayılırlarken, çocukların bir kısmı yemek hazırlamak, ateş yakmak, bir kısmı da arkta yıkanmakla meşgul olurlardı. Alelacele ve karmakarışık yenen yemekten sonra birbirini tutmayan türküler söylenmeye çabalanır, söğüt dalından yapılan veya beraber getirilen düdükler öttürülür, yahut da yakındaki bahçelerden ham erik ve çağla çalınırdı. Ağırbaşlılar bir ağaç dibine oturarak kuzulara bakarlar, birbirlerine eşkıya ve kabadayılık hikâyeleri anlatırlardı. Bu kafileyi akşamüzeri yorgun argın, kuzuların ipine sarılan bir demet ot omuzlarda, uzun ve taze kesilmiş değnekler elde kasabaya giderken görmek ömür olurdu.

8

Uzun ve birbirine benzeyen seneler ağır ağır geçtiler. Yusuf'un arkadaşları hep eski arkadaşlar, mahalle hep eski mahalle, bulgur değirmeni eski değirmen ve onu çeviren kadınlar hep eski kadınlardı. Yalnız, bulgur serili olan çarşafın kenarında şimdi bu kadınların kirli birer çocukları oynuyordu; elleri kalınlaşmış, sesleri ve kahkahaları kalınlaşmıştı.

Yusuf, Kuyucak'tan çıkalı altı sene olmuştu. Artık oraları unutmuş gibiydi. Yalnız bu kasabanın çocuklarıyla anlaşamadığı zamanlar köyündeki arkadaşlarını müphem birtakım hislerle aradığı olurdu.

Bu altı seneyi, yazın kırlarda dolaşarak, yahut Salâhattin Bey'in, Cennetayağı dedikleri yerde tuttuğu bağda ağaçların altına yatarak; kışın da ilk senelerde fabrikanın önündeki zeytin çuvallarının ağzından, bu çuvalları iğneleyen küçük değnekleri çalıp pirne yığınları üzerinde kazık oynayarak, sonraları da Salâhattin Bey'in aldığı küçük bir zeytinliğin silkilip toplanmasına nezaret ederek geçirdi.

Yaşı on altıyı bulmuş, gitgide konuşmayı daha az sever olmuştu. Mektebi bitirdikten sonra babasının işini eline alan Ali ile Bayramyeri'ndeki dükkânın önünde iki alçak ve arkalıksız iskemle atarlar, saatlerce hiç konuşmadan yan yana otururlardı. Önlerindeki meydanda büyük bir şadırvan vardı. Camiye gidecek ihtiyarlar burada aptes alırlardı. Şadırvanın ayağında birkaç ördek birbiri arkasına ve sallana sallana dolaşır, yassı gagalarından çamurlu suları süzerlerdi. Gölgesi bütün meydanı kaplayan büyük çınar hiç durmadan hışıldar; biraz ileride, Karpuzoğulları'nın büyük konaklarının damındaki leylek, yavrularına uçmak öğretmek ister ve garip takırtılar çıkarırdı. Burada alışveriş ezana yakın başlar ve ondan evvel dükkâna pek az kimseler gelirdi. Böylece, bu iki sükûtu seven arkadaş, gözlerini çınarın yapraklarına veya ördeklere dikerek uzun müddet düşünebilirlerdi.

Bazen kıvraklarını (siyah dimiden bir nevi yeldirme) başlarına atıp boşlukta sallanan yenlerini rüzgârda uçurarak birkaç yetişkin kız gelir ve pamukaki ile tel yaldız seçerdi. Misafirlikten dönen bir hanım kahve fincanı bakar; bir hizmetçi yarım okka tuz ile iki limon satır alır; Karpuzoğlu'nun torunu tuzlu fıstık isterdi.

Kış günleri biraz daha değişik ve kolay geçiyordu. Yusuf o zaman güneş doğmadan kalkar, çizmelerini ve aba ceketini giyerek işçilerden evvel zeytinliğe giderdi.

Orada erkeklerin uzun sırıkları küçük yapraklı dallara hızla vuruşlarını ve siyah kıvraklarının eteklerini bellerine sokmuş kadınların iki kat eğilerek, soğuktan sertleşen parmaklarla yerden zeytin tanelerini toplayışlarını seyreder, yahut sırtını bir ağaca vererek yere bakardı.

Bu buruşuk yüzlü ve her sene budanmaktan şeklini kaybetmiş eğri büğrü ağaçlar, uzun bir hikâyeyi anlatan garip şekilli harfler gibiydi ve herhalde Yusuf bunların dilinden anlıyordu.

Yusuf, işçilerin dilini de herkesten iyi anlıyordu. Bazı mal sahipleri, kadınların, yanlarında getirdikleri emzikli çocuklarına meme vermelerine bile müsaade etmezlerken, Yusuf onların biraz yorulduğunu görür görmez derhal işi bıraktırırdı. Bu zavallıların halini mukadder telakki etmekle beraber, onlara çok acıyordu. Sabah karanlığında, soğuktan büzülmüş, kollarında ufak bir ekmek sepeti ve sırtlarında çocukları ile, gülünç bir ücret mukabilinde çalışmak için kasabanın sokaklarından zeytinliklere akın eden bu sarı benizliler kafilesi, onun merakını çekiyordu. Çok kere bunlar yanından geçerken, Yusuf, içlerinden birini durdurup konuşmak arzusunu duymuştu; havadan sudan, ne olursa olsun birkaç şey konuşmak. Çünkü altı seneden beri kendisi gibi konuşan birine rast gelmemişti ve bu zeytin amelesinin kendisi gibi konuşacağına dair içinde müphem bir kanaat vardı.

* * *

Hakikaten, ne yaparsa yapsın, kimlerle arkadaş olursa olsun, alışamıyordu bu şehirlilere vesselam... Kendisini mütemadiyen yabancı ve ayrı buluyordu. Onların işlerine akıl erdiremiyordu. Mesela, en sevdiği arkadaşları bile onu bazen şaka olsun diye aldatırlar, hiç lüzumu yokken yalan söylerlerdi. Yusuf evvela içerleyecek oldu; fakat bunun herkes tarafından yapıldığını ve çok tabii bir şey olduğunu görünce kızmaktan vazgeçti, fakat hayreti hâlâ geçmemişti: Niçin durup dururken yalan söylemek ihtiyacını duyuyorlardı?

Sonra bu fakir işçilere bu köpek muamelesini yapmaya neden lüzum görüyorlardı? Evet, Allah onları bir kere fıkara yaratmıştı, bunda kimsenin kabahati yoktu, fakat onlar böyle yaratılmışlar diye niçin tepelerine binmeli, onları adam yerine koymaktan niçin çekinmeliydi? Ya Allah bu ağaları ve ağazadeleri de fıkara yaratsaydı? Öyle ya, mademki hepsini Allah yapıyordu... O zaman kendilerine aynı muamelenin yapılmasını isteyecekler miydi?

Allah hakkındaki düşüncesi pek ileri gitmiyor, onu her istediğini yapan korkunç bir şey olarak tasavvur ediyordu; ve şimdilik onun, pek dehşetli olduğu söylenen, gazabını ayaklandıracak bir şey yapmadığını bildiği için, kendisinden korkmak ihtiyacını da duymuyordu.

* * *

Muazzez on yaşına gelmişti. Birkaç sene devam edip dört sınıflı iptidaiyi de bitirmişti. Şimdi annesinden ziyade bazı iyi kalpli ve alakalı komşuların sayesinde nakış, gergef ve biraz da dikiş öğreniyor, kendisiyle akran olan kızlarla beraber terzi Mürüvvet Hanım'dan ut dersi alıyordu. Fakat bu ut derslerini Yusuf pek az sonra birdenbire kestirdi, sebebini de söylemek lüzumunu duymadı. Salâhattin Bey kızı için pek lüzumlu bulduğu bu musiki derslerinin kesilmesinden memnun olmadı, fakat dikbaşlı olduğunu bildiği Yusuf'la uzun uzun çekişmeye üşendi. Şahinde de iş olsun diye bir müddet söylendi, sonra o da sesini çıkarmaz oldu: Yusuf, kimse farkında olmadan evin en sözü geçen adamı oluvermişti. Şahinde bile buna alışmıştı. Artık her şeyi tabii buluyor ve eskiden beri hep böyle imiş zannediyordu.

Dersleri bırakmaktan asıl ve sahiden üzülen Muazzez'di.

Mürüvvet Hanım'ın evi pek eğlenceli ve kalabalıktı. Şen, kurnaz ve çok bilmiş kızlar hep orada toplanırdı. Ne çare ki, Yusuf'a meram anlatmak imkânsızdı ve Muazzez'in bu üzüntüsünü ancak Yusuf ağabeyinin sözünü dinlemiş olmak zevki biraz hafifletebiliyordu. Yusuf'un bütün bu aksiliğinin sebebi ise, Mürüvvet Hanım'ın evi hakkında Hacı Rifat'ın İhsan'dan duyduğu birkaç münasebetsiz rivayetti.

9

Bu küçük şehirlerin yeknesaklığını değiştiren nadir hadiselerden biri de, bayramlardı. Hele ramazan bayramı, bir aylık bir bekleyiş ve hazırlıktan sonra geldiği için, o nisbette coşkun olurdu.

Çocukların çoğu ramazanda oruç tutar, namaz kılarlardı. Sahura kalkmak ayrı bir zevk, öğleye kadar uyumak ve gündüzün, biraz da yapma olan bir mahmurlukla, dolaşmak ayrı bir zevkti. Öğle üzeri Kurşunlu Cami'de İbradalı Salim Hoca'nın vaazları dinlenir, ikindi mukabeleleri kaçırılmaz, akşamüzeri de gözler ve kulaklar "tepe"den atılacak topa dikilirdi. Top, şehrin her yerinden görülebildiği için, bilhassa çocuklar, meydanlara toplanarak topçunun hareketlerini uzaktan keskin gözlerle takip ederlerdi. Evleri Kurşunlu Cami'ye yakın olanlar ise, bu caminin minaresinde elinde saatle bekleyen ve vakit gelince topçuya işaret veren müezzin Sarı Hafız'a bakarlardı. Top patlar patlamaz, sanki sahici bir endaht yapılmış da mermi aralarına düşmüş gibi, bağrışarak evlerine koşuştururlardı.

Geceleri büyüklerle sokağa çıkarlar, teraviye giderler, fakat çok kere sonuna kadar dayanamayarak dışarı fırlarlar ve büyüklerin yokluğundan istifade ederek kahvelerde bir iki el yüzük oynarlardı. Teravi bittikten sonra ellerinde iri coplarla sokaklarda küme küme dolaşırlar, yahut Gâvur mahallesine kavgaya giderlerdi.

Bilhassa perşembe akşamlarını sabırsızlıkla beklerlerdi. Bu gece Kadiri tekkesinde zikir olduğu için, çocuklar tekkenin etrafında dizilirler, içeri girenleri, bilhassa kadınları seyrederler, sonra da birbirlerini ite kaka pencerelere yanaşarak "hünküren" dervişlere bakarlardı. İçlerinde bazı imtiyazlıları ve usluları vardı ki, babaları ile tekkeye girmeye, hatta bazen zikre katışmaya mezun idiler. Bunlar, sebebini anlamadıkları bir gaşy ve cezbe içinde, vücutlarının bütün elastikiyeti ile iki tarafa sallanırlarken, dumanlı gözlerini arada sırada yukarıya, kadınlar tarafının kafesine kaldırırlardı.

Bütün bunları takip eden bayram, sahiden bir coşkunluk ve neşe devri olurdu. Yusuf'un, şimdiye kadar daima biraz yabancı kaldığı bu şehrin cereyanına kendini kaptırması, yani bu şehirdekilerle, müspet veya menfi münasebetlere geçmesi, bu şehirde asıl "yaşamaya" başlaması da böyle bir bayram gününe tesadüf eder.

Bir ramazan bayramının birinci günü, sabahleyin namazdan dönüldüğü esnada, Yusuf, yeni yaptırdığı "şeytanbezi" elbiseleri giymiş, Şahinde'nin süslediği Muazzez'i seyrediyor ve gülümsüyordu.

Biraz sonra Alanyalı Kâzım, Şube Reisi'nin oğlu Vasfi, Vasfi'nin kız kardeşi Meliha ve Şerif Efendi'nin oğlu Ali gelecekti, hep beraber bir araba tutup Akçay iskelesine gitmek istiyorlardı.

Fakat bu sırada Ali geldi, Kâzım'a babasının öğle yemeğinden evvel izin vermediğini, bayram sabahı öğleye kadar dükkân açmanın sair zamanın bir haftasından çok kâr bırakacağını söylediğini anlattı. Akçay gezintisi öğleden sonraya kalıyordu.

Öğleye kadar vakit geçirmek için bayram yerine gitmeye karar verdiler. Yusuf, Muazzez ve Ali, her üçü de yepyeni giyinmişlerdi. Ali'nin kavuniçi zifirden dikilmiş yakalıksız frenk gömleği ve bir kenarı ceketinin yan cebinden sarkan sırma işlemeli çevresi bugüne mahsus lükslerdendi.

Yusuf koyu yeşil şeytanbezinden elbisesi, basık ökçeli tulumbacı pabuçları ve arkaya doğru atılan fesi ile pırıl pırıl parlıyordu.

Fakat içlerinde en şıkları şüphesiz Muazzez'di. Sırtında mor atlastan ve güneşin altında pırıltısı gözleri alan bir elbise, ayağında iri tokalı rugan iskarpinler, iki örgü arkaya bırakılan saçlarının ucunda geniş, kırmızı kurdeleler vardı.

Yaşı on üçe basan ve birdenbire güzelleşiveren Muazzez adeta olgun ve yetişkin bir hanım kız oluvermişti. Atlas entarisinin hafifçe kabaran göğsü, bütün hicabına ve gayretine rağmen, zavallı Ali'nin gözlerini dayanılmaz bir tecessüs ve hayretle kendisine çekiyordu.

Bayram yerine doğru yürüdüler. Kuşluk vakti olmuştu. Her taraftan yükselen bir gürültü adeta kulakları sağır ediyordu. Meydanın kenarında, üzerine tente gerilmiş sergilerin altında, Alanyalı ve Aksekili çerçiler bağıra bağıra bilezik, kurdele, sakız, kına vesaire satıyorlardı. Çocuklar ellerindeki şişirgen düdükleri yorulmak bilmez bir inatla öttürüyorlardı. Bir arabacı, atların yanında, elinde kamçısı: "Soğuktulumba'ya, Cennetayağı'na! Soğuktulumba'ya, Cennetayağı'na!" diye müşteri topluyordu. Arabanın içi küçük çocuklarla dolmuştu: Bağrışıyorlar, konuşuyorlar ve düdük öttürüyorlardı. Bu esnada müşterisini almış bir araba "vardaa!!" diye hızla geçiyor; içindekiler bir neşe çığlığı koparıyorlar ve:

Köşe başı meyhane,
Asmadandır kapısı.
Ben gözüme almışım
On beş sene mapusu.

diye hepsi bir ağızdan türkü söylüyorlardı.

Biraz daha ilerde, meydanın tam orta yerinde salıncaklar kurulmuştu ve asıl kalabalık, bunların etrafında idi. İçerisine sekiz, on kişi alan ve adeta küçük bir odaya benzeyen salıncaklarda minimini çocuklar bin türlü çiğ renkte elbiseleriyle ağır ağır sallanıyorlardı. Büyükler ikişer kişilik kayık salıncaklara biniyorlardı.

Biraz kenardan seyrettikten sonra Ali, "Hadi binelim!" dedi. Yusuf başını salladı:

"Siz binin. Benim başım döner!"

O sırada içindekileri inen bir salıncağa Ali ile Muazzez bindiler. Salıncak evvela hafif hafif, sonra gitgide hızlanarak uçmaya başladı. Ali iki taraftan iplere sarılmış, vücudunun bütün kuvvetiyle kolan vuruyor, Muazzez ise biraz korkak, yüzü kıpkırmızı, yerinde sıkı oturmaya çalışıyordu. Ali'nin gözleri, iki tarafına bakınmasına ve başını mütemadiyen başka istikametlere çevirmek istemesine rağmen Muazzez'in yüzüne doğru kayıyor ve derhal kendi yüzü de onunki gibi kızarıyordu. Muazzez'in bunların farkında olmadığı zannedilebilirdi. Çünkü, salıncağın yere her yaklaşışında, biraz ilerdeki bir ağaca yaslanmış duran Yusuf'a doğru gülümsüyor, başıyla işaretler ediyordu.

Bu sırada yandaki salıncak durdu ve oraya bu sefer iki yeni müşteri bindi. Bunlardan biri Hacı Rifat'ın İhsan, öbürü de fabrikatör Hilmi Bey'in oğlu Şakir'di. Yusuf'un derhal yüzü bozuldu. Bu Şakir, yaşının on sekizden fazla olmamasına rağmen, kasabada herkese yaka silktirmiş bir çocuktu. Ayyaş, hovarda, ahlaksız bir şeydi. Babasının kazandığı parayı Rum orospular veya İzmirli oğlanlarla yiyor, etmediği rezalet bırakmıyordu.

Bugün çapraz yelekli, lacivert bir elbise giymiş, yeleğin üzerine yarım okkalık gümüş bir köstek takmıştı. Fesinin etrafında çok fiyakalı sarılmış oyalı bir yemeni vardı.

Hacı Rifat'ın İhsan salıncağa bindikten sonra Yusuf'u gördü, başıyla ve elleriyle selamladı. Sonra sallanmaya başladılar. Biraz hızlanınca Şakir, dört tarafa çarpılır oldu, belli ki fena halde sarhoştu. İhsan onu biraz doğrultmaya uğraştı. Fakat o birdenbire silkinerek "Haayt!" diye bir nara attı. Saçları yüzüne dökülerek kolan vurmaya başladı. Yusuf sapsarı kesilmişti. Şakir bütün çehresine yayılan pis bir sarhoş gülüşüyle yanındaki salıncağa, Muazzez'e bakıyor, başının şaşkın hareketleriyle, iki tarafa uçan salıncağı takibe uğraşıyordu.

Birdenbire başındaki oyalı yemeniyi çıkararak tam yanıbaşından geçen Muazzez'in salıncağına attı.

Muazzez korkak bir çığlık kopardı. Ali derhal kolan vurmayı keserek salıncağı durdurmaya çalıştı. Hacı Rifat'ın İhsan, şimdi büsbütün yıkılan Şakir'i tutmaya, aynı zamanda muvazenesi bozulan salıncağı düzeltmeye uğraşıyordu.

Yusuf salıncaktan inenlere:

"Hadi siz eve gidedurun, ben İhsan'a bir iki laf diyeceğim!" dedi.

Ali ile Muazzez biraz ilerlediler, fakat Muazzez, ne olacağını biliyormuş gibi, biraz ötede, su muhallebisi satan bir serginin arkasında durdu, Ali'yi de durdurdu.

Yusuf salıncaktan inen İhsan'a doğru yürüdü ve sordu:

"İhsan, ne istiyor bu itoğlu?"

Şakir yüzüne dökülen ve yağlı yağlı parlayan uzun saçlarını fesinin altına sokmaya çalışarak bu tarafa döndü:

"Kim ülen itoğlu?"

Elini alışkın bir hareketle arka cebine götürdü. Fakat tam bu sırada Yusuf'un pek de dayanılacak gibi olmayan yumruğunu suratına yiyerek yere yuvarlandı. İhsan iki kolu ile Yusuf'u sımsıkı sarmış, onu teskine çalışıyordu:

"Etme gözünü seveyim, Yusuf! Bak, sarhoş işte!.. Ben şimdi alır götürürüm."

Yusuf silkindi ve yerdekine iki tekme daha savurdu, fakat derhal koşup gelen Muazzez'le Ali kendisini çekip götürdüler.

Bu sırada ayağa kalkan Şakir, onların arkasından koşmak istiyordu; fakat İhsan'la salıncakçı, kollarından tutmuşlar, bırakmıyorlar ve elinden tabancasını almaya çalışıyorlardı.

Tam o sırada Şakir'in en iyi arkadaşı Hacı Etem geldi. Sarhoşu kolundan tuttu, etrafındakilere:

"Bana bırakın siz!" dedi.

Ve onu zorla yürütmeye başladı.

Bu Hacı Etem, 24 yaşlarında, güzel ve kurnaz bir çocuktu. Anası babası yirmi sene evvel Hacca giderlerken dört yaşındaki Etem'i de beraber götürdükleri için ismi böyle kalmıştı. Pek hali vakti yerinde olmadığı halde, herkesten iyi giyinir, herkesten paralı gezerdi. Bu bolluğun İhsan ve Şakir gibi birkaç zengin ve hovarda arkadaştan çıktığı ve Etem'in bunlara hem dalkavuluk ettiği, hem de eğlencelerine her iki cinsten mahluklar tedarik edip getirerek bazı ufak hizmetler gördüğü söylenirdi. Fakat bunlar, Etem'in kabadayılığına, fiyakasına ve itibarına hiç de halel vermiş değildi. O, yine yemenili fesini kaşına eğerek dolaşır, her yerde riayet görürdü.

10

Şakir'in kendisine benzeyenlerden ibaret bir partisi vardı. Ne candarma, ne hükümet bunlara karışmazdı. Çünkü, parayı bolca oynatıyorlardı.

Bu grubun ekseriyetini yaşlıca hovardalar teşkil ederdi. Bunlar paralarını şurada burada yiyip bitirdikten sonra, şimdi, bu husustaki şöhret ve tecrübelerinden ve aralarına yeni katılan ve daha ellerinde yiyecek paraları bulunan delikanlıların sahavetlerinden istifade edip geçiniyorlardı.

Bunların aileler arasında da çok şiddetli nüfuzları vardı. Hepsi şehrin eski ve itibarlı ailelerinden oldukları için, bugün kibar düşkünü bile olsalar, eski nüfuzlarını devam ettirmek isterler, bunda bir dereceye kadar da muvaffak olurlardı. Çünkü herkesin aklında hâlâ falancanın ablasının düğünündeki azamet, filanca bayramda falancaların yaptığı muazzam eğlence yaşardı. Yaşlıca kadınlar bu düşkün eşraf konaklarından birine gittiler mi, orada eski âlemleri, merhum ağanın hayalini tekrar görür gibi olurlar ve hiçbir şeyin değişmediğini zannederlerdi. Bunların nazarında kızlara bulunacak en iyi ve münasip koca gene bu eşraf züğürdü serseriler, bu müflis ayyaşlardı. Hovardalıklarından, daha ziyade mazur gören bir teessüfle bahsederler, "Biraz yaşlanınca uslanırlar, ne diyeceksin, delikanlılık!" derlerdi. Fakat bu "delikanlı"ların çoğunun yaşı kırkı aşkındı. Şehrin en iyi aileleri arasında bile bunların istedikleri zaman alamayacakları kız yoktu. Adeta bütün eşraf aileleri arasında ezelden beri mevcut, değişmez bir mukavele vardı ve buna, harici şeklin değişmesine, vaziyetin tamamen başka olmasına rağmen, daima riayet ediliyordu. Bunun için bunların herhangi bir talebini reddetmek akla gelmez ve 15-16 yaşındaki temiz, güzel kızcağızlar bu saçı kırarmaya başlamış, manen ve maddeten çürümüş, on parasız sefihlerin kucağına atılırdı. Ekserisi pis birtakım hastalıklarla malul olan bu heriflerin evleri bundan sonra dışardan pek belli olmayan ve şiddetle saklanan facaların yuvası olurdu. Şehir kızlarını bu felaketten biraz olsun koruyan, bu adamların, orospular arasında yaşayarak, evlenmek arzusunu pek seyrek duymaları ve daha bu hayattan yorulup kız istemeye vakit kalmadan ya bir tabanca kurşunu ile, yahut da bir hastalık neticesinde ölmeleriydi.

Bunlar şehirdeki nüfuzlarının bir kısmını da, kendileri gibi iflas etmeyip akıllı davranarak mevkilerini sağlamlaştırmış akrabalara borçluydular. Kimisi belediye reisi, kimisi fabrikatör olan bu adamlar, bu kopuk akrabaları ile pek yakından temasa gelmek istemezlerse de, evdeki kadınların tesiriyle birçok ehemmiyetli vak'alarda onları müdafaaya mecbur olurlardı. Çünkü ya karıları böyle bir serserinin kardeşi, yahut da kardeşleri böyle bir serserinin karısıydı; ve aile düşünceleri, akrabalık rabıtaları, bilhassa kadınlar arasında, şiddetle gözetilen meselelerdendi.

İşte Yusuf'un böylelerden birine, hem de daha elindeki maddi menbaları tükenmeye vakit bulamamış birine çatması, kendisi için iyi olmayabilirdi.

Fakat şimdilik bunların herhangi bir kötülüklerini icap ettirecek bir vesile zuhur etmedi. İhtimal Yusuf'un Kaymakam'ın oğlu olması (onu burada birçokları böyle biliyordu) biraz daha ihtiyatlı hareket etmelerine ve beklemelerine sebep oluyordu.

* * *

Eğer Yusuf herkesi kendisi gibi zannetmese ve etrafına biraz da anlar gözlerle baksa, o bayram vak'asından sonra birçok arkadaşlarının tavırlarının değiştiğini, mesela Şube Reisi'nin oğlu Vasfi'nin kendisiyle pek gezmek istemediğini, Alanyalı Kâzım'ın dükkânına gittiği zaman, eskisi kadar riayet görmediğini sezerdi. Hepsi, Şakir'den ve onun partisinden çekiniyorlardı.

Fakat Yusuf'un aklı böyle şeylere ermediği ve arkadaşlarının kendisine karşı muamelelerine de pek kulak asmadığı için, hiçbir şeyin farkında değildi.

Taa kışa kadar hiçbir yerden hiçbir ses çıkmadı, yalnız kışın bazı vak'alar, kendisiyle uğraşanlar bulunduğunu ona anlattı. Yusuf'a kalsa gene işin farkına varacağı yoktu, bereket versin hiçbir zaman ondan ayrılmayan ve yapılan teklif ve tehditlere rağmen Yusuf'u terk etmeyen Ali, ona birçok bilmediği şeyleri öğretiyor, pek körü körüne yürümemesini temine çalışıyordu.

Bu vak'aların en mühimi ve Yusuf'un ilerdeki hayatı üzerinde de tesiri olan bir zeytin işçisi meselesiydi.

Adamakıllı soğuk bir günde Yusuf gene erkenden zeytinliğe gitmişti. O gün işçiler arasında tanımadığı bir kadınla on iki yaşlarında kadar bir kız gördü. İşçilerin başı Köse İbrahim'i çağırarak bunların kim olduklarını sordu.

İbrahim:

"İşçi, ağam! Şakir Beygillerde çalışırlarmış, dayak atmışlar, maiyetine gelmek isterler, boğaz tokluğuna da olsa senin yanında kalacaklarmış!"

Yusuf kadını çağırdı:

"Ne diye ağanı bıraktın da buraya geldin, yenge?"

"Dövdüler beni, ağam!.."

"Durup dururken adamı döverler mi?.."

"Dövdüler işte!.."

Yusuf anlamadığını gösteren bir tavırla omuzlarını silkti:

"Peki ama, ben ne yapayım seni? Benim işçim tamam."

"Aman ağam, kulun olayım, beni ters yüzüne çevirme! Kızcağızımla ikimiz ortalarda kaldık!"

Yusuf, kadının yanındaki kıza baktı. Birdenbire hiç şüphesiz tüyleri ürperdi. Fakat gözlerini uzun müddet kızdan ayıramadı. İnce ve yaşına nazaran uzun boylu olan bu kızın sapsarı, insana korku verecek kadar sarı bir yüzü vardı. Fakat bu sarılık bir zayıflık ve kansızlığın verdiği renksizlikten ziyade, bir hastalıktan doğan yeşilimtırak sarılığa benziyordu. Bilhassa siyah, ince, fakat çok keskin kaşlarının gölgelediği gene simsiyah ve iri gözleri çok şeyler biliyor hissini veren görmüş geçirmiş bir bakışla ve hiç çekinmeden insanın yüzüne dikiliyordu. Soluk ve ensiz dudaklarının kenarında, gene çok "yaşamış" olanlarda görülen tecrübe çizgileri vardı. Bütün yüzünün ifadesinde bir bezginlik, hatta daha ziyade bir nefret aksediyor gibiydi. Bu çehre ve bu bakış, Yusuf'u adeta suçlu imiş gibi eziyor, şaşırtıyordu. Gözlerini kızdan ayırmayarak tekrar annesine sordu:

"Siz buralı mısınız?"

"Yok, Çineliyiz!"

"Ne? Çineli mi? Aydın Çine'sinden mi?"

"Öyle ya!"

"Ne diye geldiniz buralara?"

Kadın, birkaç kelime ile, bir zaptiye başçavuşunun karısı olduğunu, kocası ile buraya geldiğini, sonra kocasının bir orospu ile kaçarak bunları yüzüstü bıraktığını, şimdi orospuyu da bırakan herifin Manyas taraflarında tütün kaçakçılığı ettiğini, fakat bunları hiç aramadığını anlattı.

Yusuf, bunların Çineli olduğunu öğrenince bir akrabasına rast gelmiş, Aydın ve Nazilli taraflarına dönmüş gibi oldu.

"Çalışın bakalım, bir kolayını buluruz!" dedi.

Kadın adamakıllı iyi işliyordu; fakat kız, akşama kadar ağaçların dibinde oturarak, annesinin yanında dolaşarak, yahut zeytin silkenlere bakarak boş gezdi ve hiç kimseyle hiçbir şey konuşmadı. Akşamüzeri sepetlerini kollarına alıp giderlerken Yusuf onlara:

"Sıkılmayın bakalım, hepsi geçer!" dedi.

Kadın envai türlü dualar, teşekkürlerle Yusuf'un ellerine sarılıyor, kız ise, hiçbir harekette bulunmadan, yabancı ve soğuk gözlerle bunlara bakıyordu.

Kadın ertesi gün geldiği zaman, kızı yanında yoktu. Hastalanmış ve evde yatıyormuş. Yusuf:

"Evde kiminiz kimseniz var mı? Kim bakar hastaya?" diye sordu.

"Kimsemiz ne gezer? Yalnız yatar fıkaracık!"

Yusuf sesini çıkarmadan arkasını döndü ve yürüdü, fakat akşama kadar, evde hasta hasta yatan ve bakacak kimsesi olmayan bu kızı düşündü. Onu sert bir yer yatağında, kara gözlerini tavana dikmiş, hiç kımıldamadan yatar görüyordu.

Akşamüzeri, iş paydosundan evvel kadına kendisiyle gelmesini işaret etti. Şehre kadar hiç ses çıkarmadan yürüdüler. Hafif yağmur çiseliyor ve yoldaki araba tekerleği izlerini dolduruyordu. Aşağıçarşı'yı geçtiler. Yusuf, Bayramyeri'nde Ali' nin dükkânına girdi. Biraz yağ ve pirinç tarttırdı. Başıyla kadına bunları almasını işaret etti. Tekrar beraberce yürümeye başladılar. Kadın İbramcaköy yolu üstünde, Değirmenönü denilen bir yerde oturuyordu. Ayvalıbahçe dedikleri, etrafı çit çevrili, büyük bir bahçeyi geçtikten sonra arkası tepeye dayanmış, kerpiç bir kulübeye geldiler. Kayalık ve dik tepede çıkan bir yabani incir ağacının dalları kulübenin damına sarkıyordu.

Ortalık daha oldukça aydınlık olduğu halde, kulübenin içi zifiri karanlıktı. Kadın ocak kılıklı bir şeyin üzerinden bir yağ kandili alıp yakmaya uğraşırken, Yusuf'un gözleri karanlığa alıştı ve köşede bir yer yatağında yatan kızı gördü.

Kız başını duvara çevirmiş, üstünü örtmeye çalışıyordu. Yusuf daha kapının önünde dururken içerde süratli bazı tıpırtılar olmuş ve sonra birdenbire kesilmişti. Şimdi kızı böyle telaşla yatakta kımıldanır görünce, nedense aklına onun şimdi, bunlar gelince yatağa girdiği düşüncesi geldi.

Kadın, kızına:

"Haydi Kübra, doğrul azıcık, Yusuf Ağa geldi!" dedi.

Kız başını çevirdi. Yusuf'a doğru baktı. Sonra yavaşça doğrularak sırtını duvara dayadı ve yorganı göğsüne çekti. Siyah saçları omuzlarına dökülüyor ve bu, onları geriye atmaya uğraşıyordu. Omuzlarına kadar çıplak olan kolları soğuktan diken dikendi.

Yusuf odanın bir köşesine çekilip yataktaki kıza uzun uzun baktı. Kız da hiç başını çevirmeden buna bakıyordu. Bir müddet sonra Yusuf yorulduğunu hissetti ve gözlerini odada dolaştırmaya başladı.

Bütün ev, zemini toprak bir odadan ibaretti. Eşya namına Kübra'nın yatağı, yatakla ocağın arasında duran ufak bir tahta sandık ve bir de yatağın önüne serili duran eski bir kilim parçası vardı. Ocak başında iş görmeye çalışan kadın ikide birde tahta sandığı açarak içinden bir toprak tencere veya bir avuç tuz alıyordu. Üstü toprak olan tavanın isli kalaslarında birkaç koçan mısır sallanıyordu. Kübra'nın yatağının üst tarafında, duvarda bir delik ve bu delikte kireçle sıvanmış bir cam parçası vardı: Herhalde bu, pencere vazifesini görecekti; fakat içerisi görünmesin diye sıvanan kireç, ışığın da pek azını içeri bırakıyordu. Yusuf'un gözleri tekrar kıza ilişince onun hep kendisine baktığını gördü. Bir şey söylemek lüzumunu duyarak:

"Çok hasta mısın?" dedi.

"Değilim!"

"İyi öyleyse!"

Tekrar sükût başladı.

Ocakta çorba pişirmeye çalışan kadının tıpırtısından başka bir ses yoktu; bir de toprak dama düşen yağmur damlalarının boğuk sesi...

Bu sırada dışarıda hafif ayak sesleri oldu, evin civarında biraz dolaştı, sonra kireçli pencerede birdenbire bir insan başı belirdi. Kadın ile kızı da bunun farkına varmışlardı. Birbirlerine bakıştılar. Yusuf derhal yerinden fırladı, kapıya koştu; fakat kadın arkasından yetişerek onu kolundan yakaladı:

"Aman oğlum, mahalle kızanlarıdır; her zaman böyle bakarlar; sen otur, rahatına bak!"

Yusuf gene eski yerine gidip oturdu. Dizlerini dikip çenesini üstüne dayadı ve kollarını da dizlerinin alt tarafından kavuşturdu. Bu sefer kıza olsun, kadına olsun, çabuk çabuk, gözlerini kırpıştırarak bakıyordu.

Nihayet uzun bir beklemeden sonra çorba hazırlandı; kadın bunu çinko bir tasa doldurduktan sonra sandıktan aldığı tahta bir kaşıkla birlikte kızına uzattı.

Kız çıplak kollarını yorganın altından çıkararak tası tuttu ve birkaç kaşık aldı. Fakat birdenbire tası da, kaşığı da elinden fırlatıverdi. Annesi şaşkın gibi kızının üstüne koştu. Çocuk onu iki eliyle ve şiddetle iterek yorganların üstüne kapandı ve hıçkıra hıçkıra ağlamaya başladı. Beyaz, fakat kirli bir gömleğin altındaki vücudu şiddetle sarsılıyordu.

Anası da olduğu yerde kalmış ve gözlerinden yaşlar süzülmeye başlamıştı. Birden olduğu yerden kalktı, Yusuf'a koştu, onun ellerine sarılarak:

"Git ağam, buralardan git. Biz senin başını nâre yakacaktık!" dedi.

Yusuf kadını hafifçe iterek oturttu ve çok sakin bir sesle:

"Anlat bakalım derdini yenge, ağlamayı bırak da anlat!" dedi; ve o zaman kadın, tüyleri ürperten hikâyesini anlatmaya başladı.

11

Dışarda yağmur biraz daha artmıştı ve tavandan gelen boğuk sesler daha hızlanmış ve daha çabuklaşmıştı. Ocağın üstündeki yağ kandili titriyor, cızırdıyor ve yalnız kendisini aydınlatıyordu. Yatağın önündeki devrilmiş çorba tası ve tahta kaşık olduğu gibi duruyor ve kimse onlara el sürmüyordu.

Yusuf yatağın kenarına oturmuştu. Önüne bakıyor, hikâyesini ara sıra ağlama nöbetleriyle kesen kadını dinliyordu. Kız yatağın bir köşesinde, yorganların arasına gömülmüş, duruyor, hiç ses çıkarmıyordu.

"Sana hepsini ne diye anlatıp başını ağrıtayım, ağam!" diye kadın başladı: "Yerimizden ayrılmasak başımıza bu işler gelmezdi, ama ne diyeceksin? Kaderde yazılı imiş; Allah'ın yazdığını kul bozamaz ki. Erkeğim beni alıp buralara gelmek isteyince ben gitmem dedim, ayak diredim. İlle ve lakin, o da erkek, lafına daha çok karşı koyamazsın ki!.. Hem o eskiden, daha Çine'den çıkmadan, melaike gibi adamdı. Ona buralarda ne ettilerse ettiler. İçirdiler, sarhoş ettiler. Evinden, çocuğundan soğuttular. Ne diyordum? Kalktık, güzelim Çine'mizi bıraktık; buralara geldik. İlk önceleri burada da iyiydi. Gün günden kocam değişmeye başladı. Eve geç gelir oldu. Bazen bir hafta uğramaz, sorduğumda: 'Takipte idim!' derdi. Ama ben onun takipte filan olmadığını bilirdim. Arasta'da pabuççu bir Yunus Ağa vardı, o haber verirdi: Havran'a, yahut Frenkköyü'ne gidip avrat oynatırlarmış. Bir gün yine takipten geliyorum, dedi, ama bu sefer pek bitkin, pek sarı idi. Ben de inandım. Girdi yatağa yattı. Uyur gibi yaptı. Uyumadığı besbelliydi; yatakta iki yana döner, gözlerini aralar, bana bakardı. Üç kere kendini tutamadı, derin derin, of çekti. Yanına sokuldum: 'Bir şeyin mi var, Seyit Efe!' dedim. Candarmaydı ama, Çine'de hep efe derlerdi. Zati efeleri, zeybekleri de pek sever, pek korurdu. Dinarlı Kara Mehmet'i iki takipte yakalamış, yine salıvermişti. Bunu bana 'kimseciklere söyleme, beni asarlar ha!' diye ant verdirip öyle anlatmıştı. 'Seyit Efe!' dedim, 'neye kasavet ediyon? Neyin var çok şükür Allah'a?' O hiç sesini çıkarmadı, gözlerini büsbütün sıktı, uyuyor gibi yaptı; ama yüzü kıpkırmızı kesilmişti; göğsü yorganı kaldırıp indiriyordu.

Seyit'imin derdi büyüktü ama, neydi? Bana neden diyivermiyordu?

"Akşama doğru kalktı. Kübra mahalle mektebine gidiyordu o zamanlar, babası Kur'an okumasını öğrensin demişti de... Ne diyordum? Akşama doğru kalktı. Kübra'yı sordu. Bu vakte mektep kalmaz ama, bir bakayım dedim. Değirmenönü'ne kadar gittim. Yine mahalle kızları ile oyuna daldı ise babasından dayak yer, diye içim titriyordu. Baktım, Değirmenönü'nde yok. Rukiye Molla'nın evine kadar uzandım, hani mektep orasıydı da... Orada da yok: 'Şimdi çıktı, eve gitti!' dediler. Rukiye Molla'ya un eleyivermiş de geç kalmış. Pek de bilirdi kızcağızım böyle şeyleri. Şimdi her şeyleri bıraktı. Vah benim kara bahtlı kızım! Vah benim..."

Kadın bir gözyaşı selinde boğulur gibi ağlayıp dövünmeye başladı. Kübra başını kaldırarak anasına baktı, fakat bir şey söylemeden ve en küçük bir harekette bile bulunmadan başını tekrar yorganların arasına soktu. Bu sefer de onu teskine filan çalışmayarak susmasını bekledi. Kadın biraz sonra gözlerini kolunun yenine silerek tekrar anlatmaya başladı. İlk zamanlarda sözlerini hıçkırıklar kesiyor ve bir şey anlaşılmıyordu:

"Eve döndüğümde bir de ne göreyim? Kübra kapının dışında oturmuş, 'Baba! Baba!' diye ağlar... Ah, dedim, Seyit Efe dövdü çocukcağızı yine! 'Kızım, ne diye ağlıyorsun?' dedim. 'Ben babamı isterim!' dedi.

Şaşırdım kaldım. Evin içine girdim, baktım Seyit Efe yok, Kübra'ya sordum, kız ağlamaktan iki yana bakacak halde değil. Biraz susunca anlattı: Eve gelince babası kucağına almış, dört bir yanından kızı şapır şapır öpmeye başlamış; kız, babasının yüzüne bakınca korkmuş: 'Baba, hasta mısın? Neyin var? Ne diye ağlarsın?' demiş.

Ya, koca adam çocuk gibi ağlarmış. Ben halbuki karısı oldum olalı gözünden yaş geldiğini görmemiştim. Seyit Efe kızını bir daha, bir daha bağrına basmış, sonra dolaklarını sarmış, duvardan martinini almış, gözlerini çevresine kurulayıp yürümüş gitmiş. Bir baktım kızın göğsü bağrı açık: 'Ne oldu?' dedim. 'Babam giderken boynumdan muskamı aldı, kendi boynuna taktı!' dedi. Ağlamaktan katılıyordu zavallı.

Aman kızım, ne diye ağlarsın? Takibe gitmiştir, muska da ona uğur getirir de çabuk döner inşallah! dedim, ama benim gözlerimden de yaş seller gibi akıyordu. Kız: 'O gelmez artık!' dedi. 'Nereden biliyorsun?' dedim. 'Gidişinden belliydi!' dedi. Sahiden de o gün bugündür Seyif Efe'nin yüzünü görmedim. Daha ertesi günü evi gelip aradılar. Sordum, sordum bir şey diyivermediler. Gittim, o zamanlar sakallı bir kaymakam vardı, ona çıktım. Kim olduğumu söyleyince acırmış gibi yüzüme baktı: Hatun, kocanı biz de arıyoruz. Kaşıkkıran dedikleri Hayriye'yi almış, kaçmış. Ama kabahat sende: Kocanı zapt etmesini bilememişsin... Artık ondan sana hayır gelmez. Başının çaresine bak! dedi."

Kadın uzun müddet durdu, kızına baktı, tekrar başladı:

"Bu olmasa hiçbir şeyi tasa etmezdim, lakin babası gidince kızcağızım elime bakar oldu. O zamana kadar da bolluk içinde değildik ama, şükür Allah'a darlık da görmemiştik. Seyif Efeciğim gideceği güne kadar bir şeyimizi eksik etmemişti. Gittikten sonra bile on beş gün evimizdeki bulgurumuz, yağımızla geçindik. On beş gün sonra kapta kacakta ne varsa tükendi. İki gün, üç gün aç oturduk. Kızcağızım sesini çıkarmazdı ama, onun bu sessizliği, bu melilliği benim yüreğime büsbütün dokunurdu. Bir sabah: 'Anne, dedi, başım dönüyor, yataktan kalkamayacağım...' evlatcağızım açım dermanım yok demiyordu da başım dönüyor diyordu. O zaman aklım başımdan gider oldu. Eyvah, dedim, kızım gözümün önünde ölüp gidecek... Sen daha ne duruyorsun, a karı, dedim, evladın mum gibi sönüp gidiyor da sen daha ne duruyorsun? Hemen kıvrağımı sırtıma aldım, sokağa fırladım. Bizim komşu pabuççu Yunus Ağa olanı biteni haber almış, bize gelirmiş. Yolda rastladım; adam yüzüme bir baktı, her şeyi anladı. Kolumdan tutup: 'Aman kızım, dedi, dünya bu, beterin beteri var. Kendini topla da akıllı uslu çalış. Maşallah elin kolun tutuyor, hem kendini, hem kızını Allah'ın izniyle namerde muhtaç etme!' Adamcağız nurlu yüzlü bir ihtiyardı. Bana her zaman nasihat verir, yol gösterirdi. Bu sefer de onu önüme Allah çıkarmıştı. 'Yunus Ağa, dedim, nerede çalışayım, ben burada garibim, kimseyi tanıyıp bilmem, kim bana iş verir?' Azıcık düşündü. 'Bizim ihtiyar bir şeyler diyordu, fabrikacı Hilmi Beyler bir kadın mı ararlarmış ne imiş, gel bir eve kadar gidelim!' dedi. Yürüdük. Evlerine vardık. Sahiden dediği gibiymiş. Hilmi Beyler orta hizmetine bakacak bir kadın ararlarmış. Yunus Ağa'nın karısı hemen kıvrağını giydi, beni yanına aldı, beraber gittik. Hilmi Bey'in hanımı şişman, her yanı incili, elmaslı bir hanımdı, Yunus Ağa'nınki başımdan geçenleri anlattı. Meğer öbürleri de bu işi duymuşlarmış. Hanım: 'Erkek kısmına inan olur mu hiç?' dedi. 'Sen şimdi çalış da kendi elinin emeğiyle yaşa. Burada kocanın evinden daha çok rahat edersin!' Hanım biraz kibirliceydi ama, iyi kalpliye benziyordu. Bana kalsa, kocacığımın evi olsaydı da daha az rahat olsaydı. Ama ne yaparsın? El evinde çalışmak ne kadar güç gelse, kızımın hatırı için yapacaktım... Neyse, uzatmayalım, hemen ertesi günü Hilmi Beyler'e taşındık. Kübra ile bana küçük bir oda verdiler. Ne yalan söyleyeyim, iş biraz ağırcaydı ama, karnımız tok, sırtımız pekti. Ne de olsa insan yavaş yavaş alışıyordu. Kendi kendime: 'Şurada gayretle çalışıp kendimi efendilere beğendirirsem ömrümün sonuna kadar otururum. Kızcağızımı da namuslu bir esnafa verirsem içim büsbütün rahat eder. Kimbilir, damat belki çok hayırlı çıkar da beni de yanına alır, ben de el evinde çalışacağıma, kızımla damadıma saçımı süpürge ederim; onların çocuklarına bakarım!' dedim. Artık bütün ümidim Kübra'daydı."

Kadın kendini tutmak için çok çalıştı, fakat gözyaşları ondan daha kuvvetli çıktılar ve o bu sefer sessiz sessiz, yaşlarının yarısını içine akıtarak ağladı.

Tam bu sırada hiç beklenilmeyen bir şey oldu ve kadının hikâyesini yarım bıraktırdı.

Dışarda yağmur damlalarının boğuk sesi arasında bir ayak tıpırtısı peyda oldu, kapıya yaklaştı ve hızlı hızlı vurdu.

Kadın birdenbire sapsarı olarak yerinden fırladı; kapıya gidip sordu:

"Kim o?"

"Aç, aç, benim!"

Yusuf derhal Hacı Etem'in sesini tanıdı.

"Açsana be!"

Kadın yavaşça kapıyı açtı. Dışarda, yağmur sularının altında, sırtında gocuğu ile Hacı Etem göründü. İçeriye doğru bir adım attı, fakat Yusuf'u görür görmez derhal geriledi. Herhalde onu bu vakitte burada göreceğini ümit etmiyordu.

Fakat kendini çabuk topladı. Gülerek:

"Akşamlar hayır olsun, Yusuf Efe!" dedi, sonra ona başka bir nazar bile atmadan kadını yanına çekerek bir şeyler söylemek istedi.

Daha ağzından birkaç kelime çıkmamıştı ki, kadının yüzü değişti. Ellerini yumruk yapıp ona doğru uzatarak bağırmaya başladı:

"Daha ne istiyorsunuz benden? Ha? Daha benden ne istiyorsunuz? Hacı Etem, söyle bakayım ne diye geldin buraya? Haber almaya geldin değil mi? İşler nasıl gidiyor, yolunda gidiyor mu diye haber almaya geldin! İşler hiç yolunda değil Hacı Etem! Dolapları iyi çeviremedik. Belayı bu delikanlının başına sardıramadık. Ne yapalım, daha sizin kadar kansız olamamışız. Daha bu işlerin acemisiyiz. Öyle öldürecek gibi ne yüzüme bakıyorsun? Yok, bana kızma! Benim hiç kabahatim yok. Ben belki işi sonuna kadar götürürdüm, fakat şu kızı görüyor musun? O dayanamadı. O kahpeliği bu kadar ileri götüremedi. Her şeyleri meydana vurdu. Kızım beni utandırdı. Anasına ders verdi. Allah beni affetsin. Bu masum kızcağız, (siz ne derseniz deyin, o masumdur, onun yüreği masumdur, yüreciği temizdir) ya, bu kızcağız bana ne büyük günaha girdiğimi anlatıverdi. Bak, ağlamaktan boğulacak. Beğeniyor musunuz yaptığınızı? Allah bunu yanınıza bırakır mı sanıyorsunuz? Bu çocuğun ahı sizi iflah eder mi? Bak, Hacı Etem, bak: Yüreğin ezilmez mi senin bunları görünce? Bir de sıkılmadan gelip ne olduğunu mu soruyorsun? Bir şeycikler olmadı. Bu delikanlıya bir şeycikler yapamayacaksınız. Hiç olmazsa, bunu bize yaptıramayacaksınız. Kasabanın meydanına çıkıp ümmeti Muhammed'e bağıra bağıra her şeyleri söylerim, her şeyleri diyorum, anlıyor musun? Helbet bize de inanan iki Müslüman bulunur. İsterseniz ondan sonra bizi öldürün, yapmadığınız bir bu kaldı, onu da yapın! Ama ben daha önce kızımı alır, Aşağıçarşı meydanına gider, her şeyi anlatırım. En katı yürekliler bile Kübra'nın yüzüne bir bakınca merhamete gelirler de sözlerime inanırlar..."

Kadın sözünü bitirmeden Hacı Etem birden kolundan yakaladı, kıvırdı ve iki büklüm olup bağıran kadına şiddetli bir tokat yapıştırdı. Kübra keskin bir feryat kopararak yerinden fırladı ve o tarafa koştu; fakat Yusuf daha evvel koşmuş, bir eliyle herifi boğazından yakalamıştı. Yumruğunu vurmak için öbür elini kaldırdı, birden iki eli de havaya kalktı, bir inilti çıkardı, sallandı ve arka üstü yere yıkıldı.

12

Kaymakam Salâhattin Bey, evvelce de söylediğimiz gibi, gündüzleri biraz ağırca olan işiyle, geceleri de içkisiyle meşguldü ve yaşayıp gidiyordu. Memlekette münasebette bulunduğu adamlar az ve seçmeydi. Uzun memuriyetlerin tecrübesi, yerlilerin kendisi gibi memurlarla niçin ahbap olduklarını ona öğretmişti. Tongaya basmayı pek sevmediği ve namuslu kalmak niyetinde olduğu için ziyafetlere, davetlere pek aldırış etmez; çok itimat ettiği, hukuk mezunu birkaç avukat ve bazen de Ceza Reisi ile sessiz sessiz içmeyi tercih ederdi.

Bu avukatlardan Hulusi Bey'in Tavşanbayırı'nda büyük, güzel bir evi vardı. Evin bahçesi Edremit'te bir taneydi. Etrafı şimşir ağaçlarıyla çevrilmiş, çakıl döşeli yollar buraya ufak bir park manzarası veriyordu. Evin tam önünde bir asma çardağı, ufak ve fıskıyeli bir havuz vardı. Akşamları bu havuzun kenarına bir tahta masa çıkarılır, üzeri patlıcan salatası, balık tavası vesaire ile donatılır, rakı şişeleri bir kenara dizilirdi. Kış günleri ise bu masa içerde bir odada hazırlanır, Edremit'te pek de lüzumu olmayan mavi bir çini soba yanar ve rakı burada içilirdi.

Oldukça serin bir kış gecesi Salâhattin Bey, Ceza Reisi ve birkaç avukat, Hulusi Bey'in evinde toplanmışlardı.

Epeyce kafayı tuttukları sırada kapı çalındı, içeriye fabrikatör Hilmi Bey ile Hacı Etem girdi.

Bu Hilmi Bey, Edremit'in eski eşraf ailelerinden birine mensup, kibarca bir adamdı. Vaktiyle Midilli İdadisi'nden mezun olduğu için, oldukça okumuş yazmışlardan, memleketin tahsillilerinden sayılır ve hürmet görürdü. Fakat hürmetin asıl sebebi, sonu gelmeyecek kadar çok olduğu rivayet edilen servetiydi. Muhakkak ki, Edremit'te ondan çok zeytini olan yoktu. Fakat asıl, nakit parasının sayısını Allah'ın bildiği ve bunları saymak için vakit yetmeyeceğinden Hilmi Bey'in altınlarını şinikle ölçtüğü söylenirdi.

Bunlarda biraz hakikat bulunması lazımdı. Çünkü şöyle böyle bir servet, baba ile oğulun bitip tükenmez israfına yetmezdi.

Bu adamın oğlu ile münasebeti memlekette oldukça kuvvetli bir dedikodu menbaıydı. Çünkü Hilmi Bey, Şakir'in hareketlerini düzelteceği, onu yola getireceği yerde, aynı şeyleri kendisi de, hatta çok kere oğlu ile beraber yapar; İzmirli, Midillili veya yerli Rum çocukları ile yazın Cennetayağı, kışın hamam âlemleri tertip eder, avuç avuç para saçardı. Bunları gören Şakir'in niçin daha ileri gitmediğine hayret edebilirdi.

Oğul ile baba arasında bazı gizli meseleler mevcut olduğu ve ikisinin birbirine bazı sırlarla bağlı bulunduğu da şehirde dolaşan laflardandı.

Bu akşamki gelişinde herhalde bir sebep olacaktı. Avukat Hulusi Bey'in pek sıkı fıkı ahbabı olmadığına göre, onun bu tesadüfi gibi görünen ziyareti pek de manasız sayılamazdı. Hacı Etem'le beraber gelmesinde de muhakkak bir maksat gizliydi.

Bir müddet meclise iştirak etti. Birkaç kadeh aldı. Fakat buraya ayık geldiği için bu kadehlerin pek tesiri görülmedi. Küçük gözleriyle, hiç durmadan odadakileri süzüyordu.

Bir aralık Ceza Reisi'ne:

"Bir iki el çevirelim istersen, ne dersin?" dedi.

Ceza Reisi çok namuslu, hakperest bir adam olduğu halde, kumara biraz yüzü yoktu. Büyük oyunlara girmese bile, şöyle bir iki saatlik bir parti çevirmekten kendini alamazdı.

"Siz bilirsiniz. Ufaktan bir şey yaparız!" dedi.

Rakı masası kaldırıldı. İçeri daha küçük bir masa getirildi. Üzerine pike bir örtü örtüldü ve kâğıtlar ortaya çıktı.

Burada oynanan oyunlar nadiren poker, hemen hemen her zaman da otuz bir dedikleri bir oyundu. Fakat bu akşam Hilmi Bey gülerek:

"Reis Bey, bir kılıç keser misin sen bu gece!" dedi.

"Bırak Allah aşkına, hapishane oyunudur o!"

"Hepsi kumar değil mi canım, uzun işe girmektense ayakta birkaç el çeviririz... Maksat vakit geçsin!"

"Sen bilirsin!"

Gülüşerek masanın etrafına toplandılar. Kendi şanlarıyla mütenasip olmayan bu oyunu yarı şaka telakki ediyorlardı.

Hilmi Bey kâğıtları kardı. Yanında duran Kaymakam'a sordu:

"Ne vereyim beyefendi?"

Kaymakam şaşırdı:

"Aman beyim, ben oyun filan oynamam. Hele bu kılıç mıdır nedir, bilmem bile!"

"Bilinecek tarafı yok beyefendi, şimdi öğrenirsiniz!"

Birkaç kelime ile oyunu tarif etti.

"Fakat ben oyun oynamam."

Ceza Reisi sokuldu:

"Aman iki gözüm, çiğlik etmesene! Bir el çevirelim de dağılalım!"

Salâhattin Bey güldü:

"Canım, benim oynamadığımı sen de bilirsin!"

Hilmi Bey:

"Oyun deyip de büyütmeyin beyefendi, şunun şurasında maksat eğlenmek!.. Ne vereyim?"

Salâhattin Bey önüne bir gümüş çeyrek çıkardı:

"Şuna bir dokuzlu verin!"

Hilmi Bey'in elleri süratle işlemeye başladı ve biraz sonra dokuzlu Salâhattin Bey'in önüne düştü. Hilmi Bey derhal cebinden iki çeyrek çıkarıp atarak:

"Buyurun! Kâğıtları da alın, şimdi siz vereceksiniz!"

Yarım saat sonra oyun kızışmış, sesler kesilmiş, çehrelerden tebessüm giderek, onun yerine bir heyecan ve hırs ifadesi gelmişti.

"Bir papaz, iki liraya!"

"Bir üçlü, fitimize!"

gibi sözler işitiliyor ve çabuk çabuk, birbiri arkasından yere atılan iskambiller acayip hışırtılar çıkarıyordu.

Masanın kenarına konan ayaklı bir lamba sarı ışığını ancak

oyuncuların halkasına veriyor ve odanın diğer tarafları sessiz bir loşluğa dalıyordu. Masanın kenarındakilerin iri gölgeleri duvarlarda garip ve kocaman mahluklar gibi mübalağalı hareketler yapıyordu.

Köşedeki camekânlı duvar dolabının ön sahanlığında birkaç kadeh, yarım karafa rakı, biraz pastırmalı yumurta ve biraz da turşu, uzun zamandır el sürülmeden bekliyordu.

Bir müddet evvel oraya kadar gidip bir kadeh atan, sonra meze dolu ağzıyla tekrar masa başına gelerek oyuna iştirak eden keyif ehillerinde pek yerlerinden kımıldayacak hal kalmamıştı.

Birdenbire sararan çehreleri, titreyen elleriyle, acınacak bir hal almışlardı. Kâğıtları kararken yarısını döküyorlar, tekrar toplayıp karıştırıyor ve bu sefer de, kesmek için yanlış birisine uzatıyorlardı.

İkide birde elleri ceplerine gidiyor, karılarının çeyiz getirdiği güzel örme keseler çıkıyor, yine eller titreyerek, içinden para alınıyordu.

Hulusi Bey ile diğer iki avukat pek fazla ziyanda değillerdi. Kendileri büyük söylemiyorlar, büyük söyleyene de kâğıt açmıyorlardı. Ceza Reisi de, biraz fazla içeri kaçmış olmakla beraber, şimdilik olduğu yerde duruyor ve daha fazla vermemeye çalışıyordu. Asıl zararda olanlar Hilmi Bey ile Salâhattin Bey'di.

Salâhattin Bey rakının tesiriyle kendini şaşırmış, cebindeki bütün parayı verdikten başka Hilmi Bey'e de elli altın kadar borçlanmıştı. Hiç kendini bilmez gibi oynuyor, bütün acemi kumarbazlarda görüldüğü gibi, asabi ve çılgın bir oyunla talihi kendine çevirmek istiyordu. Bir kere kaybetti mi ikinci defa demin kaybettiğinin iki mislini ve üçüncü defa ikincide kaybettiğinin iki mislini koyuyordu. Böylece ziyanı, aklı başında olduğu zaman düşünmekten bile korkacağı bir miktara çıkıyordu.

Bütün parayı alan Hacı Etem'di. Yüzünde ciddi bir ifade ile ve asla konuşmadan para sürüyor, yahut kâğıt yapıyordu. Önünde çok bir para yoktu. Bu oyunda kazanılan paranın ortada tutulması şart olmadığı için, Etem aldığı sarı liraları cebine koyuyor ve önünde birkaç mecidiye bırakıyordu.

Hilmi Bey de hiç ses çıkarmadan, dudaklarının kenarında donup kalan kibar bir gülüşle kaybediyor ve Salâhattin Bey'in önü boşalıp zavallı adam bitkin, sarı bir halde iskemlenin arkalığına yaslanınca:

"Ben vereyim beyefendi!" diyerek önüne bir avuç para koyuyordu.

Hulusi Bey ve diğerleri (Ceza Reisi'nden maada) bu işte bir sakatlık olduğunu sezmiş gibiydiler. Fakat ortada gözle görülen bir şey olmadan üstüne belayı davet etmek doğru değildi. Şimdilik oldukları yerde tutunabilmeyi kâr sayıyorlardı. Hiçbirinde sarhoşluktan eser kalmamıştı. Hulusi Bey'in gözleri Salâhattin Bey'e merhamet ve imkânsızlık içinde bakıyor ve Hilmi Bey'in gözleriyle karşılaşmamaya gayret ediyordu. Bir şey yapmaya imkân yoktu: Oyunu bırakmak tekliflerini Salâhattin Bey şaşkın, fakat sert bir el işaretiyle reddetmiş ve Hilmi Bey de:

"Bırakın canım, oynasın beyefendi! Belki çıkarır. Bak, biz de zarardayız, yarım mı bırakalım oyunu?" deyince, herhangi bir şey yapmak büsbütün imkânsız olmuştu.

Lambanın sarı ışığı altında Kaymakam'ın yüzü olduğundan daha uzun görünüyordu. Gümüş gibi beyaz saçları demet demet şakaklarına dökülüyor ve kirli bir renk alıyordu. Sakalları birkaç saat içinde uzamış, uzun parmaklı ellerinin üzerinde mor damarlar peyda olmuştu. İçerisi ve kenarları kanlanan gözleri etrafa bakıyor, fakat hiçbir şeyin farkında değilmiş hissini veriyordu. Bakışları birkaç kere, kendisine sitemli gözlerle bakan Hulusi Bey'e tesadüf etti. Rengi kaçmış dudaklarının kenarında şaşkın ve manasız bir tebessüm belirdi ve başını önüne çevirir çevirmez derhal silindi. Oyun sabah ezanları okunurken bitti: Salâhattin Bey kendisine Hilmi Bey'in uzattığı bir avuç parayı eliyle ve bitkin bir tavırla iterek:

"Yeter!" dedi.

Yerinden kalktı ve kalkarken iskemleyi devirdi, kapıya doğru birkaç adım gittikten sonra döndü:

"Size borcum ne kadar?"

Hilmi Bey masanın üstündeki tütün paketini aldı, arka tarafındaki dağınık rakamları topladı ve:

"Üç yüz yirmi lira!" dedi. Sonra hafif bir tebessümle ilave etti:

"Ehemmiyeti mi var beyefendi, kumarbazın kumarbaza senede beş kuruşu bile geçmezmiş; bir gün yine toplanır telafi ederiz."

13

Salâhattin Bey ertesi gün vazifeye ancak öğleden sonra gidebildi. Yüzü hâlâ sarı ve tıraşlıydı. Evde Şahinde ile şiddetli bir kavga etmiş ve zihni büsbütün karışmıştı. Dairede avukat Hulusi Bey'i kendisini bekler buldu. Hazin hazin gülerek:

"Görünmez kaza işte buna derler iki gözüm..." dedi.

"Duracak zaman değil. İşin çaresine bakmalı!"

"Çaresine bakılacak tarafı mı var? Elimdeki zeytinliği satsam ve bir senelik maaşımı kırdırıp buna ilave etsem yine yetmez; 320 altın bu... Bitti Hulusi Bey, her şey bitti. Düşün ki buradan tası tarağı toplayıp gitmek bile mümkün değil, burada kalıp sefil ve kepaze olmaya mahkûmum. Üç senede, beş senede, elbet ödemeye çalışacağız!"

İçeri eshabı mesalihten birkaç kişi girdiği için sözü kestiler. Kaymakam birdenbire bunların arkasında Hacı Etem'in yüzünü görür gibi oldu ve şaşırdı. Etem, diğerlerini iterek öne doğru sokuldu ve Kaymakam'ın önüne bir kâğıt sürdü.

Salâhattin Bey kâğıda bir göz atınca sapsarı oldu; eli titremeye başladı. Yavaşça sordu:

"Neden icap etti bu?"

"Hani beyim, aklınıza bir şey gelmesin... Lüzumu da yoktu ya, âdettir de onun için; siz bir imza buyurun!"

Kaymakam önündeki kâğıda titrek bir imza attı ve Hacı Etem gözlerini Hulusi Bey'inkilerle karşılaştırmamaya çalışarak süratle çıktı.

Kaymakam diğerlerinin kâğıtlarını da, bir kere göz bile gezdirmeden, imzaladıktan sonra yavaşça Hulusi Bey'e döndü:

"Dün akşamki para için bir senet imzalattılar!" dedi.

"Niçin imzaladınız?"

"Ne yapayım? Hem görmüyor musun, ne biçimsiz zamanda geldi. Muhakkak kerata bir saattir içerisinin dolmasını beklemiş. Her şey bitti dedim ya sana!"

"A iki gözüm, senin bu Hilmi Bey'e bir kötülüğün dokunmuş değildir. Senden intikam almak istemesine filan imkân yok. Herhalde başka bir maksatları olacak. Ya senden mühim bir çıkarları var, yahut da başka bir şey. Hilmi Bey senden bu üç yüz bilmem ne kadar lirayı alamayacağını pek iyi bilir. Kaymakam Bey'i kendisine borçlu etmek zevki için de bu kadar paraya kıyamaz. Dur bakalım, bir müddet bekleyelim. Herhalde bir kokusu çıkacak. Sen yalnız aklını başına topla ve hiç itidalini kaybetme. Dünyada düzelmeyecek iş mi olur?"

Salâhattin Bey bu gibi sözlerin ona teselli vermekten uzak olduğunu ima eden bir tavırla başını salladı.

Akşam eve döndüğü zaman Şahinde, kendisini gülerek karşıladı. Bir iki saat evvelki kavgadan sonra bu fevkalade iltifat onu hayrete düşürdü.

Şahinde onu kolundan tutarak kulağına fısıldadı:

"Ayol sana mühim havadislerim var!"

"Hayrola!"

"Sorma, bugün bize Hilmi Bey'inkiler geldi. Ama öyle senin bildiğin gelişlerden değil, adeta şöyle görücüye gelir gibi bir şey!"

"Ne görücüsü? Kimin için?"

"Kimin için olacak a bey, gelinlik kızın olduğunu unuttun mu?"

"Muazzez için mi geldiler? O daha çocuk, demedin mi?"

"Ne çocuğu, ilahi Salâhattin Bey, ben sana vardığım zaman kaç yaşındaydım?"

"Benim şimdilik kimseye verilecek kızım yok. Gelenlere böyle söylersin. Hem bu işlere sen pek karışma!"

"Karışmaz olur muyum? Anası değil miyim? Neyse, bağırıp durma; ben zaten, babasıyla görüşeyim demiştim. Fakat herhalde kızı yirmisine kadar evde tutup kocakarı yapmaya niyetin yoktur."

Salâhattin Bey odasına gidince uzun uzun düşünerek bu iki günün vukuatını birbirine bağlamaya, onlara mana vermeye çalıştı. Bir şeyler sezer gibi oluyor, fakat içinden çıkamıyordu. Eğer Hilmi Bey, Muazzez'i oğluna almak istiyorsa neden önce dün akşamki gibi bir plana lüzum görüyordu? Doğrudan doğruya isteyemez miydi? Şehrin zengin ve asil bir ailesinin oğlu, herhalde reddedileceğini düşünerek babasını böyle yollara sevk etmiş olamazdı.

Fakat ertesi gün Şakir'i şuradan buradan soruşturunca niçin evvela kendisinin eli ayağı bağlanmak istendiğini anladı.

Hulusi Bey de havadisi duyunca yüzünü buruşturdu:

"Bak bu hiç aklıma gelmemişti," dedi. "Yazık olacak kıza!"

"Ne diye yazık olacakmış? Ben öylesine kız filan vermem!"

"Onlar da herhalde senin böyle diyeceğini düşünmüşlerdir. Ne diye akşam sana üç yüz lira verdiler? Hem dur bakalım, bu daha bir şey değil; onlar bir dolap çevirmeye başlamasınlar yoksa, bu hiçtir. Bu parayı sana Edremit'i bırakıp gidemeyesin diye verdiler. Üst tarafı için başka tedarikleri olacağını tahmin ediyorum. Yalnız bir şeye aklım ermiyor: Şakir, zevkinde safasında bir serseriydi; evlenmek aklına nereden geldi acaba?"

Salâhattin Bey tekrar düşünmeye daldı. Kızını kendine anlatılan şekilde bir ite vermek mecburiyetinde kalacağını aklı almıyordu.

Hulusi Bey:

"Mamafih, belki de bu, Şakir'in delice heveslerinden biridir. Yarın öbür gün geçer. Şimdilik işi mümkün olduğu kadar uzatmaya bak. Kaçamaklı cevaplar ver; belki bıktırıp bu işin arkasını bıraktırırsın. Üç yüz lira meselesine gelince, dediğim gibi bunu senden alamayacaklarını bilirler. Hem sen ne zaman olsa onlara lazımsın. Sonra Hacı Etem demek Şakir demektir. Hilmi Bey'den çıkan para pek yabancı yere gitmedi ki!"

Salâhattin Bey de şimdilik işi savsaklamayı en uygun çare buldu.

Yusuf'a hiçbir şey açmamayı tercih etti. Deli oğlan gidip bir taşkınlık yapar, kendini tutamayıp bir vak'a çıkarır, işi düzelmez bir hale sokardı. Bayramda Şakir'le ikisi arasında cereyan eden hadiseyi de bir parça bildiği için, Yusuf'un bu işten haberi olmasını şimdilik münasip bulmadı.

Böylece on, on beş gün kadar bir zaman geçti ve tam bu sıralarda Yusuf'u bir gece eve getirdiler. Getirenler Yunus Ağa isminde ihtiyar bir pabuççu ile 35 yaşlarında, perişan kıyafetli bir kadın ve onun yanında mütemadiyen Yusuf'un sarı çehresine bakan ve durmadan ağlayan hasta kılıklı bir kızdı.

Bu kızla anası, o gece ve ondan sonraki geceler Yusuf'un başucundan ayrılmadılar ve Kaymakam'ın evinde kaldılar.

14

Yusuf'un yarası ağır değildi. Kasığının yanına, baldırına saplanan bıçak onu on beş, yirmi gün yatağa bağlamaktan başka bir şey yapamayacaktı.

Salâhattin Bey, hatta Şahinde onu bu halde görünce şaşırdılar. Bilhassa Salâhattin Bey kendisi için Yusuf'un ne kadar kıymetli olduğunu o zaman anladı. Günde birkaç kere eve uğrayarak yukarı, onun yanına çıkıyor, gülerek:

"Bak kerataya," diyordu. "Daha bu yaşta efelik yapmaya kalkıyor. Ne kadar olsa serde Aydınlılık var, değil mi? Ee, sen şu işin aslını bize ne zaman anlatacaksın?"

Sonra başıyla diğerlerinin göremeyeceği bir işaret yaparak bu kadınla kızın kim olduklarını sormak istiyordu.

Fakat Yusuf bir şey söylememekte ısrar ediyor ve kendisine çok sorulduğu zaman başını yorgun bir tavırla duvara doğru çeviriyordu.

Kübra ile annesi evde tabii birer hizmetçi oluvermişler, diğerlerini kendilerine bu gözle bakmaya alıştırmışlardı. Bunun için, herkesin tecessüsünü fazla gıcıklamıyorlardı. Ama şehirde bu meselenin duyulduğu ve birçok rivayetlere meydan verdiği muhakkaktı.

Hilmi Bey ile Şakir'in bu Kübra meselesinden biraz fazla telaşa düştükleri, hatta hiç tetiğini bozmayan Hacı Etem'in bile bugünlerde suratı asık olduğu söyleniyordu. Yusuf'un Kübra'ların evinde yaralandığı da gizli kalamamıştı. Buna da bin türlü mana verenler vardı.

Salâhattin Bey de, hariçten kulağına gelen bu havadislerle iktifaya mecbur oluyordu. Kendi evinde olan biten işler hakkında dışardan duydukları ile kanaat etmek adamcağıza güç geliyordu ama, Yusuf'tu bu, işlerine pek akıl ermezdi...

Fakat böyle şuradan buradan duyduğu rivayetlerle asla iktifa etmeyen birisi vardı: Muazzez!

Muazzez her şeyin aslını öğrenmek istiyor, fakat biraz olsun iyileşmeden Yusuf'a sormaya cesaret edemiyordu. Kadın vak'ayı pek kısa anlatmıştı:

"Kızım hastaydı, Yusuf Ağa'mız pirinçle yağ aldı, hatır sormaya geldi. Sağ olsun, zaten pek merhametlidir. Tam çıkıp giderken karanlıkta birisi fırlayıp bir bıçak soktu; herhalde herif, Yusuf Ağa'yı benzetti. Yoksa ne geçmişi olacak ki?.."

Muazzez sordu:

"O gece Kübra hasta mıydı?"

"Ya, yatakta yatardı!.."

"Peki, Yusuf vurulunca ikiniz de onunla birlikte geldiniz, hasta kız yağmurda sokaklarda dolaştı da bir şey olmadı mı?"

"Ah kızcağızım, biz alışkınız böyle şeylere; az mihnet mi çektik? Kızımızın korkudan bir şeycikleri kalmayıverdi. Yusuf Ağa'sını pek severdi."

Fakat bu laflar Muazzez'i tatmin etmekten uzaktı. Nihayet daha fazla dayanamadı. Bir gün Yusuf'un yattığı odaya gitti, yatağının kenarına oturdu ve sordu:

"Yusuf Ağabey, söyle bakayım artık; bütün bu işler ne demek oluyor? Sonra kim bu kız? Bu Kübra?.."

Burada hiç sebepsiz yüzü kızardı ve önüne baktı.

Yusuf:

"O da bir Allah'ın garibi, Muazzez," dedi. "O da çok çekmiş, yüzüne bir baksana!"

Muazzez çocukça bir konuşkanlıkla atıldı:

"Biliyorum Yusuf Ağabey. Fakat tuhaf bir hali var. Yaşı benden küçük olduğu halde beraber olduğumuz zamanlar bir çekingenlik, ne diyeyim, bir üzüntü duyuyorum. Hem görsen, beni ne kadar seviyor. Bazen durup dururken koşup boynuma sarılıyor, yanaklarımı filan öpüyor. Seni de çok seviyor herhalde?.. Birkaç kere senin odanın kapısında içeriyi dinlerken gördüm. Beni görünce ayıp bir şey yapmış gibi önüne bakarak hemen aşağı indi. Fakat dedim ya, bir türlü ona yakınlaşamıyorum. İstesem bile yapamıyorum. Ne acayip şey değil mi?"

Yusuf cevap vermedi. Yorganın üzerinde uzanan eliyle oynamakta olan Muazzez'e dalgın dalgın bakıyordu. Ona daha fazla bir şey söylenemeyeceğini anlayan Muazzez, başka bir şey söylemek ister gibi bir hareket yaptı, fakat cesaret edemeyerek durdu. Nihayet biraz daha tereddüt ettikten sonra, sabredemedi:

"Biliyor musun, Yusuf Ağabey," dedi, "beni istediler!"

Bu sözü o kadar açık ve kısa olarak nasıl söylediğine kendisi de şaşıyormuş gibi gözlerini açarak Yusuf'un yüzüne baktı. Öteki derhal yatakta doğrulmuştu, sordu:

"Kim?"

"Hilmi Bey'in oğlu Şakir için istediler. Annesi geldi... Benden güya saklıyorlar ama, şehirde bilmeyen de yok..."

"Babam ne demiş?"

"Babamın pek gönlü yok. Yalnız annem istiyor galiba! İki günde bir ya annem onlarda, ya onlar bizde. Hilmi Beyleri pek zengin diyorlar. Anneme de daha şimdiden hediyeler filan vermeye başladılar. Sonra..."

Sağ elini Yusuf'a doğru uzattı. Kolunda çok ince işlemeli iki altın bilezik vardı.

"Bunları da Şakir Bey'in annesi bana verdi!"

Yusuf kıpkırmızı kesildi. Muazzez'i elinden tutup bağırtacak kadar sıkarak sordu:

"Desene, iş bu kadar ilerledi ha? Demek sana şimdiden gelin gözüyle bakıp bilezikler filan veriyorlar! Allah versin, senin de canına minnettir. Zengin diye ağzının suyu akıyor, baksana!.."

Muazzez bu sözleri hiç beklemiyormuş gibi kıpkırmızı olarak ayağa kalktı. Gözleri yaşarmış gibiydi. Dudakları titreyerek, birkaç kere:

"Yusuf Ağabey!" dedi.

Sonra bileğinden altın bilezikleri şiddetle çıkararak yorganın üstüne attı.

Yusuf elinin yanına düşen bu iki halkayı parmaklarının arasında ezdi, büktü, sonra ufak bir külçe halinde odanın bir köşesine fırlattı.

Muazzez bu sefer adamakıllı ağlayarak yatağın bir kenarına oturmuştu. Yusuf onu ellerinden tutarak yavaşça kendine çekti; ağzını onun saçlarına yaklaştırarak kulağına:

"Sana çok daha iyi kocalar bulunur, Muazzez. Ne yapacaksın elin serserisini?" dedi. "Sırası mı böyle şeylerin şimdi? Hem sen o Şakir Bey'in ne mal olduğunu bilmezsin. Böyle bir adam için ağlanır mı?"

Muazzez başını hızla çekti. Gözlerindeki yaşlar kurumuştu. Anlamak istemeyen bir ifade ile, hiçbir şey söylemeden, Yusuf'un yüzüne baktı. Bu bakışlarda hem hayret, hem sitem, hem de biraz dargınlık vardı.

Yusuf devam etti:

"Kızım, sen de gençsin, tabii akranlarını görünce senin de için çekecek. Hele böyle Şakir gibi hovardaları kadın kısmı nedense pek beğenir, sonunda da başını taştan taşa vurur. Sen de böyle çocuk gibi düşünme de, biraz ağırbaşlı ol. Hayırlı bir kısmet çıksın hele! Seni evde koyacak değiller ya, helbet birisine verecekler. Anan olacak karı seni ne diye ikide birde Hilmi Beylere götürür ki?.. Çocuk değil misin, helbet evin şatafatı gözünü alacak. Neyse, sen akıllı kızsın, bu kadar sabırsız olma!"

Yusuf daha fazla söyleyemedi. Muazzez'in yüzü onu korkuttu ve şaşırttı. Genç kızın iri gözlerinin içi ateş gibi yanıyor, dudaklarının kenarı tokat yemiş gibi titriyordu.

Ağlayamayacak kadar çok ıstırap çektiği, şiddetli bir buhran geçirmek üzere olduğu görülüyordu. Fakat böyle bir şey olmadı. Muazzez yavaşça yatağın kenarından kalktı, ağır ağır, başı önde dışarı çıktı ve Yusuf hiçbir şey anlamadan arkasından bakakaldı.

15

Şakir, bayram günü Yusuf'la kavga ettikten sonra, sarhoşlukla:

"O kızı, karı diye alıp evime götürmezsem, anam avradım olsun. Şakir'in kim olduğunu belletmeli o yabancının Yusuf'una!" diye yemin etmişti.

Bu sözleri Şakir'in her zamanki sarhoşluk palavraları zannedenler yanıldılar. Her yerde ve daima hükmünü yürütmeye alışmış olan bu şımarık delikanlı, herkesin içinde yediği yumruğun acısını bir türlü unutamıyor ve ancak Muazzez'i almakla Yusuf'a tam bir mukabelede bulunabileceğini zannediyordu. O zaman Yusuf'a dönüp:

"Bu muydu benden sakladığın kız? İşte onu evime avrat diye götürüyorum!" diyecekti ve başka bir şey istemiyordu. Babası evvela bunu dinlemek bile istemedi. Oğluna bir memur kızı almayı, (bu memur kim olursa olsun) aklından bile geçiremezdi. Fakat Şakir'le bir odaya kapanarak yaptıkları uzun bir münakaşadan sonra razı oldu. Nedense bu baba-oğul birbirlerinin sözünden çıkamıyorlardı. Hatta Hilmi Bey'in oğluna karşı biraz da çekingence bir hali vardı. Çok kere şiddetle muhalif olduğu şeyleri böyle bir hususi ve gizli münakaşadan sonra kabul ederdi.

Sonra bu meselede pek fazla ısrarı da lüzumlu bulmadı. Bir kaymakam, bazen zengin bir eşraf kızından daha çok işe yarayabilirdi. Ve ihtimal Şakir konuştukları zaman babasına bu izdivacın aynı zamanda lüzumlu olduğunu da ispat ederek onu kandırmıştı. Fakat ikisi de, nedense, doğrudan doğruya kızı istemeden evvel Salâhattin Bey'in elini ayağını bağlamayı muvafık buldular. Bunu belki işi süratle bitirmek için yapmışlardı. Salâhattin Bey'in mütereddit cevaplarından memnun olmayarak, kati bir neticeye varmak teşebbüsünde bulunmaları da, bu işte beklemeyi pek istemediklerini gösteriyordu.

Bilhassa Yusuf'un yaralanması ve Kübra ile annesinin Kaymakamlara taşınmaları onları daha çabuk olmaya sevk etti. Memleketin bütün sözü geçen takımı seferber hale gelerek Salâhattin Bey'i sıkıştırmaya başladı. İlk zamanlarda rica ve kandırma yolu tutan bu adamların sözleri Salâhattin Bey'in mütemadi retleri karşısında yavaş yavaş bir tehdit kılığı alır oldular. Zavallı adam, işin bu şekle gireceğini düşünmemişti. Memleketi asıl idareleri altında bulunduran bu adamların karşısında bir hükümet memurunun ne kadar az kıymeti olabileceğini; bir kaymakamın, aşağı yukarı, kendisine itibar edilen, fakat işlerine engel olmaya başlayınca derhal tüydürülen bir kukla olduğunu bildiği için, vaziyetten tamamen ümidi kesmiş gibiydi. Elde bulunan bir tek çare, yani burayı bırakıp gitmek, Hilmi Bey'in elinde o senet kaldıkça imkânsızdı. Halbuki bu vaziyette biraz daha beklemek; memleketteki nüfuzlu kimselerin müştereken kendi aleyhine harekete geçmelerine, azline, en sonunda kepaze olmasına bile yol açabilirdi.

İçkinin zayıflattığı sinirleri, daha fazla tahammül edemeyecek gibi görünüyordu. Yavaş yavaş başka türlü düşünmeye ve kendi kendine sormaya başladı: Bu kadar ısrarın manası neydi? Şakir'in bu işten vazgeçmeyip bilakis daha fazla üstüne düşmesi, ondaki bu arzunun geçici bir heves olmadığını gösteriyordu. Bu kadar kuvvetle bir şeye sarılan bir adamın, zamanla kendini ıslah etmesi, hiç de olmayacak şey değildi. Hatta ihtimal Şakir'in, yaşadığı kirli hayata karşı duymaya başladığı nefret ve iğrenme, ona bir aile hayatı kurmak arzusunu vermişti. Bütün bunlara mukabil kendisinin ortaya sürdüğü sebepler ve itirazlar ne kadar manasızdı! Şakir'in yaptıklarını, aynı şekilde ve bu kadar ileri giderek olmasa bile, gençliğinde kendisi de yapmamış mıydı?

Düşündükçe şimdiye kadar aldığı tavırları manasız buluyor ve kendisini de, başkalarını da boş yere sıkıntıya soktuğunu zannediyordu. Avukat Hulusi Bey de eski itirazlarında o kadar ısrar etmiyor:

"Sen bilirsin, hayırlısı ne ise o olsun!" diyordu.

Adamcağız bu şehirde oturduğunu ve bu şehirden ekmek yiyeceğini unutmamak mecburiyetindeydi.

Nihayet bir gün Salâhattin Bey, işi Yusuf'a açtı; bir akşam yemeğinden sonra onu bir kenara çekerek:

"Yusuf!" dedi. "Muazzez artık evlenecek çağa geldi; kendisini isteyenler de var. Ben sana şimdiye kadar açmadım ama, sen herhalde dışardan duymuşsundur: Hilmi Bey'in oğlu Şakir!.. Senin bununla aranın iyi olmadığını biliyorum. Fakat mesele kardeşinin saadeti meselesidir. Evvela ben de bu işe taraftar değildim, ben de bu Şakir Bey'i pek edepsiz biri olarak tanıyordum. Fakat sözlerine itimat ettiğim birçok kimseler, onun aslında hiç de fena bir delikanlı olmadığını; yalnız, gençliğin ve bazı fena arkadaşlarının tesiriyle, biraz taşkın ve biçimsiz bir hayat geçirdiğini söylediler. Ama şimdi, Muazzez'i istedikten sonra, herhangi bir hafifliğini gören yok. Birçokları: 'Şaşıyoruz bu ele avuca sığmayan delikanlının nasıl böyle uslu uslu durduğuna!' diyorlar. Demek ki çocuğun mayasında iyi taraflar varmış. Sen de tabii ufak bir geçmişten dolayı bu işe karşı komazsın!"

Salâhattin Bey bu sırada Yusuf'un kendisini dinlemeyerek perdenin püsküllerini saç örgüsü gibi örmekle meşgul olduğunu gördü. Canı sıkılarak derhal sözünü kesti.

Yusuf perdenin kenarını bırakıp ona döndü:

"Sen kararını vermişsin, bana bunları ne diye anlatıyorsun?" dedi. "Kızın babası sensin, onu benden çok düşünmen lazım. Bana ne?"

"Aman Yusuf, böyle söyleme! Muazzez'i benden çok senin düşündüğünü bilmez miyim? Sen ona hem ağabeylik, hem babalık yaptın. Ne yalan söyleyeyim, ona anasının bile senin kadar emeği geçmemiştir. Şimdi 'Bana ne?' filan diye ters cevaplar vermenin sırası mı? Bak, ben seninle akran gibi konuşuyor, danışıyorum. Eski hıncını filan bir tarafa bırak, bu işte bir fenalık görüyorsan söyle. Niçin bunun lakırdısını bile etmek istemiyorsun? Bildiğin bir şey mi var?"

"Bildiğim, bu Şakir'in bir it olduğudur. Böylelerine kız filan verilmez!"

"Yusuf, ben de öyle düşünüyordum. Fakat hemen kestirip atmak doğru mu ya? Herkes Şakir'in artık adamakıllı değiştiğini söylüyor."

"Neden değişti dersin?"

"Neden olacak, uslanmaya, adam olmaya niyetli de ondan!"

"Sen gene öyle zannet!"

"Ya neden uslandı?"

"Korkudan!.. Hilmi Bey'le Şakir'in sen bugünlerde nasıl dokuz doğurduklarını bir bilsen! Ben bir şeyler olduğunu seziyordum ama, pek içinden çıkamıyordum. Bereket versin Ali, biraz gözümü açtı. Bana Şakir Beygillerin bugünlerde biraz işkilli olduklarını çıtlattı. O da sağlam bir şey bilmiyor, hep şurdan burdan duyma, ama ateş olmayan yerden duman çıkmaz. Duyduklarımın onda biri doğru olsa, böyle bir adama değil kız, selam bile verilmez..."

"Bunlar büyütülmüş, yahut uydurulmuş vak'alardır. Bunlara bakıp hüküm verilir mi?"

Yusuf bu mesele üzerinde fazla konuşmaktan sıkılıyormuş gibi başını çevirdi.

"Bildiğinizi yapın!" dedi. "Bana sordunuz da onun için söyledim!"

Salâhattin Bey de Yusuf'un bu şekilde hareket etmesine sinirlenmiş gibiydi:

"Tabii bildiğimi yapacağım. Yalnız sen de bildiğini söylesen, böyle manasız homurtuları bıraksan daha iyi edersin."

Yusuf omuzlarını silkti...

Salâhattin Bey daha fazla dayanamadı; yerinden kalkan ve odadan dışarı gitmek isteyen Yusuf'u kolundan tutup hızla çekti. Yüzü sapsarı olmuştu. Kısık ve bazen titreyen bir sesle:

"Hepiniz birlik olup beni öldürmeye mi niyet ettiniz?" dedi. "Bütün şehir, evimin içindekiler de dahil olduğu halde, hep birden bana hücum etmeye, beni mahvetmeye mi karar verdiniz? Yusuf! Sen bari bana neler çektiğimi anlayacak, bana acıyacaktın. Çıldıracağım be oğlum, anlamıyor musun?.. Çıldıracağım. Bu hal biraz daha devam eder, herkes bana karşı cephe almaya başlarsa ya başımı alıp kaçacağım, yahut da kafama bir kurşun sıkacağım. Muazzez'i Şakir'e vermeyelim diyorsun, değil mi? Âlâ! Bunu ben de istemiyorum... Fakat ne yapalım? Bir akıl biliyorsan söyle de onu yapayım. Yalnız, benim artık daha fazla uğraşmaya takatim kalmadı. İşi daha fazla sürüklemek, bir sürü kurnaz ve insafsız kurtlarla uğraşmak, onlara her gün ayrı bir bahane bulmak, onların şimdi pek de saklı olmayan tehditlerini anlamamazlıktan gelmek ve hepsine güler yüzle, kibar kibar cevaplar vermek artık elimden gelmiyor. Ben de insanım Yusuf, ben de etten ve sinirden yapılmış bir mahlukum. Bana da biraz acıyın canım!.."

Adamcağızın dudakları titriyordu. Yusuf'un içi bu adama karşı duyduğu sonsuz bir merhamet ve sevgi hissiyle ezildi. Kendini tutmasa, onun boynuna sarılacak ve yanaklarını şapur şupur öpecekti. Fakat sadece:

"Kolayına bakarız, baba!" dedi. "Yalnız, sen bu heriflerin ne mal olduğunu anlamak istersen, bizim Kübra ile anasına bir sor. Onların epeyce şeyler bildiklerini sanıyorum!.."

"Kübra ile anasının Hilmi Beylerle ne alakası var?"

"Bilmem! Fakat galiba bizim zannettiğimizden daha fazla alakaları olacak!"

16

Yusuf, Kübra ile anasını odaya çağırdı. Bunlar, içeride Salâhattin Bey'i görünce bir irkildiler. Yusuf:

"Bana anlatırken yarım kalan bir hikâyeniz vardı," dedi. "Onu şimdi baştan anlat; babam da duymak istiyor!"

Salâhattin Bey, kadına oturmasını söyledi ve sonra:

"Bize açıkça anlatmakta bir beis yok!" dedi. "Sizin hikâyenin Hilmi Beylerle alakası varmış, halbuki bu Hilmi Bey'in oğlu Şakir, şimdi bizim Muazzez'i istiyor; ben razı olmak üzereyken, Yusuf, Hilmi Beylere dair sizin bir şeyler bildiğinizi, bunları öğrenmeden karar vermenin doğru olmadığını söyledi. Baş taraflarını bana biraz anlatmıştı. Siz asıl Hilmi Beylerle alakası olan şeylerden bahsediniz. Yalnız galiba bu vak'alar daha ziyade Kübra'ya ait olacak?"

Ana-kız, beklemedikleri bu sözler ve sualler karşısında biraz, cevap vermeden durdular. Kübra başını önüne eğmiş, yere bakıyordu. Salâhattin Bey ona döndü:

"Kübra, kızım, Muazzez senin kardeşindir. Onun iyiliğini herhalde sen de istersin?.. Bunu düşün de ne biliyorsan, ne oldu ise bize söyle, olmaz mı?"

Kübra yavaşça, başını bile kaldırmadan:

"Yazık olur, Muazzez'i onlara vermeyin!" dedi.

"Pekâlâ ama, kızım, bunun sebebini de söyleyiverin. Ne diye Hilmi Beylerin evini bıraktınız? Eğer kavga filan edip ayrıldınızsa niçin Yusuf'un maiyetine girinceye kadar onların zeytinliğinde çalışıyordunuz?"

Anası cevap verdi:

"Çalışmayıp ölelim mi a beyefendi, bize ettikleri işten sonra onların emri altında çalışmayı kim isterdi?"

Kadın yine ağlamaya başladı. Yusuf eskiden beri, böyle ikide birde ağlayıveren insanlara kızardı. Fakat bu kadının gözyaşları o kadar hakiki, o kadar içten gelmeydi ki, görenlerin onun teessürüne iştirak etmemelerine imkân yoktu.

Salâhattin Bey yerinden kalktı. Kübra'nın çenesinden tutarak başını yukarı kaldırdı. Gözlerinin içine baktı:

"Az şeyler çekmemişsin sen, küçük!" dedi, "fakat her şey geçer. Her şey unutulur. Kendini bir felaketin içinde kaybetmenin manası yoktur. İnsan birazcık da kalender olmalıdır!"

Bu sözleri Kübra'nın anlayamayacağını düşünerek devam etmedi. Fakat Kübra verdiği cevapla, kelimeleri değilse bile söylenilen sözün ruhunu kavradığını gösterdi, dedi ki:

"Hiç geçmeyen, hiç unutulmayan şeyler de var, beyefendi! Ölünceye kadar insanın sırtından atamayacağı şeyler de var..."

Kaymakam, şimdi yalnız Muazzez meselesi için değil, doğrudan doğruya bu kızın macerasını merak ettiği için sabırsızlıkla sordu:

"Fakat kızım, bana her derdinizi niçin açıkça söylemiyorsunuz? Size karşı bir fenalık yapıldı ise, onu cezalandırmak kaymakam olduğum için de vazifemdir!"

"Onlara kimsenin kudreti yetmez!"

Salâhattin Bey, "Benim kudretim yeter!" diyecekti, fakat bunu laf olsun diye söylemek bile elinden gelmedi. Bilhassa, kendisinin ne kadar aciz ve ehemmiyetsiz kaldığını, son günlerin vukuatı açıktan açığa göstermişti. Herhangi bir palavra artık gülünç olmaktan başka bir işe yaramazdı.

Kübra'nın anası:

"Biz ahımızı almayı Allah'a bıraktık. O, bunları iflah etmez inşallah!" dedi.

Yusuf kadına döndü:

"Hadi bakalım, sen şu hikâyeyi anlat. Babam da söyledi ya, Muazzez'in meselesi için Hilmi Beylerin içyüzünü öğrenmek lazım!"

"Ben nasıl anlatayım? Bende artık anlatacak yürek mi kaldı? Kızım, Kübra; sen başına gelenleri söyle! Utanma kızım, senin ne taksiratın var, yapanlar utansın!"

Kübra uzun müddet başını kaldırmayarak düşündü, sonra karar vermiş gibi başını salladı. Gözlerinin içi, uzun müddet açlık çekenlerde görülen bir parlaklıkla, kinle etrafa bakıyordu. Yalnız Yusuf'a tesadüf edince biraz yumuşar gibi oldular.

"Annem anlatmıştı," diye söze başladı. Sesi hafif ve ürkek çıkıyordu. "Hilmi Beylerin evinde orta işine filan bakıyorduk. Ben her sabah yukarı kata çıkar, yatakları toplardım. Bir gün Şakir Bey'in odasına girdim. Kuşluk vaktiydi. Kalkıp gitmiştir sanıyordum. Bir de baktım, yatakta... Geri gidecek oldum, meğer uyanıkmış, girdiğimi duymuş. Başını çevirmeden: 'Su getir kız!' diye bağırdı. Aşağıya koştum, bir kupaya taze su koyup götürdüm. Bir yudumda içti. Akşamdan kalma olduğu besbelliydi. Bardağı geri verirken yüzüme bir baktı, bir daha baktı: 'Sen ne zamandan beri bizdesin?' dedi. 'Beş seneye yakın!' dedim. Kendi kendine: 'Anam da hep malın gözünü bulur, ama bize göstermez!' diye söylendi. Tam çekilip gidecektim, kolumdan yakaladı, çekti. 'Ne yapıyorsun Şakir Bey!' dedim, yatağın içine çekerek: 'Şimdi görürsün!' dedi. Şaşırdım, aklım başımdan gidiyordu. Bir silkindim, kendimi dışarı attım. Şakir Bey yataktan çıkıp doncak arkamdan koştu ama, tutamadı. Bu kılıkta odadan dışarı da çıkamıyordu. Neyse, ben kendimi aşağıya, anamın yanına zor attım. Anam beni nefes nefese görünce sordu: 'Aman kız, ne bu halin?' dedi. Ben utancımdan olanı biteni anlatamadım. 'Koşa koşa indim de ondan!' dedim. 'El evinde koşmaya sıkılmıyor musun? Boyun boyuma geldi, daha akıllanacağın yok!' diye uzun uzun söylendi. Ben gayrı Şakir Bey'e görünmeyeyim diye bucak bucak kaçardım. Odasına çağırdığında kapıyı ardımda hep açık bırakırdım. Ama Şakir Bey artık pek evden çıkmaz olmuştu. Şurda burda yolumu keser, her bir yanımı sıkıştırmaya kalkardı. Ben de korkudan sesimi çıkarmaz, debelenip elinden kaçmaya bakardım. Bir gün, beş gün yakamı bırakmadı. Bir türlü anama bir şeyler diyemiyordum. 'Bu vakte kadar ne diye söylemedin!' der de büsbütün kızar diye korkuyordum. Ama Şakir Bey'in halleri de dayanılır gibi değildi. Sabahları kuşluk vaktine kadar yataktan çıkmaz, türlü mahna bulup beni çağırtırdı. Anama birkaç kere: 'Yukarı işine sen bak da ben senin yerine mutfağa gireyim!' dedim. Anacağızım kimbilir ne anladı, bana: 'Aman kızım, ben sağ oldukça senin elini bulaşığa sokmam inşallah!.. Bana acıdığından bunu söylüyorsan yazık. Anan senin için her şeyleri yapar!' dedi.

Fıkara kadın, bilmezdi benim neler çektiğimi... Gün geçtikçe Şakir Bey işi azıttı. Evde başkaları da duyup bir şey sanacak, beni de, anamı da evden kovacaklar diye yüreğim titriyordu. En nihayet Şakir Bey de bu işten bıkmış gibi yakamı bıraktı. Ben: 'Eh, dedim, biraz başım dinlenecek.' Çünkü, artık beni gördüğü yerde öteme berime dokunmuyor, yalnız kötü kötü bakıp geçiyordu... O zaman bahar vaktiydi. Evde cümbüş, kıyamet gidiyordu. Bir gün hanım, beni yanına çağırdı. 'Cennetayağı'ndaki bağa eşya taşınıyor, arabalarla git de öteberiyi yerleştir!' dedi. Günahı boynuna, bir şeyden haberi var mıydı, bilmem? Anam da sabahtan beri yunakta, çamaşır başındaydı. Gittiğimden haberi olmadı. Ben bağı pek severdim. Vişne zamanı da gelmişti. Sevine sevine koştum; arabadaki yatakların, kilimlerin üstüne oturdum. Arabacı deli bir oğlandı, atları sürer, arabayı devirecek gibi koştururdu. Hem korkudan iki yanıma sarılır, hem de keyfimden bağırırdım. Bağ, Cennetayağı'nın ta öbür başındaydı. Soğuktulumba'yı geçtik. Bahçelerin arasına daldık. Yoldan su geçiyordu. Arabanın tekerleri yarısına kadar suya gömülüp gittiğinden, şıpır şıpır sesler çıkarıyordu. Arabacı da iyice coşmuş, türkü çağırır dururdu. En sonunda bağa geldik. Ben hemen atladım. Vişnelerin dibine koştum. Dalları tutup aşağı eğerek yemeye başladım. Arabacılar eşyayı indirene kadar vişneye doyarım diyordum. Biraz sonra bizim deli arabacı: 'Kübra, biz gidiyoruz, gel topla eşyaları!' diye bağırdı. Ben de vişne dalını bırakıp eve seğirttim. Eşyalar darmadağınık duruyordu. Yazın yarısı bu bağda geçeceği için, her şeyleri getirmişlerdi. Sepetlerin içinde, bakır tencerelerden kırmızı biber kutularına kadar her bir şey vardı. Ben hem eşyayı evin içine taşıyor, hem de türkü çağırıyordum. Bugün gibi aklımda: Musa Çavuş'un kaçırdığı Şadiye için bir türlü yakmışlardı:

Aman beyler yoldan geldim yorgunum
Şadiye Hanım'ın cilvesine vurgunum

diye, işte onu söylüyordum.

"Yukarı katta koca bir halıyı odaya sürüklerken merdivenleri birisi çıkmaya başladı. Yüreğim hop diye ağzıma geldi. Odanın öbür başına kaçıp sofaya doğru baktım: Sırıtıp gelen Şakir Bey'i gördüm..."

Salâhattin Bey ve Yusuf kımıldadılar. Kübra onlara bakarak sustu. Yüzü fevkalade manasız bir ifade almıştı. Son sözler ağzından bir plaktan geliyormuş gibi ruhsuz ve kapalı çıkıyordu:

"Şakir Bey hep öyle sırıtarak kapıya kadar geldi. Ben bağırıp dışarı fırlamak için iki adım yürüdüm. Aklım büsbütün başımdan gidecekti. Bu sefer de merdivenden Hilmi Bey çıkıyordu."

Salâhattin Bey yerinden fırlayıp bağırdı:

"Babası mı?"

"Babası... O da sırıtıyordu. Aman anacığım, ben dünyada bunların sırıtması kadar kötü şey görmedim..."

Kız, yüzünde hep o taş kesilmiş ifade ile olduğu gibi anasının kucağına kapandı. Hiç kımıldamıyordu. Eğer ağlıyorsa, bu pek garip bir ağlayıştı.

Yusuf da yerinden kalktı... Odadan çıkmak için yürüdü, tam kapıdayken Kübra'nın annesinin sesini duyarak geriye baktı. Kadın Kaymakam'a doğru boynunu uzatmış, boğuk boğuk:

"Kızım pencereye koşmuş, yarı beline kadar dışarı sarkmış, ama aşağı düşmeden oğlan eteğinden yakalamış... Dışarıda, bahçe kapısının içindeki kuyunun taşında, Hacı Etem oturup çomak yontarmış!" diyordu.

İkinci Kısım

1

Birkaç gün sonra bir kuşluk vaktiydi. Şakır şakır yağmur yağıyordu. Yusuf gocuğuna bürünmüş, hızlı adımlarla Aşağıçarşı'dan geçerken Hacı Etem'e rast geldi. Beriki, bunu görünce yolunu değiştirecek oldu, fakat Yusuf onu önledi:

"Gelsene azıcık!" dedi.

Hacı Etem eliyle tabancasını yokladı ve bir adım ileride giden Yusuf'un hareketlerine dikkat etmeye başladı.

Yusuf ellerini arkasına kavuşturmuş, hızlı hızlı gidiyordu. Yolun kenarına gelince bir dükkân çatısının altına sığındı; Hacı Etem'in yüzüne bakmadan:

"Babamdan aldığınız senet yanında mı?" dedi.

Bir kavgaya, bir hesap sormaya hazırlanan, fakat bu suali hiç beklemeyen Hacı Etem:

"Bende senet ne gezer, beyin kendisindedir," dedi ve ilave etti: "Ne olacaktı ki?"

"Akşamüstü al da Çınarlı Kahve'ye gel... Parayı ödeyeceğim!.."

Hacı Etem bu sefer kendi karnına bir bıçak yemiş gibi sarardı. Hele bunu hiç beklemiyordu.

"Nereden ödeyeceksin?"

"Üstüne vazife mi? Senedi getir, parayı vereceğim!"

Ve arkasına bakmadan Soğuktulumba tarafına yürüdü; zeytinliğe gidip akşama kadar işçilere göz kulak oldu.

Hacı Etem kahvede pastıra oynamaya gitmek için evden çıkmıştı, fakat Yusuf'la karşılaştıktan sonra hemen döndü, Hilmi Beylerin evine giderek iki saat kadar kaldı.

Baba oğul, onlar da böyle bir şey beklemiyorlardı. Salâhattin Bey'in bir iki günde üç yüz lirayı bulabilmesine imkân yoktu. Kaymakam'ın, hepsi memur olan arkadaşları da kendi gibi züğürttü. Yerlilerden ise böyle bir fedakârlığı, hem de karışık bir işe girmek suretiyle, yapmak isteyecek kimse bulunamazdı. Bu işte bir oyun olması ihtimalini en akla yakın buldular. Hilmi Bey senedi Hacı Etem'e verirken:

"Gözünü aç da kâğıdı kaptırma... O oğlanı pek gözüm tutmuyor!.." dedi.

Halbuki akşamüzeri camları nefesten buğulanan Çınarlı Kahve'ye, arkasında iki de adamıyla birlikte giren Hacı Etem'i, Yusuf ayakta karşıladı; ondan senedi alınca, karşısındakinin beklediği gibi, yırtmaya veya kaçmaya kalkacağı yerde, güzelce katlayıp cebine koydu ve gocuğunun cebinden büyükçe bir meşin kese çıkararak beyaz boyalı demir masanın üzerine altınları saymaya başladı.

Üç yüz yirmi lira tamam olunca yine karşısındakinin yüzüne bakmadan ve bir şey söylemeden kapıya gidip yağmurun içinde kayboldu.

Kahvede bulunup, bu manzarayı görünce tavlalarını bırakarak o tarafa sokulanlar, ağızlarının kenarında ahbapça sırıtmalarla Hacı Etem'e bakıyorlar ve o, liraları avuçlayıp cebine doldururken aptal bir bakışla dudaklarını yalıyorlardı.

Kahvenin kapısı tekrar aralandı ve içeri Şakir girdi. Hacı Etem'in etrafında toplananlar onu görünce yerlerine dağıldılar ve ikisini yalnız bıraktılar.

Şakir kapıya yakın bir masaya gitti, tahta iskemleyi külhanbeyce bir tavırla çekip altına aldı. Hacı Etem de karşısına geçti. Evvela ikisi de bir şey söylemediler. Şakir bir müddet kahvenin içini süzdü: Oldukça geniş olan salon, adamakıllı kalabalıktı. Uzun ve beyaz bıyıklarını oynata oynata bir köşede Rumca muhabbet eden Giritlilerin sesi buradan duyuluyordu. Daha ileride, kahve ocağına yakın bir yerde, dört, beş at cambazı küçük mikyasta bir kavgaya başlamışlardı. Tavanın ortasında sallanan büyükçe bir lambanın ışığı, müşterilerin başlarını aydınlatıyor ve festen keçe külaha, kalpaktan kefiyeye kadar belki yirmi çeşit serpuş, rüzgâr vurmuş bir çiçek bahçesi gibi dalgalanıyordu. Kahve ocağını müşterilerinden ayıran, üst kısmı raflardan müteşekkil tahta bölmede sıra ile dizilmiş nargileler ve dikine konmuş sarı bakır tepsiler parlıyor ve bir kenarda, kabzaları kadifeli kırmızı marpuçlar sallanıyordu.

Esmer duvarlarda başları taçlı, göğüsleri kat kat incili şişman Acem güzelleri duruyor ve mütemadiyen kımıldayan bu insan başı bahçesini seyrediyordu. Bunların karşı sırasında diğerleri gibi renkli taş basması iki "Othello" sahnesi vardı. Bunlardan biri, yere eğilip Desdemona'nın düşürdüğü mendili alan İago'yu; diğeri de muhteşem bir yatağa serilen Desdemona ile, hançeri kendi gırtlağına saplamak için kolunu kaldıran ak sakallı, kıskanç zenciyi gösteriyordu.

Fakat Şakir, ömrünün yarısını geçirdiği bu kahvede, bu anlattığımız şeylere bakmıyor, sadece Hacı Etem'in daha evvel söze başlaması için gözlerini etrafta dolaştırıyordu.

Nihayet onun da sustuğunu görünce gözünün birini kapayıp başını sallayarak: "Ne var, ne yok?" demek isteyen bir işaret yaptı.

Hacı Etem, bunu bekliyormuş gibi hemen:

"Fena!" dedi.

"Parayı verdi mi?"

"Tastamam!.."

"Ne halt edeceğiz?"

"Bilmem?"

"Sen bir çare düşünmedin mi?"

"Vallahi zor iş. Aralıkta benim başım da nâre yanacak. Bana kalırsa kızı buralardan aşırmaya bakmalı, kaçırmalı?"

Şakir, gözleri parlayarak ona doğru eğildi:

"Babam?.. Bu işe onu razı edebilir misin?"

Hacı Etem: "Bu ne biçim laf," der gibi Şakir'in yüzüne baktı:

"Canı isterse... Yoksa üçümüz birden damı boylarız!.."

Şakir, karşısındakinin sözlerini artık dinlemiyordu. Bir şey düşünmeye dalmıştı. Yavaşça sordu:

"Hemen bu işi yapabilir miyiz?"

"Kolay değil... Nereye götürürüz?.."
Şakir onun sözünü kesti:
"Bizim yaylaya," dedi. "Ben götürürüm..."
Hacı Etem canı sıkılmış bir tavırla ve yan yan ona baktı:
"Ya anasını ne yapacağız?.."
Şakir onun ne demek istediğini pek anlayamadı:
"Anasını mı? Evinde otursun anası... Bana ne... Bana kızı lazım!"
Hacı Etem'in yüzü büsbütün içerlemiş bir ifade aldı:
"Sen kimi diyorsun, Allah aşkına!"
"Kaymakam'ın kızını..."
Hacı Etem altına alıp oturmuş olduğu sağ ayağını yere indirdi ve eliyle bir şey fırlatıp atar gibi bir işaret yaptı:
"Bırak Allahını seversen, Şakir Bey... Hep keyfinin havasındasın. Ben, şu başımıza sardığımız derdi, Kübra mıdır, nedir, onu söylüyorum. Sen sevdalık peşindesin. Öbür işi temizlemezsek başımıza gelmedik bela kalmaz. Hele şimdi Kaymakam, kendini serbest bulunca var kuvvetiyle bize dayanacaktır. Memlekette kepaze olduğumuza mı yanarsın? Mahkemelerde süründüğümüze mi yanarsın..."
"Hani sen o işi düzenlemiştin ya!"
"Senin dünyadan haberin yok, Şakir Bey... Senin gözünü mü boyadılar, nedir? Düzene koyduk dediğin iş yüzünden az daha ben sizden evvel damı boylayacaktım. Biz belayı Yusuf'un başına sardıralım derken, kahpenin kızı mostrayı meydana vurdu, ne edeceğimi şaşırdım. İşin içine bir de bıçak oyunu girdi. Bakalım ne olacak. Bütün ümidim şu paradaydı, onu da ödedikten sonra, herifin bizden ne korkusu olacak? Hele şu yere bakan oğlan, şu Yusuf yok mu, onun hesabını da görecek zaman gelir helbette. Bütün açmazlar onun başının altından çıkıyor. Üç yüz yirmi lirayı nereden denkleştirdi, bilemedim, gitti? Yol mu kesti dersin?"
Şakir, ifadesiz gözlerle ona baktı:
"Peki, Muazzez ne olacak?.. O meseleyi ne yapacağız?" dedi.
Hacı Etem yerinden kalktı. Şakir de doğruldu. Kapıya doğru yürüdüler. Dışarda yağmur azalmıştı. Kapının önünde birbirlerinden ayrılırlarken Hacı Etem:

"Senin gözünü sevda bürümüş, Bey..." dedi. "Sen bir İzmir'e git de, gönlünü eğle!"

2

Yusuf üç yüz yirmi lirayı yol keserek tedarik etmemişti.

Kübra, başından geçenleri anlattığı gün, akşamüzerine doğru, Yusuf evden çıkmış, Şerif Ağa'nın oğlu Ali'nin dükkânına gitmişti.

Karanlık dükkâna girer girmez Ali, ona doğru koştu:

"Aman Yusuf, ne oldun?" dedi.

Yusuf, o zamana kadar yüzünde görülmemiş bir heyecanla, fasulye çuvallarından birine ilişti. Ali'ye uzun uzun ve dikkatle baktıktan sonra, ağlar gibi bir sesle sordu:

"Siz, ne biçim insanlarsınız?.."

Bu sözlerde bir sualin bütün talepleri, anlayamamanın bütün isyanı toplanmış gibiydi. Ali şaşırdı ve durakladı:

"Ne oldu, Yusuf!"

Tam bu sırada içeri giren bir müşteri Ali'den Tosya pirinci istedi. Müşteriyi savdıktan sonra Yusuf'un yanına gelen Ali, onun tekrar kendini topladığını fark etti. Şimdi dudaklarında hep o lakayt ve her şeyi bilen tebessüm vardı. Bir türlü anlayamadığı, bir türlü içlerine karışamadığı ve bunu zaten asla istemediği bu insanlarla arasında çelik bir duvar gibi yükselttiği bu tebessüm, onun müracaat ettiği son çareydi. Kendini bu şehrin korkunç akıntısından, ancak, etrafında ördüğü bu soğuk duvarla kurtaracağını sanıyordu. Ruhuna bir gülle gibi düşen ve orasını darmadağınık eden Kübra'nın hikâyesini ve onun akislerini bu duvarın içinde saklamalıydı. Zaten saklamasa ne yapabilirdi? Kendi dili ile bu insanların dili arasında herhalde pek büyük farklar olacaktı, onlar Yusuf'un sözlerinden bir şey anlamayacaklar ve o, anlattığı ile kalacaktı. Sonra insan ancak her hususuna akıl erdirebildiği şeyleri söylemeliydi; halbuki Yusuf birçok şeylerin niçin yapıldığını ve nasıl yapılabildiğini hâlâ anlayamıyor, bunları belki ömrünün sonuna kadar da anlayamayacağını müphem bir şekilde hissediyordu. Onun için ömrünün bu en azaplı, en fırtınalı anında gene, sükûnetini aldı ve Ali'ye sadece duyduğu vak'ayı anlattı.

Ali hiçbir şey sormadan sonuna kadar dinledi. Yalnız, Yusuf'un sözünü bitirmesine yakın, yüzü kıpkırmızı oldu.

Bir müddet sustular. Sonra Ali:

"Ben bu kadarını düşünememiştim," dedi. "Sandığımdan daha aşağılık adammış bunlar. Demek ki babanı borçlu etmekten maksatları buymuş. Bir yerden kokusu çıkarsa baban vasıtasıyla önlemek isteyecekler herhalde... Şakir de Muazzez'i bu yoldan elde etmek niyetinde..."

"Babamdan artık hayır yok... Ne yapacağını bilmiyor..."

Ali bir müddet tereddüt ettikten sonra, dayanamadı:

"Muazzez'in bu anlattıklarından haberi var mı?" dedi.

"Bilmem... Nerden haberi olacak?.."

"Şakir'e gitmek istiyor mu?"

"O ne bilecek... Aklı erer mi?.."

Ali'nin gözleri parladı:

"Ermez olur mu? Yalnız Şakir'in ne mal olduğunu öğrenirse herhalde adını bile anmaz, değil mi?"

Yusuf mükâlemenin nereye gittiğini anlayamadı, sadece omuz silkti.

Ali bir şeyler söylemek istiyor, fakat bir türlü beceremiyordu. Birkaç kere ağzını açtı, sonra tekrar sustu. Yusuf dalgın dalgın bekliyordu. Bir aralık gülümseyerek:

"Beni de işin içine karıştırmayı istediler desene..." dedi.

"Hangi işin?.. Ha, şu bıçak meselesi değil mi?.. Aşkolsun kıza, ne biçim kız bu, ben hiç görmedim."

"Sorma... İnsan bakamıyor bile... Fakat onda bir şeyler var. O kız böyle kalmaz, muhakkak bir şeyler yapacak... Evde onu gördükçe ürküyorum..."

Ali tekrar kafasının içinde dolaşan mevzuya dönmek için:

"Herhalde baban parayı ödemeli!.." dedi.

Yusuf ancak birkaç saniye sonra intikal ederek:

"Nasıl öder?" diye cevap verdi. "Neyle öder?.."

O zaman Ali, birdenbire, kendisinin bile şaştığı bir cesaretle:

"Ben vereyim..." dedi.

Yusuf ağır ağır, karşısındakinin gözlerinin içine baka baka: "Muazzez'i sen mi istiyorsun?" dedi.

Ali, gene kıpkırmızı olarak önüne baktı. Yusuf yerinden kalkıp Ali'nin omzuna vurdu:

"Bu dünyada karşılıksız hayır işlenmediğini öğrendim de onun için sordum," dedi. "Ne kızarıyorsun? Bu işi ben de münasip bulurum. Babama bu akşam açayım... Herhalde razı olacaktır... Yalnız sen kendi babanı nasıl yola getirip bu kadar parayı alacaksın?"

Ali: "Aldırma," dedi. Yusuf dükkândan çıkıp giderken yanına sokulup:

"Bizim büyükanne altın küpüdür, benim bir sözümü iki etmez, babamın da ruhu bile duymaz," diye fısıldadı.

Hakikaten Ali'nin anneannesi Edremit'in meşhur simalarındandı. Genç yaşında küçük bir kız çocukla dul kaldığı halde babasından ve kocasından kalan malları tek başına idare etmiş, ayağına mestlerini giyip aylarca zeytinlerinin başında dolaşmış, İstanbul'a ve İzmir'e yağ satmış, nihayet kızını oldukça fakir bir delikanlı olan Şerif Efendi'ye, Ali'nin babasına verince, biraz istirahate çekilmişti. Artık malları, damadı ile torunu idare ediyordu. Fakat ihtiyar Ganimet Hanım'ın bir köşecikte sarı liraları bulunduğu, hatta bunların, "Kefen param buradadır, cenazemi bununla kaldırınız!" diye gösterdiği, fakat başucundan ayırmadığı yeşil boyalı küçük meşe sandıkta durduğu söylenirdi. Yüzünü hiç kimsenin görmediği bu servetin bazı parçaları, akrabalardan biri evlendiği veya bir çocuk sünnet olduğu zaman bir çift elmas küpe, bir dizi inci veya mavi boncuklu bir "Maşallah" halinde kendini gösterirdi.

Evlerinin alt katındaki alçak tavanlı ve loş odada bir köşe minderine oturarak hiç durmadan okuyup kınalı elleriyle tespih çeken, üç ayları tutan, günde bilmem kaç rekât nafile namazı kılan ve damadına bile başörtülü çıkan bu kadının Ali'ye karşı büyük bir zaafı vardı. Ali, kendisine gidip derdini anlattığı zaman: "Git oğul, bende o kadar para ne gezer!" dediği halde, yatsı namazını kıldıktan sonra usulca Ali'nin odasına gitmiş:

"Al, babana bir şey duyurma!" diyerek Ali'nin yerde serili duran yatağının başucuna büyükçe bir kese bırakmıştı.

Bu sırada Ali, odanın öbür ucunda yere diz çökmüş, önünde küçük bir rahle, beş numara bir lambanın ışığı altında veresiye defterlerini temize çekiyordu. Ninesini görünce kurşunkalemi ile kocaman defteri elinden fırlatarak boynuna sarılmak için ona doğru koştu, fakat ihtiyar kadın eliyle "sus" diye işaret ettikten sonra, geldiği gibi sessiz adımlarla ve uzun eteklerini eşiklerde sürüyerek dışarı süzüldü.

Ali sabahı zor etti ve ertesi gün, akşamın alacakaranlığına kadar Yusuf'u bekledi. Zaman geçtikçe ümidi kırılıyor ve dükkânda dört tarafa gidip geliyordu. Ara sıra başını kapıdan dışarı uzatarak yola bakıyor, sonra kendini oyalamak için tekrar veresiye defterlerine sarılıyordu. Bu esnada aklı büsbütün başka yerlerde dolaşıyor veya düğün günü arkadaşlarıyla beraber alay havası oynarken görüyordu. Sonra birdenbire Yusuf'un hâlâ gelmediğini hatırlıyor, içi burkuluyor, kafasının içinde müspet ve menfi ihtimaller, birbirini kovalayan dalgalar halinde çalkalanıyordu.

Birkaç kere, dalgınlıkla, müşterilerin sirke şişesine az kaldı gazyağı dolduracaktı. Akşama kadar belki beş altı veresiyeciyi deftere yazmayı unuttu ve düşüncelerinin sonunda birkaç kere gözleri yaşardı: Bazen tatlı, bazen acı hayellerle...

Ortalık adamakıllı karardıktan sonra büyük bir ümitsizlik ve yorgunluk içinde dükkânı kapamaya başladı. İndirdiği tahta kepenklere kol vurup kilitledi ve ağır ağır evin yolunu tuttu.

Bayramyeri Camii'nin önünden geçerken içerde hızlı hızlı namaz kıldıran imamın sesini duydu. Kısa fasılalarla secdeye varanların patırtısı dışardan işitiliyordu.

Biraz daha yürüdükten sonra çivitli kireçle badana edilmiş olan ev göründü. Bahçe duvarının üstünden iri bir incirin dalları sokağa doğru uzanıyordu. İçeri girip avludaki tulumbada yıkandıktan sonra, yemek yemeden, yukarı kata, kendi odasına çıktı, beyaz patiska örtülü ve halı yastıklı mindere uzanarak düşünmeye başladı.

"Bir bakkala da kız verecek değiller ya?" diyordu. "Beş on kuruş paramız var diye biz de kendimizi adamdan sayıyoruz... Koskoca kaymakam bu..."

Kalkıp konsolun üstünde birbiri üstüne yığılı duran kitaplardan birini aldı. Bu, mektep zamanından kalma bir dördüncü sınıf kıraatıydı. Ara sıra, akşamları, böyle kâh bir riyaziye kâh bir tarih kitabını eline alır, belki elli defa okuduğu yerleri bir daha gözden geçirirdi. Dünyada mektep kitabından başka bir şey okunabileceğini bilmiyordu. Büyükannesinin ara sıra diğer ihtiyar kadınlarla beraber okuyup ağlaştığı Muhammediye'yi sıkıcı buluyor, Şube Reisi'nin oğlu Vasfi'de pek bol bulunan, iki sütun üzerine basılmış, tercüme romanları da pek anlamıyordu. Onun kıraat ihtiyacını bu mektep kitapları karşılıyordu.

Fakat bu akşam birkaç parçasını gözden geçirdiği kıraat kitabı da onu sıktı ve tekrar mindere oturarak kafesli pencereden dışarı bakmaya başladı.

İçinde tekrar tatlı ümitler uyandı. Muazzez'in, yavaşça oda kapısını açarak, elinde tepsi ile içeriye girdiğini ve kendisine kahve getirdiğini farzetti. Bütün yüzünü memnun bir tebessüm kapladı. Genç kızı karşısına oturtarak onunla düğünlerine, yüzlerce testi zeytinyağına ve Aşağıçarşı'da açacağı mağazaya dair tatlı tatlı konuştu.

Sabahleyin, aynı minderin bir köşesinde ve boynu ağrımış olarak uyanınca, içinde hâlâ uykuya daldığı zamanki tatlı hisler yaşıyordu. Hakikate biraz geç döndü ve içini çekerek doğruldu.

Aşağıda zeytinyağına ekmek banarak ve yarım çanak pekmez içerek kahvaltı ettikten sonra, dükkânın anahtarını duvardan aldı ve sokağa çıktı. Artık boş ümitleri kafasından atmaya çalışıyor ve kendini avutmak için Kazdağı eteklerinde bir köyde bulunan amcasına gitmeyi düşünüyordu.

Birdenbire yüreği genişleyip göğsünün duvarlarına çarpar gibi oldu. Kendi evlerinin sokağını dönünce, öteki köşeden Yusuf'un geldiğini görmüştü. Yolun ortasında durarak yalvaran gözlerle ona bakmaya başladı.

Yusuf yaklaşınca âdeti olduğu üzere elini arkadaşının omzuna koydu, yüzü gülüyordu, fakat bu gülüşte biraz da karşısındakini küçük gören bir ifade vardı:

"Babam razı oldu gibi," dedi. "Anam biraz mırın kırın ediyor."

Ali bir şey söylemiyor, Yusuf'un söylediklerini duymamış

gibi, onun yüzüne, soran gözlerle bakıyordu. Yusuf büsbütün güldü:

"Ne o yahu, Muazzez'i sana yapacağız işte... Başka çare var mı?"

Ali bu sözdeki alayı, hatta belki de hakareti fark etmedi. Kısık bir sesle:

"Muazzez ne diyor?" dedi.

"Onun daha haberi yok. Anası bugün söyleyecek."

Sonra sokak ortasındaki bu muhabbeti kısa kesmek istiyormuş gibi bir hareket yaptı, başını havaya kaldırdı, dişlerinin arasından ve çabuk çabuk:

"Hadi, sen paraları ver!" dedi.

Ali kendine tamamıyla malik olsa ve Yusuf'un haline dikkat etse, muhakkak hayret eder, belki de çok müteessir olurdu. "Hadi paraları ver!" derken bunu hiç de bir arkadaş, hatta alelade bir yabancı gibi söylemiyor, sanki bu sözleri tükürüyordu. Fakat Ali kendinde değildi. Anlayamadığı birtakım karışık, belki de tatlı hislerin içinde yüzüyordu. Elini dalgın dalgın pantolonunun cebine soktu ve oldukça ağır bir keseyi çıkararak karşısındakine uzattı. Yusuf onu yerden bir taş alıyormuş gibi hızla ve bütün avcuyla yakaladı ve kaşlarını çatarak:

"Alışveriş tamam, değil mi?" dedikten sonra koşar gibi çabuk adımlarla uzaklaştı.

3

Bugünün akşamında Yusuf, Çınarlı Kahve'de Hacı Etem'e üç yüz yirmi lirayı teslim etmiş ve senedi geri almıştı. Kahveden çıkınca yağmurun altında sokaklarda dolaştı. Çizmeleri topuklarına kadar çamura batıyor ve ayağını kaldırdığı zaman bıraktığı çukura kirli sular doluyordu.

Karanlık ve dar yollarda, ellerinde cam fenerlerle, komşudan dönen kadınlara ve birkaç sarhoşa rastladı. Yavaş yavaş kasabanın dışına kadar uzanarak Büyükçay'ın kenarına geldi. Uzun bir tahta köprü dereyi bu noktada aşıyor ve Havran'a, Kemer'e gidecek arabalar bunun üstünden geçiyordu. Köprünün iki tarafında büyük çınarlar vardı. Hafiflemiş olan yağmur tekrar hızlandığı için Yusuf bu çınarlardan birinin altına sığındı. Tahta köprü iki tarafta taş rıhtımlara dayanıyor ve köpürerek gelen çamurlu sular bu rıhtımın önünde gürültü bir anafor yapıyordu. Bulutların göstermediği bir ay ortalığa pek hafif bir ışık dağıtıyor ve iri yağmur damlaları derenin yuvarlanan sularına düşerek orada küçük ve hemen kaybolan halkalar bırakıyordu.

Yusuf sırtını büyük çınarın gövdesine dayayarak gözlerini gecenin içine dikti. Derenin öte yakasındaki ağaçlar; şehre doğru uzanan ve üzerindeki su birikintileri yer yer parlayan çamurlu yol; zaman zaman alçalıp koyulaşan ve yükselip açılan bulutlar, birbirine karışmış, birbirlerinin içinde kaybolmuş gibi görünüyorlardı. Sanki tabiatta bu anda müstakil hiçbir şey yoktu. Yusuf kendini de bu muazzam ve yekpare geceye yapışık sandı ve korkuyla ürperdi. Islak ellerini yüzünde dolaştırdı. Kirpiklerinden yanaklarına yağmur suları süzülüyordu. Yaptığı hareketler ona hiçbir yere bağlı olmadığının şuurunu verdi. Hatta yavaş yavaş etrafından ne kadar ayrı olduğunu, ne kadar uzak olduğunu hissetmeye başladı. Bir an içinde deminkinin tamamıyla aksi olan bir yalnızlık duygusuyla sarsıldı. Etrafına baktığı zaman ağaçların, bulutların, derenin kendisinden hızla uzaklaştığını sezer gibi oldu. Kasabanın bazı evlerinin pencerelerini aydınlatan hafif ve sarı bir ışık, Yusuf'un ıslak gözlerinde yıldızlanıyor ve dalgalı bir su üzerine bırakılmış gibi oynuyordu.

İki eliyle arkasındaki ağacın kabuklarına sarıldı. Parmakları soğuk yarıkların arasına girdi. Elini hemen geri çekti ve göğsüne götürdü. Göğsünün içinde, bu asırlık ağacın kabuğu gibi, yarıklar bulunduğunu sandı ve gırtlağına kadar bir ateşin çıktığını hissetti. Aman Yarabbi, ne kadar yalnızdı...

Yalnız, gökyüzündeki yıldızlardan çayın dibindeki çakıllara, doğu tarafından kopup gelen bulutlardan batı tarafındaki denize kadar uzanan ve yayılan bu kocaman gecenin içinde, yapayalnızdı. Düşüncelerini hangi istikamete koşturursa koştursun, karşısına kimse çıkmıyordu. Şu anda bu koskoca dünya üzerinde kendisini düşünen bir tek kişi bile mevcut olmadığına o kadar emniyeti vardı ki, acı bir kabadayılıkla kendisi de hiç kimseyi düşünülmeye layık bulmuyor; fakat bundan, sebebini anlayamadığı bir üzüntü duyuyordu. Acaba onu sahiden hiç düşünen yok muydu ve o hiç kimseyi düşünmemekte, kendini yalnız bulmakta bu kadar haklı mıydı? Bu ihtimal onun gerilmiş olan sinirlerini biraz gevşetti. Sırtını ağaçtan ayırdı; derin bir nefes aldıktan sonra, kasabaya doğru yürümeye başladı.

* * *

Eve gelince cebindeki anahtarla kapıyı açıp içeri girdi. Aynı zamanda kiler ve sandık odası vazifesini, zamanına göre de misafir odası işini gören taşlıkta Kübra ile anası yatıyorlardı. Yusuf'un girdiğini gören kadın, yukarı kata giden merdivenin alt basamaklarından birinde duran idareyi alıp fitili yükseltti. Yusuf eliyle, rahatsız olmamasını işaret ederek sessizce yukarı çıkmak istedi, fakat yerde bir hasırın üzerine serili yatakların yanından geçerken Kübra'nın iri ve parlak gözlerinin kendisine baktığını fark etti. Kadının elinden idareyi alırken sordu:

"Daha uyumadınız mı?"

"Hanımı bekliyoruz..."

"Hanım nerede?"

"Esma kadını aldı, Telgraf Müdürlerine gitti. Çalgı çalıp eğleneceklermiş. Geç geleceğiz dedi."

Esma kadın, evde kâhyalıktan aşçılığa kadar birçok işler gören Rumelili emektardı.

Yusuf tekrar sordu:

"Babam da gelmedi mi?"

"Hayır, gelmedi... Öğleyin yemeğe de gelmemişti!"

"Muazzez?"

"Küçükhanım yukarda... Biraz evvel yattı..."

Yusuf elinde idare ile tahta merdivenleri gıcırdata gıcırdata çıkmaya başladı. Yukarı kata gelince biraz durdu, idareyi odaya mı götürsem, burada mı bıraksam diye düşündü. Şahinde henüz gelmediği için, bırakmaya karar verdi ve merdiven başındaki sahanlığa doğru bir adım attı.

Fakat birdenbire, "A!.." diyerek yerinde kaldı. Karşı odanın kapısı açıktı ve Muazzez orada ayakta durmuş, Yusuf'a bakıyordu.

Çıplak ayaklarında mercan terlikler ve sırtında yakası, kolları ve eteği fistolu beyaz ve uzun bir gecelik vardı. İki kalın örgü halindeki saçlarını arkasına bırakmıştı. Dudaklarında acı bir tebessüm vardı ve ağlamış gibiydi.

Yusuf pek tabii hissini veremeyen bir lakaytlıkla:

"Ne o kız? Yatmadın mı?" dedi.

"Seni bekledim!"

"Ne var ki?"

"Bir diyeceğim var!"

"Yarını yok mu bunun?"

"Bu akşam söylemek istemiştim." Biraz tereddüt ettikten sonra ilave etti:

"Dinlemeyeceksen gideyim!"

Yusuf idareyi öbür eline alarak Muazzez'i kolundan tuttu:

"Gel bakalım, oturup konuşalım!" dedi.

Muazzez'inkine bitişik olan Yusuf'un odasına girdiler.

Bir kerevetin üstünde serili duran yatağa yan yana oturdular. Muazzez derhal, mukaddeme yapmadan doğrudan doğruya sordu:

"Ağabey, beni kaça sattınız?"

Yusuf afalladı ve kızın yüzüne baktı.

Muazzez tekrar etti:

"Daha doğrusu beni kaça sattın?"

"Ne demek istiyorsun?"

"Ne mi? Bugün annem hepsini anlattı... Babamın borcundan tut da..."

"Peki ne olmuş? Nesi var Ali'nin? Beğenemedin mi?"

"Bunu bana sormak şimdi mi aklınıza geldi? Kimseyi beğenmediğim yok, fakat ben Ali'ye filan gitmem, bunu da bilmiş olun!"

Yusuf mükâlemenin çok sert bir üslupla devam ettiğini ve bunda biraz da kendi kabahati olduğunu düşünerek mülayim bir sesle ve yarı şaka:

"Yoksa gönlün hep o Şakir'de mi?" dedi.

Muazzez yerinden fırladı. Kolları soğuktan diken diken olduğu halde yüzü kıpkırmızı kesilmişti.

"Bana bir daha böyle şey söyleme Yusuf Ağabey... Böyle şey söyleme..."

Yumrukları sıkılmıştı ve her tarafı titriyordu.

Yusuf içinde hafif bir ürperme duyarak sordu:

"Peki, kimi istiyorsun öyleyse?.."

Muazzez kendini daha fazla zapt edemeyerek ağlamaya başladı. Başını önüne eğmişti ve gözlerinden yaşlar birbiri arkasına süzülerek göğsüne damlıyordu. Yusuf onu kolundan tutup çekerek tekrar yatağın kenarına oturttu ve yavaş, tatlı bir sesle sordu:

"Söylesene, kimi istiyorsun?"

Muazzez yaşlı gözlerini Yusuf'a dikerek haykırdı:

"Hiç kimseyi... Anlamıyor musun... Hiç kimseyi..."

Ve gözlerini uzun müddet onun gözlerinden ayırmadı. Yusuf da ona bakıyor ve idarenin titrek ışığı vuran yüzünde yer yer ürpermeler oluyordu. Elini yavaşça uzatarak genç kızın saçlarını okşadı. O zaman Muazzez bu işareti bekliyormuş gibi doğruldu, Yusuf'un ellerini avuçlarının içine alarak:

"Kimi istiyorum, anladın mı?" dedi.

Yusuf alt dudağını ısırarak ağır ağır başını salladı:

"Anladım!"

Muazzez hayatında ilk defa Yusuf'un iri kahverengi gözlerinde yaşlar parladığını gördü.

* * *

Yarım saat kadar hiç konuşmadan yan yana oturdular. Her ikisi de soğuktan titriyor, fakat hiçbiri ufak bir hareket yapmaya cesaret edemiyordu. İlk defa Yusuf doğruldu ve Muazzez'in omzuna dokunarak:

"Haydi yat!" dedi.

İkisi de ayağa kalktılar, Muazzez'in odasına gittiler. Genç kız yatağına girdikten sonra Yusuf başucuna oturdu. Gene bir şey konuşmuyorlardı. Yalnız delikanlı ara sıra elini uzatıp yataktakinin saçlarına dokunuyordu. Fakat gayet yavaş yapılan bu hareketleri Muazzez'in hissettiği şüpheliydi.

Biraz sonra odayı muntazam nefes sesleri doldurmaya başladı ve o zaman Yusuf, gürültü çıkarmamaya gayret ederek doğruldu, ayaklarının ucuna basarak dışarı çıktı.

Gözleri yarı kapalıydı ve bir rüyada olduğunu sanıyordu. Bunun için, merdivenin son basamaklarına gelip oturmuş olan ve Muazzez'in odasından çıkıp yanındaki odaya gidinceye kadar kendisini büyümüş gözlerle takip eden Kübra'yı görmedi.

Bir müddet odanın ortasında ayakta durup bekledi. Bulutlar yükseldiği için ortalık biraz daha aydınlanmıştı. Pencerenin yanındaki sedire gidip oturdu. Dışarı bakmaya başladı. Seyrekleşen, kimisi gümüş gibi beyazlaşan ve kimisi hâlâ simsiyah alçaklarda dolaşan bulutlar birbirlerini kovalıyorlardı.

Yusuf gözlerini bunlara dikti ve sabaha kadar böyle bekledi.

4

Birer gece fasıla ile, başka başka odalarda ve bir minder üzerinde, aynı kızı düşünerek gecelemiş olan delikanlılar, anlattığımız gecenin ertesi günü, öğleye doğru buluştular. Yusuf, Ali'nin dükkânına gitti. Gayet sakindi, yapmaya mecbur olduğu işin ne kadar ağır olduğunu bilmiyor değildi. Zihninde işi çabuk kestirip atacak bir cümle hazırlamaya uğraşıyordu: "Kız razı olmuyor; senin işin sarpa sardı" tarzında bir şey söylemek ve mümkün olduğu kadar az izahat vermek niyetindeydi. İlk işiteceği sözün:

"Demek beni böyle dolandırdınız?" demek olacağını biliyor ve daha bunu düşünürken vücudunun ter içinde kaldığını hissediyordu. Bayramyeri'ne gelince Ali'nin dükkânına sapacağı yerde karşı taraftaki kahveye girip camın yanına oturdu. Günün bu vaktinde kahve tenhaydı. Kendisinin biraz ötesinde iki ihtiyar geniş ve üzeri hasır örtülü peykenin üzerine bağdaş kurmuşlar, elleri çenelerinde, düşüne düşüne dama oynuyorlardı. Yusuf gözlerini Ali'nin dükkânına dikti. İçeriye iki müşteri girmişti. Onlar çıkarken Ali'nin yüzü bir an kadar kapıda göründü. Yusuf onunla karşı karşıya gelmiş kadar heyecanlandı. Hiçbir şeyden haberi olmayan bu çocuğa gidip: "Biz senin paranı aldık ama, kızı sana vermedik, onu da kendimize alıkoyduk!.." demek herhalde kolay değildi. Ali'nin birçok taraflarının hâlâ çocuk olduğu muhakkaktı. Böyle bir darbeye bir erkek gibi dayanabilecek miydi acaba? Yusuf'u en çok korkutan, Ali'nin bağırmayıp, hakaret etmeyip, ağlaması ihtimaliydi. Böyle bir şey olursa ne yapacağını bir türlü tayin edemiyor ve mütemadiyen oturduğu yerde sallanıyordu. Havalar soğuk olduğu için, kepenklerinin yarısı kapalı duran şu karşıki dükkânın önünde, biraz sonra dünyanın en büyük fenalığını yapacağı insanla beraber oturduğu yaz günlerini hatırladı. Arkadaşının pembe ve tombul yüzünü, bir şey anlatırken iki elini birden havaya kaldırarak işaretler yapışını görür gibi oldu.

Birdenbire yerinden fırladı. Burada daha fazla beklerse hiçbir şey yapamadan geri döneceğini anladı. Halbuki bugün bu işi temizlemeye mecburdu. Yoksa, arkadaşına yaptığı fenalığın genişliği günden güne artacaktı. En doğru hareket, gitmek, bu işin olmayacağını söylemek ve karşısındakinin pek haklı olarak fırlatacağı hakaretleri sessizce kabul etmekti.

Kahveden çıktı ve sert adımlarla meydanın karşı tarafına doğru yürümeye başladı. Yerler kuru olduğu halde, koyu bir balçığın içinde yürüyormuş gibi ayakları ağırlaşıyor, toprağa yapışıyordu. Boğazının adamakıllı kuruduğunu hissetti.

Bu sırada dükkânın önüne gelmiş ve Ali, onu görmüştü. Oturduğu üstü minderli arkalıksız hasır iskemleden fırlayarak Yusuf'a doğru koştu, onu iki elinden yakalayarak içeri çekti, boynuna sarılarak:

"Yusuf'um," dedi, "Yusuf'um... Göreceksin ne düğün yapacağım... Annem pek sevindi, babam da ses çıkarmadı... Yaşasın bu dünya be!.."

Yusuf, arkadaşının kollarından sıyrılarak ona bakmaya başladı ve birdenbire içinin karmakarışık olduğunu fark etti. Korktuğu başına gelmişti. Ali ağlıyordu. Pembe ve ayva tüylü yanaklarından yaşlar yuvarlanıyor ve o bunların arkasında gülmeye çalışıyordu. Yusuf'un yanına sokuldu, yan yatmış bir pirinç çuvalının üzerine ikisi de oturdular. Ali gözyaşlarını elinin tersiyle silerek:

"Artık Muazzez'in haberi var, değil mi?" dedi.

"Var!"

"Ne diyor, Yusuf, Allah aşkına söyle... Kim bilir, o belki beni beğenmez... Ama sen söyle Yusuf, ben kötü adam mıyım? Ben Şakir gibi miyim?.. Muazzez senin sözünden çıkmaz, Yusuf! Sen ona beni anlatırsın... Bu işi sen yaptın, sonuna kadar sen götüreceksin. Bak, şimdi sana doğrusunu söyleyeyim, ta küçükken, beraber Çınarlıçeşme'ye, bayramlara gittiğimiz zamandan beri içimden böyle şeyler geçerdi ama, olacağını bir türlü aklım kabul etmezdi. Bu iş senin sayende oldu. Anamın başı için söylüyorum Yusuf, artık sen benim için babamdan, kardeşimden ilerisin..."

Elini tekrar onun omzuna koydu. Saadetinden titriyordu:

"Yarın, öbür gün anam gidip isteyecek, nişanı, düğünü de gene onlar konuşacak... Ben hiçbirine karışmayacağım, ama dedim ya, bir düğün yapacağım, Edremit'te kırk yıl söylenecek."

Birdenbire aklına gelmiş gibi:

"Yahu, haberin yok mu? Bizim Hacı Rifat'ın İhsan da evleniyor, iki haftaya kadar düğünü var. Çoruk'tan gelin getiriyor. Dehşetli ahenk yapacakmış!" dedi.

Yusuf'un kulağına böyle bir şey çalınmıştı. Başını salladı.

Ali gülerek:

"Hele bir o düğününü yapsın da görelim, sonra biz de bizimkini yaparız..." dedi.

Yusuf ayağa kalktı... Öteki onun kolundan tutarak:

"Ne o, gidiyor musun?" dedi. "Peki git, ama Muazzez'e benim için söylemeyi unutma... Elinden gelen her şeyi yap, onu bana ısındır!!"

Yusuf, biraz düşündükten sonra:

"Peki," dedi ve eve döndü.

* * *

Ömrünün bu en güzel gecesini, ömrünün bu en korkunç gününün takip etmesi mi mukadderdi? Neydi bu içinden çıkılmaz meseleler? Neydi bu mavi göğe veya sevgili bir yüze bakmayı zevk olmaktan çıkaran hisler ve üzüntüler?.. Yusuf bunlara alışık değildi. Vaziyeti onu o kadar sıkıyordu ki, bir arşın eninde ve boyunda bir kafesin içine kapatılmış gibi, çırpınmak arzusu duyuyordu.

Kalbinin derinlerinde yerleşen bir saadet hissi şimdi ona, mevcut fakat erişilmez bir şey gibi görünüyor ve onun hırsını daha çok arttırıyordu.

Hayatta hiçbir şey ona kıymetli görünmemiş, peşinden koşmak, erişmek, sahip olmak arzusunu vermemişti. Etrafına daima bir yabancı gözüyle bakmış, hiçbir yere bağlanmak arzusu duymamış, bu yalnızlığının gururu içinde memnun olmaya çalışmıştı. Şimdi ilk defa bir şey istiyor, hem de korkunç bir şiddetle istiyordu. Fakat niçin bu istek bir imkânsızlıkla beraber gelmişti? Niçin hayatının bu en büyük arzusunu, şimdiye kadar belki yine içinde, fakat en gizli yerlerde saklı duran bu arzuyu, hapsedildiği yeri parçalayarak ortaya çıkar çıkmaz, öldürmeye mecbur kalıyordu?.. Niçin? Kimin için?..

Ali gözünün önüne geldi ve dudakları yarı merhamet, yarı istihfaf ile büküldü. Bir an içinde arkadaşını adamakıllı aptal ve basit buldu. Onun birkaç sene evveline kadar mektep kitaplarından, birkaç seneden beri de patates, yahut zeytinyağı fiyatlarından başka bir şeye aklı ermediğini düşündü. Uzun senelerini onunla yan yana geçirdiği halde, bu çocuğu hiçbir zaman, uğrunda bu kadar büyük bir fedakârlığı yapacak derecede sevmediğini anladı. Zaten Yusuf, senelerden beri hiç kimseye karşı kalbinde muhabbet beslemiyor ve bir insanı sevebilmesi için ona hayran olması lazım geldiğini anlıyordu. Hürmet ve takdir hisleri beslemediği, hatta tepeden baktığı ve küçük gördüğü insanları nasıl sevebilirdi? Salâhattin Bey'i bir parça seviyorsa, buna sebep; Yusuf'u çok kızdıran aczinin yanında, bu adamın harikulade denecek kadar iyi bir kalbe malik olmasıydı.

Zaten Şahinde kadar manasız, dırdırcı, ne yaptığını bilmez bir kadına peygamberce bir sabır ile tahammül eden bu adam, Yusuf'u ilk günden beri hayrete düşürüyordu.

Halbuki Muazzez'e karşı olan hisleri büsbütün başkaydı. Onu hariçte bir mevcut, yabancı ve başka bir insan olarak düşünmüyor; kendinin bir parçası, kolu, gözü ve yüreği olarak tasavvur ediyordu. Burada beğenmek veya beğenmemek, sevmek veya sevmemek, hayran olmak veya küçük görmek bahis mevzuu olamazdı; çünkü böyle şeyleri bir kere bile kafasından geçirmiş değildi. Muazzez'e dair içinde uyanan ve şuuruna varan his, onun kendisinden koparılması ihtimaline karşı duyduğu müthiş bir acı oldu.

Fakat şimdi birbiri arkasından yuvarlanıp gelen ve önüne geçilmez bir şekilde inkişaf eden bir hadiseler zinciri ona en umulmayacak şeyi yaptırmak istiyordu. Yusuf, kendisini içten içe kaynatan bütün isyan hamlelerine rağmen boyun eğeceğini, ne bilgisinin, ne de kuvvetinin, ona yardım etmeyeceğini biliyordu.

Müphem bir düşünce şeridi halinde kafasından bunlar geçer ve o, elleri ensesinde, mindere arkası üstü uzanıp gözlerini tavana dikerken, hafifçe oda kapısı gıcırdadı. Yusuf hemen doğruldu. İçeri girenin Muazzez olduğunu görünce ayağa fırlayarak ona doğru yürüdü.

Muazzez'in kalbi patlayacak kadar hızlı atmaya başlamıştı. Fakat Yusuf onun boynuna sarılacağı, yüzünü gözünü öpeceği yerde, yanından geçerek kapıya gitti, orada arkasına döndü, kendisine hayretle bakan kıza:

"Ben dışarı gidiyorum, acele bir işim var!" dedi.

"Yusuf!.."

"Yarın, öbür gün Ali'nin anası sana görücü gelecekmiş. Göreyim seni, kaymakam kızı olduğunu belli et!.."

"Yusuf!.."

"Annenin sözlerine de pek kulak asma. Ali kötü çocuk değildir. Parası var, malı da var. Ahlakı da mazbut..."

Son cümleleri söylerken Yusuf'un yüzünü zehirli bir tebessüm kaplamıştı. Bunu fark eden Muazzez bir adım geriledi; bir şey demek için ağzını açtı, fakat diyemedi. Birkaç kere daha gayret etti, fakat bu sefer de gırtlağından ancak anlaşılmaz birkaç ses fırladı. Bir şeyler söyledim zannettiği halde, kelimeler ağzının içinde kalmışlar ve dışarı çıkamamışlardı.

Yusuf'un kafası zonk zonk atıyordu, fakat hep o kendine hâkim tavrıyla, yalnız daha sıcak, genç kıza sokuldu:

"Sus kızım, bunun böyle olması lazım!" dedi.

5

Anlattığımız vak'alardan beri iki hafta geçmiş, bu müddet zarfında Yusuf eve pek az uğramış, zamanını daha çok zeytinlikte geçirmişti. Gece yarısından sonra geliyor, şafakla beraber gidiyordu. Muazzez'le karşılaşmak istemediği belliydi. Bir müddet evvel Ali'nin annesi Muazzez'e görücü gelmiş, "düşünelim," cevabını almıştı. Bunun burada bir muvafakat olduğu malumdu. Artık söz kesilmiş demekti. İki taraf da mümkün olduğu kadar ağırdan almış olmak için sual ve cevapların arasını uzatıyorlar, birbirlerine pek seyrek gidiyorlardı. Fakat Ali'lerin evinde nişan hazırlığı başlamış, hatta nişanda gönderilmesi âdet olan baklava tepsisini örtecek kırmızı gaz boyaması bile bir kenara ayrılmıştı.

Salâhattin Bey, üç yüz yirmi liranın ödenmesinin sinirlerine verdiği gevşeklik içinde, her şeyle alakasını kesmiş gibiydi. Mütemadiyen ve sabahlara kadar düşündüğü günlerin acısını çıkarmak için olacak, kafasının mutlak surette boş kalmasına gayret ediyor ve evde kendisine sorulan en basit şeylere bile omuz silkmekle mukabele ediyordu.

Şahinde Hanım, eskisi gibi komşu komşu dolaşıp gevezelik etmekte, "âlem"ler yapmaktaydı. Araya giren soğukluğa rağmen Hilmi Beylere bile gidip geliyor, yalnız burada, Muazzez'in başkasına sözlü olduğunu asla ağzına almıyordu. Fakat başka yerlerde: "Daha da bir kararımız yok ama, bilmem ki... Damadı pek zengin diyorlar... Ahlakı da melek gibiymiş!" diyerek Ali'nin senasında bulunmaktan geri kalmıyor ve bu sırada ondan "damat" diye bahsederek, işin pek iptidalarda bulunmadığını anlatmak istiyordu.

Fakat tek başına bir şey becerecek kadar aklı olmadığı ve Salâhattin Bey ile Yusuf da bu son günlerde kendi havalarında gezdikleri için nişan hazırlığı filan yapıldığı yoktu.

Bu vaziyetten en çok sıkılan ve ne olduğunu, ne olacağını bir türlü anlayamayan Muazzez, her sabah ve her akşam Yusuf'u tek başına bulup konuşmaya karar veriyor; fakat bazen cesaretsizliği, bazen de Yusuf'un yorgunluktan bitkin bir halde eve gelip derhal yatağa girişi yüzünden bunu bir türlü yapamıyordu. Birkaç kere, annesinin ve babasının evde olmadığı akşamlar, Yusuf'u geç vakte kadar bekledi, o gelince önüne çıkıp:

"Yusuf Ağabey..." diye söze başlayacak oldu.

Yusuf derhal onun sözünü keserek:

"Daha yatmadın mı Muazzez?" dedi. "Kış günü bu kıyafette sofaya çıkılır mı? Koş yatağına, ben de bugün çok yoruldum, hemen yatacağım!"

Genç kızın cevap vermesini beklemeden odasına girdi.

İlk zamanlarda Yusuf'a karşı müthiş bir hiddet, hatta kin duymaya başlayan, sonra yavaş yavaş bu kızgınlığı büyük bir teessüre çevrilen Muazzez, son zamanlarda Yusuf'un halinden korkmaya başlamıştı. Herhalde ağabeyisi, göründüğü kadar sakin olmayacaktı. Bir akşam, gene başlamak üzere olan bir mükâlemeyi kesmek için, sert sert cevaplar verirken birdenbire elini uzatarak Muazzez'in yanağını okşamış, Muazzez bu elin sıtmalı gibi titrediğini fark etmişti. Bazen kızın sözlerini hiç kesmeden, belki on dakika ve daha fazla dinliyor, gözlerinde anlayan, hatta aynı şeyleri hisseden ışıklar yanıyor, fakat karşısındakinin sözü biter bitmez, sanki hiçbir şey dinlememiş ve rüyadan uyanıyormuş gibi, kuru, yabancı, manasız bir cevap veriyor ve hemen uzaklaşıyordu.

Onun bu hallerini gördükçe zavallı Muazzez'in perişanlığı daha çok artıyordu. Bütün gününü evde yalnız geçirdiği için, kendi kendini dinlemeye alışmıştı. Durup dururken ağladığı, sonra hafif bir tebessümün dudaklarına yayıldığı oluyordu.

Kübra ile anası ise evde iki hayal gibiydiler. Kendilerine lüzum olmadığı zaman yok oluyorlar ve arandıkları zaman, sanki havanın içinden, birdenbire beliriyorlardı. Onlar da sinirlerinin uzun süren bir uyanıklığını dinlendirmek için Salâhattin Bey gibi, manevi bir uykuya dalmışa benziyorlardı.

Kübra biraz toplamış olmakla beraber, yüzünün hasta sarılığını hâlâ muhafaza ediyordu. Birkaç kere, gündüzleri, yukarı kata, Muazzez'in yanına çıkmış, yapayalnız bir odada bir mindere yüzükoyun yatarak düşünen genç kızla bir iki laf etmek istemişti. Fakat birbirlerine söyleyecek bir şey bulamadılar ve sıkıntılı bir sükût içinde uzun zaman yüz yüze bakıştılar.

Bugünden sonra, Muazzez, Kübra'dan büsbütün kaçar oldu.

Sebebini bilmediği halde, bu kıza karşı içinde bir kızgınlık var gibiydi. Bir insana en muhtaç olduğu bu zamanlarda bile, aklına bir kere olsun Kübra gelmemiş ve o, bunu arayınca da ona ısınamamıştı. Isınmak şöyle dursun, birbirlerine susarak bakışırlarken onun gözlerinde kendisini ısırmak isteyen parıltılar sezer gibi olmuştu. Mümkün olsa gündüzleri bu evden kaçacak, yahut bir köşeye saklanacaktı.

Bereket versin, evde kapalı kalan ve ehli bir hayvan halinde, fakat çok daha maksatsız büyüyen kızların hepsinde olduğu gibi, onda da, vücudunu ve kafasını hiçbir şeyle meşgul etmeden, hiçbir şey düşünmeden ve hiçbir şey yapmadan saatlerce, günlerce, belki aylarca, senelerce beklemek kabiliyeti vardı ve içini yakan düşüncelerden bitap bir hale gelince, bu mutlak hiçliğin kucağına atılıyordu.

6

Bir tesadüf, daha doğrusu bir felaket, birdenbire her şeyi değiştirdi.

Hacı Rifat'ın İhsan bir haftadan beri düğün yapıyordu. Bir çarşamba akşamı ahenk ve coşkunluk son haddine varmıştı. Çayiçi denilen mahalledeki evin avlusu kadınlarla ve kapının önündeki meydan erkeklerle doluydu.

Hepsinin başları hacı yazmasıyla örtülü kadınlar, avlunun kenarında sıralanmış ve oturmuşlardı, ev halkından bir kısmı ile, samimi ve teklifsiz misafirler yukarı kata çıkan merdivene dizilip aşağıyı seyrediyorlardı. Oldukça soğuk havaya rağmen, belki de yaklaşmakta olan baharın verdiği bir cesaretle, düğün açıkta yapılıyordu. Avlunun ortasındaki taşlıkta birkaç çingene karısı, ellerinde zilli teflerle kısa tempolu oyun havaları çalıyorlardı. Mahallenin genç kadınları ve kızları önlerine bakarak ve sarı çetik pabuçlu ayaklarıyla kısa adımlar atarak bu kasabaya mahsus oyunlar oynamaktaydılar.

Gelin; başında, sıra sıra altın ve incilerle yüklü bir fes taşıyor ve ince bir tül arkasına, iki demet sarı tel yanaklarının üstünden göğsüne uzanıyordu. Onu bu günün hürmetine bir tahta iskemleye oturtmuşlardı. Şaşkın ve ağlamış gözlerle ara sıra etrafı süzüyor, fakat daha ziyade önüne bakarak, ihtimal bu sıkıntının biteceği dakikayı bekliyordu. Kolları ellerini örtecek kadar uzun olan ve etekleri yerde kat kat biriken vişne çürüğü kadifeden dallı elbisesi yüzüne hafif bir pembelik veriyor ve avlunun bir köşesinde yanan çıraların ışığı nemli kirpiklerini zaman zaman parlatıyordu. Yanı başında oturan anası, mütemadiyen üstlüğü ile gözlerini siliyor ve ikide birde gelip kulağına bir şeyler söyleyen oğlan tarafına mensup kadınlarla konuşuyordu.

Birkaç kere gelini de oyuna kaldırdılar. Çingene kadınların tefleri birdenbire seslerini yükseltti, kısa mısralı şarkılar ağızlardan daha mana, hatta daha şehvet dolu olarak dökülmeye başladı. Ortaya çıkınca bir müddet ne yapacağını şaşırmış gibi bekleyen gelin, yavaş yavaş, adeta donukluktan çözülüyormuş gibi kımıldadı. Etekleri zeminin iri, siyah taşları üzerinde ileri geri birkaç hareket yaptıktan sonra, sıçramaya benzeyen küçük hamlelerle avluyu dolaşmaya başladı.

Altın işlemeli iri dalları çıraların ışığında parlayan kalın kadife elbiseye rağmen, vücudunun henüz çocukluktan çıkmayan nahifliği belliydi. Bol yenli kolları ancak göğsünün altına kadar kalkıyor ve parmakları işitilmeyecek kadar hafif şıkırdıyordu.

Başından sarkan tüllerin altında, ince ince beline kadar uzanan saçları, vücudunun hareketlerine uyarak sallanıyordu; yarı kapalı gözleri hep yerdeydi. Oyluklarını saran enli gümüş kemer, kalçalarının hafif ve ahenkli hareketlerini meydana vuruyor ve bu sırada ışık oyunları yapıyordu. Bütün raks; gelinin, vücudunun muhtelif yerlerini, belli belirsiz, fakat görülmemiş bir ahenkle ve birbirinin içinde kaybolarak, hareket ettirmesinden ibaretti.

Kenarda dizili duran ve memnun bir tavırla başlarını sallayan kadınlar ve onların yanı başlarında bağdaş kurup uslu uslu oturan çocuklar, sanki gelinin hareketlerinden en ufak bir noktayı kaçırmaktan korkuyorlarmış gibi, dikkatle bakıyorlardı. Merdivenin altındaki bir tahta ambarın üstüne ilişen İhsan'ın annesi bile, hizmetçilere emir vermeyi bırakmıştı, tasvip eden gözlerle oyunu takip ediyor ve aslan oğluna layık bir gelin aldığını düşünüyordu.

Dışarıda erkeklerin yaptığı ahenk ise hiç bu kadar sakin ve ağır değildi. Geniş ve tozlu meydanın kenarlarına dikilen sırıkların üzerinde demir ızgaralar vardı ve bunların arasına sokulan çıralar, meydanı oldukça aydınlatıyordu. Bir kenarda mevki alan iki davul ile iki zurna ve bir klarnetten ibaret çalgı heyeti, bir an bile durmadan, ardı arkası kesilmez havalar çalıyor ve zurnacıların şişirilmiş birer kursak gibi gerilen yanakları yağlı yağlı parlıyordu. Kenarlara dizilmiş olan ağaç kütüklerinin üzerinde kasabanın ileri gelen delikanlılarının hemen hepsi mevki almıştı. Mavi çuha elbiseli kabadayılardan nefti şeytanbezi giymiş efendilere kadar, İhsan'ın bütün dostları gelmişlerdi. Az çok herkes sarhoştu ve İhsan bir elinde koca bir binlik, öbüründe teneke bir maşrapa ile dostlarını dolaşmaktan geri kalmıyordu.

Esmer yüzünde manasız bir yorgunluk ifadesinden başka bir şey yoktu. Ter damlalarıyla ıslanan ince ve seyrek bıyıkları, arkadaşlarının önünde, şaşkın bir gülüşle sanki daha seyrekleşiyordu.

Arkaya doğru attığı oyalı yemenili fesi, başının yan taraflarındaki siyah kıvırcık saçlarla ortasındaki ustura ile kazınmış yeri meydana çıkarıyordu. Kafasının içinde, bu akşam arkadaşlarına iyi hizmet etmek, onları iyi eğlendirmek düşüncesinden başka bir şey yoktu, bunun için zurnalar biraz duracak olsalar, derhal küfürleri savurarak o tarafa koşuyor, fakat zavallı çingenelerin pek çabuk boşalan iri rakı şişelerini, adamlarına mütemadiyen doldurtmayı da unutmuyordu.

Çalgıcılar halay havası çalınca, kütüklerin üstünden hemen beş, on kişi kalkıyor, arka arkaya dizilerek ağır ve ölçülü adımlarla meydanda dolaşıp oynamaya ve ellerini başlarının üstünde birbirine yaklaştırıp tekrar yanlarına bırakmaya başlıyorlardı. Bazen parmaklar iyi şakırdasın diye toprağa sürülüyor ve ağızlarından bir sarhoş geğirmesini müteakip yüksek perdeden bir nara fırlıyordu.

Ali, daha erkenden gelmiş ve bir köşeye oturmuştu. Pek sarhoş değildi. Çiğlik olmasın ve İhsan'ın hatırı kalmasın diye iki yudum rakı içmişti. Orta yerde dizlerini toprağa vurup dönen iki arkadaşına, keyifli gözlerle bakıyor; kendi düğününde her şeyi daha iyi yapabilmek için, etrafına dikkat etmekten de geri kalmıyordu.

İhsan, birkaç kere gelip, Ali'nin yanına oturdu:

"Ee, nasılsın bakalım, senin düğün ne zaman?" dedi.

"Etme canım, daha ortada bir şey yok!"

İhsan, sitemli bakışlarla onu süzdü:

"Bizden de mi saklı? Gücendim doğrusu, Ali!.." dedi.

Öteki cevap vermeden İhsan yerinden fırladı. Ali, onun gittiği yere bakınca, birkaç kişi ile birlikte gelen Şakir ile Hacı Etem'i gördü.

Şakir her zamanki gibi sarhoştu ve Hacı Etem'in koluna girmişti. Ayağında, paçalarının düğmeleri çözük, haki bir külot pantolon, sırtında lacivert bir ceket ve yelek vardı.

Oturanlar, yeni gelenlere aralarında bir yer açtılar. İhsan onları karşıladı ve itibar etti. Şakir kendisine uzatılan rakı dolu maşrapayı yakaladı, kaşlarını havaya kaldırarak dikti, sonra yüzünü buruşturarak avcunun içiyle ağzını sildi. Hacı Etem, cebinden leblebiyle üzüm çıkararak uzattı ve İhsan'ın adamlarından biri, büyük bir çinko sahanın içinde, turşu yetiştirdi.

Bu aralık Şakir'in gözü birdenbire, kendisinden beş altı adım ötede oturan Ali'ye ilişti. Derhal etrafındakileri dirsekleriyle iterek olduğu yerde serbestleşti, sonra başını yukardan aşağıya ve sağdan sola gezdirerek müthiş bir nara attı.

Oradakilerden birkaçı, işi derhal çaktılar ve Hacı Etem kendi kendine:

"Sardık başımıza belayı!" dedi.

Çünkü, ortada güya henüz bir şey olmadığı söylenmesine rağmen, Ali'nin Muazzez'i alacağına kasabada olmuş bir iş diye bakılıyordu. En ziyade Şahinde Hanım'ın inkâr tarikiyle ilan ettiği bu havadis, daha ilk günlerden beri Şakir'in kulağına da gelmişti. Hacı Etem'le ikisi, Yusuf'un üç yüz yirmi lirayı nereden edindiğini derhal anlamakta da güçlük çekmediler. Hacı Etem, bu oğlana güzel bir oyun oynamak niyetindeydi ve bir fırsat bekliyordu. Halbuki Şakir, olmuş bitmiş saydığı emellerini suya düşüren, her şeyi bırakıp peşinde koştuğu kızı, birkaç yüz sarı lira sayınca, elinden alıveren rakibini görür görmez, köpürmüştü. Güya kime söylediğini belli etmeyerek, fakat yarı yarıya Ali'ye bakarak, küfürler savuruyor ve:

"Aman Şakir Bey, sana yakışmaz, ağır ol, dinin hakkı için!" diye kendisini teskine çalışanları omuzlarıyla iterek:

"Bırakın beni, ben yakarım!.." diye bağırıyordu.

Ali de derhal işi fark etti; bir bela çıkmasın diye gitmeyi düşündü, fakat ondan sonra Edremit'te kimsenin yüzüne bakmaması icap ederdi. Bu kadarını yapamayacağını anladı ve aldırış etmemeye çalışarak yerinde kaldı.

Şakir gitgide azıyordu. Bir kere aklı Muazzez'e saplanmıştı, mütemadiyen onu görüyor ve nazarları Ali'ye iliştikçe hakikaten içinde kaynar sular köpürüyormuş gibi oluyordu. Bu korkak, bu miskin bakkalın kendisi gibi bir fabrikatör oğluna, bir beye üstün tutulmasına aklı ermiyor ve bütün bunların mesuliyetini bu anda Ali'de buluyordu.

"Benden kabadayısı varsa, çıksın bu meydana!" diye bağırdı.

"Yok ağam, senden üstün yiğit Edremit'te ne gezer!" diye etraftan hemen cevap verdiler...

"Benim yediğim yemişe elini kim sürecekmiş bakayım?.."

Gene etraftan atıldılar:

"Kimin haddine düşmüş, Şakir Bey?.. Sen keyfine bak..."

Ali, yerinde rahat oturamaz oldu. Şakir, boynunu iki tarafa kıvırarak, gözleri kapalı, bağırıyordu:

"Böylesi varsa, kanını içerim!"

"İçeriz, Şakir Bey, sen rahat ol!.."

Bu sırada davul zurna tekrar bir halay havası çaldı. Gitgide muvazenelerini kaybeden bacaklar, yerde sürüklenip toz çıkararak, birbiri arkasına dolaşmaya başladılar. İkide birde oynayanlar duruyor, bellerden tabancalar çıkarak havaya dört, beş el sıkılıyordu.

Şakir, etrafındakileri iterek ortaya atıldı ve oynayanların arasına katıldı. İpekli Halep işi kuşağı çözülmüş, yerde sürünüyor ve ayağına dolaşıyordu. Sol eliyle onu beline sokuşturarak, oynamaya başladı. Zorla ayakta duruyor ve olduğu yerde dönüyordu. Dizlerini yere vurmak için eğildiği sırada yüzüstü tozlara yuvarlandı ve güçlükle doğruldu. Gözlerini açamıyor ve etrafa gözkapaklarının arasındaki bir çizgiden bakıyordu.

Bir aralık Ali'nin önünde olduğunu hissetti. Ona dönerek dimdik durmaya çalıştı. Yüzünün adaleleri ve dudaklarının kenarı sinirli sinirli oynuyordu. Hep o yarı kapalı gözlerle, kaşları alnına doğru gerilmiş, meydan okuyan bir tavır aldı. Ali de doğrulmuştu; sapsarı yüzüyle karşısındakine bakıyor ve şu anda Şakir'i değil, etraftaki arkadaşlarını, bir korkaklık yaparsa onların ne diyeceğini düşünüyordu.

Şakir hafif bir silkindi. Oyuncular halkasının ortasına girmiş bulunan bir davul ile bir zurna bu tarafa yaklaşmıştı. Davulcu kamburunu çıkararak var kuvvetiyle tokmağı vuruyor, zurnacı ise, bütün vücuduyla oyuna iştirak ediyormuş gibi, kıvrıla kıvrıla üflüyor ve çalgının ağzını bazen oynayanlardan birine, bazen de, büsbütün coşarsa, dimdik gökyüzüne çeviriyordu.

Şakir oyuna devam ederek birkaç adım ilerledi. Bu sırada seyircilerden ve oynayanlardan bir kısmı silahlarını çekmişler, birbiri arkasına havaya sıkıyorlardı. Şakir de elini sol tarafına attı, lacivert ceketinin altından iri bir Smith Wesson tabancası çıkararak yıldızlara doğru üç el sıktı.

Sonra sanki bu ağır silahı taşımaktan yorulmuş gibi, kolu ağır ağır aşağıya indi, Ali'nin hizasına gelince durdu, dimdik uzandı ve daha aşağı inmedi. Şakir'in biraz evvel açılmayan gözleri şimdi yusyuvarlaktı ve biraz dışarıya fırlamış gibi görünüyordu. Başı biraz sağa eğildi ve gözü namlunun hizasına gelince iki defa arka arkaya tetiği çekti.

Bütün bunlar: Tabancanın çıkıp, havaya sıkılması ve sonra Ali'ye doğru uzanması bir nefes alımı kadar bir zamanda olmuştu ve birçokları ancak silah sesi üzerine başlarını o tarafa çevirdiler.

Ali kurşunları yiyince başını geri atmış ve oturduğu kütükten aşağı, toprağın üstüne süzülüvermişti.

Meydanda bulunanların hepsi, oynayanlar, davulcular, zurnacılar, rakı içenler, artık sızmaya başlamış bulunanlar, birbirine girmişti. Herkes yerde yatanın başucuna koşuyordu. İhsan diz çökmüş, Ali'nin başını ellerine almıştı. Yanında ayakta duranlardan birine başıyla işaret etti, o eğilip yaralının göğsünü açtı. Kurşunlar dört parmak ara ile sol tarafa girmişlerdi.

Siyah birer delikten ibaret olan bu yaralardan pek az kan geliyordu. İhsan başını kaldırarak etrafındakilere baktı. "Gördünüz ya, gitmiş!" demek istiyordu. Oradakilerden biri, bilgiç bir tavırla:

"Bırakın yakasını gayri... Allah rahmet etsin!" dedi.

Hep birden:

"Allah rahmet etsin!" dediler.

Ancak bundan sonra akıllarına Şakir geldi.

Başlarını çevirip baktıkları zaman, onun hâlâ orada, ateş ettiği yerde durduğunu, tabancayı tutan sağ elinin ölü gibi aşağı sallandığını ve diğer eliyle de, kendisini götürmek, kandırıp kaçırmak isteyen Hacı Etem'le diğer adamlarını uzaklaştırmaya çalıştığını gördüler.

7

Sokağın başından iki candarma ile genç bir candarma çavuşu belirdi. Hürriyetin ilanından beri oldukça kendilerini gösteren bu devlet kuvvetlerine karşı halk, eski zaptiyelere yaptığı gibi laubalilik gösteremiyor ve bir tanesi bir yerde görününce herkes işine gücüne gidip üstüne iş açmamayı tercih ediyordu.

Bu sefer de onların görünmesiyle meydanın boşalması bir oldu. Yolları tutmaya koşan candarmalar, şahit yazmak için ancak dört beş kişiyi orada alıkoyabildiler.

Bu şahitlerden ikisi, adlarını candarmalardan birine yazdırdıktan sonra, belediye doktoruna ve Ali'nin babasına gönderildiler.

Ve Şakir, koluna giren bir candarma ile birlikte, ağır ağır yürümeye başladı. Hacı Etem kargaşalık sırasında birdenbire ortadan kayboluvermişti.

Tavşanbayırı'nın eteklerindeki karakola kadar hiçbiri ağzını açıp bir şey söylemedi. Pembe boyalı ahşap binaya girince şahitlerle Şakir sofada kaldı. Çavuş, odasına girerek kâğıt kalem hazırladı. Şakir'in elinden alınan kocaman, toplu tabanca masanın üstünde uzanıyordu.

İlk önce içeri çağırılan Şakir, ifade verecek halde değildi.

Şaşkın ve hâlâ sarhoştu. Çavuşun verdiği tabakadan kalın bir cigara sarmaya çalışıyor, fakat titrek parmaklarının arasından cigara kâğıdı mütemadiyen kayıyordu. Çavuş önündeki kâğıtlara, duvardan alıp masanın üstüne koyduğu aynalı, küçük lambanın ışığında, katilin ancak hüviyetini yazabildi. Sonra kapının yanında bekleyen candarmaya:

"Al götür; şahitlerden biri gelsin!" dedi ve arkasına yaslanarak esnedi. Şakir, ayaklarını sürükleyerek, kapıya gitti, fakat dışarı çıkarken Hacı Etem'le göğüs göğüse geldi: Bu, sanki Şakir'i görmemiş, yahut onu tanımıyormuş gibi, başını bile çevirmeden çavuşa doğru yürüdü:

"Nasılsın bakalım, Cemal Çavuş?" dedi ve sonra başını sallayarak ilave etti:

"Yazık oldu aslan gibi delikanlıya, billahi... Çok yazık oldu!.."

Cemal Çavuş genç ve meslekte yeni bir candarmaydı, fakat Hacı Etem'in buraya Ali'ye yanıp yakılmak için gelmediğini anlamayacak kadar da saf ve acemi değildi. Şüpheli gözlerle karşısındakine baktı.

Hacı Etem, dışarı çıkmayıp kapıda bekleyen ve lakayt gözlerini kendisine diken Şakir'i göstererek:

"Bu oğlana anası yatak yorgan gönderdi, onları getirdim. Yolunuyor zavallı kadın; pek perişan oldu."

Sonra Şakir'e dönerek:

"Git yatağını ser de uyu... Sabah ola hayır ola... Bir kazadır oldu artık... Dikkatsizlik ettin. Sarhoşlukta insan daha çok sağına soluna bakmalı!" dedi.

Şakir bu sözlerin manasını düşünerek yavaş yavaş dışarı çıktı. İçerde Hacı Etem'le Çavuş yalnız kalınca bir müddet sustular. Sonra Çavuş gözlerini Hacı Etem'e çevirerek: "Ne var?" der gibi bir işaret yaptı.

Öteki susmakta ve derin derin düşünmekte devam ediyordu. Nihayet uzun hesaplar yapıp yekûnunu toplamış gibi başını silkti:

"Ne olacak bu oğlanın hali?" dedi.

"Allah bilir!.. Bir de Koca Reis bilir!"

Koca Reis dediği, Ağır Ceza, o zamanki ismiyle Mahkeme-i

Cinayet Reisi'ydi. İriyarı ve oldukça yaşlı bir adam olduğu için halk, daha doğrusu mahkemeye işi düşenler, ona bu adı takmışlardı.

Hacı Etem hafifçe tebessüm etti ve karşısındakine manalı gözlerle bakarak:

"Koca Reis ne edecek ki? Bir kazadır oldu. İşte tasmim, tasavvur yok. Cinayet değil..."

Çavuş eliyle işaret ederek:

"Yapma canım!" dedi. "Bu kadarını bize bari anlatma... Şahitler dışarda. Şimdi hepsine soracağım..."

"İki gözüm; elmas çavuşum, bir beni dinle de sonra şahitlerini çağır!.. Zaten ben de şahit sayılırım. Hem oradaydım, hem de sarhoş değildim!.."

Yerinden kalkıp çavuşun masasına gitti. Ellerini kavuşturup oraya, Cemal Çavuş'un önüne dayandı; başını ileri uzatarak yavaş sesle, fakat hiç durmadan ve cümleleri birbiri arkasına sıralayarak birçok şeyler söyledi; bu meyanda, Ali'nin ölümünün bir kaza eseri olduğuna çavuşu ikna etti. Sonra doğrularak gitmeye hazırlandı. Bu sırada gözleri, masanın kenarında duran iri Smith Wesson tabancaya ilişti.

"İki gözüm," dedi, "bu iş bir kaza... Fakat bu kazayı Şakir'in yaptığı muhakkak mı?"

Cemal Çavuş bu kadarını anlamaya, deminki mükâlemenin ve onun sonunda masanın üstüne bırakılan ufak bir torbacığın kâfi olmadığını bildiren bir baş silkmesi ile cevap verdi.

O zaman Hacı Etem elini ceketinin sağ cebine atarak bir küçük torba daha aldı, masanın üstüne, diğerinin yanına bıraktı. Sonra pantolonunun cebinden ufakça bir Browning tabancası çıkarıp çavuşa uzattı. Karşısındaki hayretle silahı alıp bunun ne demek olduğunu sorarken, Hacı Etem masanın üstündeki iri, toplu tabancayı beline yerleştirdi.

Cemal Çavuş hep o sükûti ve anlayışlı tavrıyla karşısındakini süzüyordu. Dışarı çıkarken arkasından seslendi:

"Bir falso verip benim de başımı belaya sokmayın... İşinizi sağlam tutun!"

"Sen merak etme... Müsaade et de dışarda şahitlere birer cigara vereyim."

Çavuş tekrar gülümsedi ve masanın üstündeki torbacıkları ceketinin iç cebine yerleştirdi; elinde tuttuğu Browning tabancayı da, çekmecelerden birini çekerek, oradaki kâğıtların üstüne bıraktı ve gözü kilitleyip anahtarı yanına aldı.

Odadan dışarı çıkan Hacı Etem, dördü de oturdukları sıranın üstünde uykuya dalmış bulunan şahitleri dürterek uyandırdı. Hepsine birer tutam kaçak tütün ikram ederek havadan sudan ve Ali'yi kimin öldürdüğünden bahsetti.

Bu şahitlerin üçü, gelinin geldiği Çoruk köyündendi. Hacı Etem'in öğrettiği şekilde şahitlik ederlerse mahkemeye daha az gelip gideceklerini ve başlarına daha az bela sardıracaklarını düşünerek başlarını tasvip ile sallıyorlardı. Dördüncüsü davulcu Çingenelerden biriydi. Hem candarma eline düştüm diye korkudan titriyor, hem de bu işten ne vurabileceğini hesaplıyordu. Fakat Hacı Etem, Çavuş'a gösterdiği eli açıklığı bunlara da göstermek niyetinde değildi. Onun için elini davulcunun omzuna koyarak:

"Ülen Çingene," dedi. "Ben de oradaydım, bütün vukuatı gördüm. Her şey benim anlattığım gibi oldu. Eğer başka türlü ifade verip yalancı şahitlik edersen, leşini sererim!"

Davulcu oturduğu yerden kalkıp elini bağrına basarak: "Aha namusum hakkı için dediğin gibi ifade vereceğim... Ama bizim kışlak buraya uzaktır. Gelip gitmesi güç olur. İşler yüzüstü kalır, onun için telaşe ediyorum!" dedi.

Hacı Etem ona bir tutam daha tütün uzatarak kalktı, karakoldan çıktı ve gecenin bu vaktinden sonra Hilmi Beylerin evinin yolunu tuttu.

Çavuşun yanına giren şahitler hep aynı şeyi söylediler:

"Bir şey görmedik, bir şey duymadık! Herkes içip oynuyor, keyfine bakıyordu. Bir aralık Ali aman deyip yere yıkıldı. Meğerleyim vurulmuş..."

Hepsi ifadelerinin altına parmak bastılar. Sonra onlar da karakoldan çıkıp üçü bir tarafa, biri başka tarafa, yollarına gittiler.

Cemal Çavuş nöbetçi olduğu için, geceyi orada geçirecekti. Odanın bir köşesinde duran yayları bozuk kanepeye uzanarak, kaputunu sırtına çekti. Şakir, candarmaların koğuşundaki iki katlı tahta kerevetlerden birinin alt kısmına yatağını sermiş ve yatıp uyumuştu. O kadar derin bir uykudaydı ki, ne, saatte bir koğuşa girip nöbet değiştiren candarmaların gürültüsü, ne de dışarda, kapının önünde dolaşan nöbetçinin, sokağın taşlarında çın çın öten, nalçalı ayakkabılarının sesi onu uyandıramıyordu.

8

Muhakeme uzun sürmedi. Zaten Şakir, tevkifinin haftasında müstantik tarafından serbest bırakılmıştı. Bu bir haftanın da ancak gündüzlerini, onu da müdür odasında oturup cigara içmek ve nizamiye kapısının yanındaki küçük bahçede aşağı yukarı dolaşmak suretiyle, hapishanede geçirdi. Geceleri evine bırakılıyordu. Güya gizli olarak yapılan bu müsaadeyi kaymakam, müddei-umumi ve ceza reisine kadar herkes biliyor ve bir şey demiyordu. Çünkü başka türlü olmasına imkân yoktu. Bu böyle gelmiş, böyle gidiyor ve kasabanın başında bulunanların aklı bile, hürriyete ve onun getirdiği birkaç müsavat fikrine rağmen, Hilmi Bey'in oğlunun sahiden hapsedilebileceğini kabul etmiyordu. Hapishane ancak serseriler, köylüler ve aşağı tabakadan insanlar içindi; bir Hilmi Bey'in oğlu, adam öldürse bile, onlarla bir tutulamazdı. Değil böyle mahkûm olacağı şüpheli kimseler, on beş seneye mahkûm edilmiş eşrafzadeler bile, cürümlerinin cezasını çok kere yarı yarıya evlerinde çekiyorlardı. Hapishanede kaldıkları zamanlar, valinin veya bir adliye müfettişinin nadir ziyaretine münhasırdı. Bazen aksi bir karakol kumandanı veya hapishane müdürü geliyor, birkaç gün, o da kendini göstermek ve göz yıldırmak için sertlik yapıyor, fakat bazı mahpusların dışardaki akrabaları gelip kendisiyle konuştuktan sonra her şey eski şekline avdet ediyordu. Zaten ilk yapılan sertlik de, bir "pahalıya satılmak" manevrasından başka bir şey değildi.

İşte Şakir, içlerine düşeceğini sandığı mahpusları, iç avlu ile nizamiye kapısını birbirinden ayıran yüksek tahta parmaklığa yüzlerini dayayarak sessiz sessiz dışarı bakışırlarken gördü; bu da ancak bir hafta sürdü.

Sonra muhakeme safhaları başladı. Fakat müstantik, Şakir'in bu katilde alakasını tespit edemedikten sonra, muhakemece yapılacak iş kalmamıştı.

Yalnız Ali'nin babasının uğraşması işi biraz uzattı. Şerif Efendi, o gece düğün yerinde bulunanlardan üç beş kişiyi şahitlik etmeye kandırmıştı. Bunlar ilk celsede vak'ayı gördükleri gibi anlattılar ve Şakir'in tabancayı Ali'ye doğrulttuktan sonra nişan bile aldığını söylediler. Fakat bunların bir kısmı sonraki celselerde, kimbilir neden, yavaş yavaş ifadelerini değiştirdiler, pek sarih olmayan birtakım kem kümlere boğuldular.

Diğer şahitler, bu meyanda karakolda ifade veren ilk dört şahit, bir şeyden haberleri olmadığını, o gece herkesin coşup havaya silah attığını ve bu gürültü arasında Ali'ye kimin kurşunu değdiğini kestiremeyeceklerini ileri sürdüler.

Şakir'in avukatı Hami Bey oldukça zengin ve Hilmi Bey'le de uzaktan akrabaydı. Meslektaşları arasında biraz tuhaf bir şöhreti olan bu adam, kasabanın en çok iş yapan dava vekiliydi. Keskin ve gür bir sesi, kandırıcı bir mantığı vardı. Aldığı davaların hemen hemen hepsini kazanıyor, fakat bunun için bazen pek temiz denemeyecek yollara saptığı oluyordu. Onun fikrince, nasıl harpte kazanmak için her vasıta meşru ise, adalette kazanmak için de mümkün olan her çareye başvurmakta beis yoktu. İfade değiştirtmek, cürmü başkasının üstüne atmak, yalancı şahit bulmak, beş on kuruş mukabilinde bir zavallıya: "Bu işi ben yaptım!" dedirtip, o işi asıl yapanı kurtarmak gibi şeyler, Hami Bey'in her gün tatbik ettiği ince usullerdi.

Fakat Şakir'in davasında zekâsını pek fazla sarfa vesile olacak vaziyetler zuhur etmedi. Hacı Etem her şeyi yoluna koymuş ve avukata iş bırakmamıştı.

Reis, Ali'yi Şakir'in öldürdüğünü biliyordu. Zaten bunu bilmeyen de yoktu. Fakat bu bilgiden daha mühim olan şeyler vardı: Şahitler, deliller...

Bunlar hep Şakir'in lehineydi veya öyle tertip edilmişti.

Kaymakam Salâhattin Bey ise, ileride anlatacağımız haller yüzünden, bu işle hiç meşgul olamadı.

Ali'nin babası muhakemede bağırıp:

"Davacıyım, kana kan isterim!"

Dedikçe, Reis'in yüreği parçalanıyor, fakat bir şey yapmayacağını düşünerek:

"Adaletten emin olunuz!" demekle iktifa ediyordu.

Çünkü Şakir'in katil olduğunu ispat edecek delillere mukabil, ortada daha büyük ve müspet bir delil vardı ki, bu bütün şahit ifadelerini, bütün ithamları çürütüyordu.

Bu bir doktor raporuydu. Bu rapora nazaran, maktul Şerif oğlu Ali'nin sol göğsünden çıkarılan kurşunlar, büyük çaplı ve ham kurşun atan bir tabancadan endaht edilmişti.

Halbuki muhakemede mevcut olan ve zabıt varakasına nazaran, vak'a mahalline candarma yetiştiği esnada Şakir'in hâlâ elinde bulunan tabanca, küçük bir Browning'di.

Bu rapor meselesi ortaya atılmadan evvel ifadeleri alınan şahitler, Şakir'in Ali'ye sıktığını söyledikleri tabancanın cinsini tayin edememişlerdi. Şerif Ağa sonradan bunların ifadelerini değiştirtip:

"Biz Şakir'in elinde büyük, toplu bir tabanca gördük!" dedirtti ise de, bu ifadeler bir işe yaramadı.

Şakir kendisine o gece hakkında sorulan bütün suallere:

"Bilmem, sarhoştum, bir şeyden haberim yok!" diye cevap veriyordu.

"Ali ile bir geçmişin var mıydı?"

"Ne gezer? Mahalle bir komşuyuz. Ne geçmişimiz olacak?"

"Peki, bak ona kurşun sıkarken görenler var!"

"Yanlış, ben kimseye silah doğrultmadım. Havaya sıktım!"

Bu cevapları verirken yüzü: "Ee, artık sıkıyorsun, kes bakalım!" diyen bir ifade alıyor, kaşının biri kalkıyor ve dudakları aşağı doğru çekiliyordu.

Hami Bey, bu kadar açık bir hakikati müdafaa mecburiyetinde kaldığından dolayı hayret ediyormuş gibi bir tebessümle söze başlayarak meseleyi bir kere daha hulasa etti. Evvela Şakir'le Ali'nin dostluğundan, çocukluktan beri aynı mahallede beraber oynadıklarından tutturup, ortada düşmanlık doğuracak bir meselenin asla geçmediğini, hele birbirlerini öldürmeyi düşündürecek sebeplerin mevcudiyetini tasavvura bile imkân olmadığını söyledi.

Hakikaten Muazzez meselesi muhakemede bir kere bile

ağıza alınmamıştı. Çünkü hiçbir taraf Kaymakamı işin içine karıştırıp kızdırmak istemiyordu. Sonra, Muazzez'i istemek meselesi kadınlar arasında yayılmış bir iş olduğu ve Şerif Ağa bile karısını muhakemede şahit dinletecek kadar ileri gidemediği için, hiçbir taraf bu noktayı eşelemiyordu.

Bütün hadiseleri bilen Reis, Hami Bey'in, muhakemenin tavanını gürleterek:

"Maktul Ali ile müvekkilim, birbirlerine düşman olmak şöyle dursun, bir tehlike karşısında birbirlerini kurtarmak için ölmeye koşacak kadar samimi ve fedakâr iki dosttular," diye söylenmesini sonuna kadar dinlemek mecburiyetindeydi.

Hami Bey, vak'a gecesini anlatmaya başlayarak o gece herkesin sarhoş ve neşeli bir halde havaya tabancalar sıktığını, bu serseri kurşunlardan ikisinin zavallı Ali'yi yere sermiş bulunduğunu, ortada bir cinayet değil, bir kaza mevcut olduğunu söyledi. Ve şöyle devam etti:

"Fakat bu kazanın faili Şakir Bey değildir. Çünkü hükümet tababetinin feth-i meyyit neticesinde verdiği rapor, *sebebi katil* olan silahın evsafını kati olarak tayin etmiştir ve bu evsaf, müvekkilimin kullandığı tabancaya asla tevafuk etmemektedir.

"Yüksek hâkimlerim! Burada tesadüfün ve ilahi arzunun bir cilvesine daha şahit oluyoruz; bir kaza oluyor ve bir vatan çocuğu ölüyor. Bu kâfi bir felaket! Artık başka bir felakete yol açmak istemeyen tesadüf, adaletin elini yanlış bir yere sevk ederek, hiçbir kastı olmayan zavallı hakiki mücrimin bu arada unutulmasına sebebiyet veriyor..."

Müdafaanın sonuna doğru Reis'in yanında oturan iki aza uyumaya başladılar. Şerif Efendi, oğlunun katilinin göz göre göre temize çıktığını seyretmemek için ayakta durduğu köşeden sıyrılıp dışarı çıktı ve içini çeke çeke evine gitti.

Şakir de oturduğu iskemlede uyukluyordu. Hami Bey sözünü bitirdikten sonra Reis, muhakemeyi başka güne bıraktı ve o gün kararın okunacağını söyledi. Bu karar, herkesin beklediği gibi, beraatti.

9

Kaymakam Salâhattin Bey'e üzüntülü günleri atlattıktan sonra geldiğini söylediğimiz gevşeklik geçici bir şey değildi ve günden güne artıyordu: Kendisinde kalp hastalığı başlamıştı.

Otuz yaşından beri kendini azar azar hissettiren ve onu gitgide uzun yol yürümekten, merdiven çıkmaktan men etmeye başlayan ve bazen, rakıyı fazla içtiği zamanlar, ona sıkıntılı bir gece geçirten bu hastalık, birdenbire artıvermişti. Kendisi evvelce bunu ciddiye almıyor, büyükçe yorgunluk ve heyecanlardan sonra herkeste görülen bir haldir, diyordu. Son senelerde, Edremit'te, hayatı oldukça sakin geçtiği ve evi yokuşsuz bir yerde olduğu için tamamen unutmaya başladığı bu arıza, birkaç ay evvel birdenbire, bir gece yarısı, müthiş bir çarpıntı ve yürek sıkıntısı ile onu yatakta yakalamış, bir daha da bırakmamıştı.

Ali'nin öldürüldüğü günlerdeydi. Evin boğucu sessizliği ve manasızlığı, Yusuf'un itimatsız ve kendisinden kaçak tavrı, Muazzez'in günden güne artan durgunluğu ve nihayet Şahinde'nin ardı arkası kesilmeyen dırdırları onu boğulacak hale getirmişti. Hükümete uğramayı ise düşünmek bile istemiyordu. Öğle yemeğini evde yedikten sonra pardösüsünü giyerek sokağa fırladı. Kasabanın şimal tarafına doğru bir gezinti yaptı.

İbramcaköy'den sonra önüne çıkan zeytinlikler arasında, ayakları çamurlara saplanarak yürüyor ve bu civarda bulunduğunu duyduğu, fakat yerini kati olarak bilmediği bir pınarı arıyordu. Kocaman bir çınar ve güzel bir havuz bulunduğu söylenen bu mesire yeri kendisine pek methedilmişti, bu anda birdenbire içinde beliren bir merakla orayı bulmaya niyet etti.

Zeytinliklerin arasında yükselen yamaçlarda, ortalara doğru, yer yer ağaç kümeleri vardı; bunların bir kısmı henüz çıplaktı, bir kısmı ise açık yeşil bir yaprak örtüsüne sarınmaya başlamıştı. Fakat söylenen pınarın hangisi olduğunu kestirmeye imkân yoktu. En yakın gördüğü birisine doğru ilerledi.

Zeytinlerin arasında da tek tük erik ve kayısı ağaçları vardı ve bunlar da tatlı pembe çiçeklerle donanmışlardı. Yanlarından geçerken insanı emsalsiz bir koku kucaklıyor ve sarhoş ediyordu.

Salâhattin Bey, vücudunun her tarafından kalbine doğru bir mayiin, gençleştirici, kuvvet verici bir şeyin koştuğunu hissetti. Ciğerlerinin en son köşesini şişirecek kadar geniş bir nefes aldı ve tabiatla beraber kendisinin de canlandığını zannetti. Etrafında her şey hayata yeniden doğuyordu: Koyu yapraklarını her zaman muhafaza eden zeytinlerin gölgelediği, çamura benzeyen topraktan yer yer otlar fışkırmaya başlıyor, söğütlerin yapraksız ve ince dalları açık bir yeşile bürünüyor ve tek tük tomurcuklar, yakında bu ince dalları saracak yapraklardan haber veriyordu.

Karşıdaki tepenin eteklerinde birçok zeytinlikler vardı ve bunlar dağa tırmandıkça, alt kenarları taş duvarlarla beslenmiş terasalar halinde yükseliyorlardı. Kaymakam bunlardan birkaçını atladı; bu sırada elleri, duvarların dibinde bir ikinci duvar gibi uzanan böğürtlen dikenleriyle, yer yer çizilip kanadı.

O, kumral tüylü ve mor damarlı elinde ince bir çizgi halinde beliren ve derhal kuruyan kanlarla birlikte, vücudunu senelerden beri kemiren bir zehirin de dışarı çıkıp uçtuğunu sandı. O kadar içi geniş ve tazeydi.

Birkaç seddi daha atladıktan sonra aşağıda, düzlükteyken gözüne aldığı ağaç kümesine geldi. Burada pınar filan yoktu, kocaman bir ceviz ağacıyla, nisbeten genç iki çınar, dallarını birbirlerine yaslamışlar, derin bir uykudan uyanmak hülyaları kuruyorlardı. Salâhattin Bey, hemen cevizin dibine oturdu. Son yokuş onu oldukça yormuştu. Kalbi bir tokmak gibi göğsüne vuruyordu. Fakat içindeki hayat ve gençlik hisleri bu yüzden azalmadı. Başını arkasına dayayıp bir müddet hızlı hızlı nefes aldıktan ve pardösüsünün altında terinin kurumaya başladığını hissettikten sonra, tekrar doğruldu ve ovaya bakmaya başladı.

Her taraf, yıkanmış gibi parlak ve aydınlıktı. Gökyüzünü kaplayan ve güneşi örten bulutlar karşıdaki dağların tepelerine kadar uzanıp orada sis halinde yerleşiyor ve ovanın üzerinde gitgide yükseliyordu. Güneş olmadığı halde ortalık o kadar aydınlık ve temizdi ki, Salâhattin Bey, karşı dağların sislere yakın yerlerindeki köyleri bile seçiyordu.

Başını sağ tarafına çevirince denizi gördü. On kilometre kadar uzanan ağaçlı ve bahçeli bir araziden sonra başlayan bu deniz, bulutların arasından yer yer fırlayan güneşin altında kâh parlıyor, kâh kararıyordu. Çok uzaklarda, ufka yakın bir yerde, tamamen sislere gömülü Midilli Adası vardı. Herhalde şimdi oraya yağmur yağıyordu.

Salâhattin Bey başının dönmeye başladığını fark etti. Bu kadar geniş, güzel ve sıcak bir tabiatın ortasında kendini şaşırmış gibiydi. Fakat gözlerini tekrar etrafta dolaştırırken, aşağıda mor bir duman tabakasıyla örtülmeye başlayan kasabayı gördü ve irkildi. Oraya, o küçük ve çukur yere gidip gömülmek mecburiyeti ona pek acı geldi. Fakat bunun üzerinde düşünmekten korkarak, çabuk adımlarla derhal aşağı inmeye başladı.

İçinde biraz evvelki genişlikten eser kalmamıştı. Sadece bir yorgunluk ve başında bir zonklama duyuyordu.

Kasabaya yaklaşınca birkaç sığırtmaca rastladı. Önlerine kattıkları beş on sıska öküzü bağıra çağıra bir araya toplamak istiyorlardı. Çamurlu yolda insanın burnuna rutubetli ve ekşi bir gübre kokusu vuruyor ve oralardaki birkaç basık evin bacasından etrafa reçineli çam odunlarının dumanı yayılıyordu. Daha çok karanlığa kalmamak için çamurlu yollarda hızlı hızlı yürüdü. Hava kapalı ve nemli olduğu halde soğuk değildi. Pardösüsünün içinde adamakıllı terliyor ve vücudunu bir ateş kaplıyordu. Eve gelir gelmez soyundu, sırtına bir hırka alarak tulumbada yıkandı. Sonra odasına çıkıp yatağına uzandı.

Yarım saat sonra kendisini yemeğe kaldırdılar. Alt katta, sokak üstündeki bir odada kurulan yer sofrasına, karısı ve kızı ile birlikte oturdu.

Bir şey söylemiş olmak için:

"Yusuf gene yok mu?" diye sordu.

Şahinde, hiçbir fena maksadı olmadan, yalnız hep o dilini alıştırdığı ifade tarzı ile, cevap verdi:

"Ne zaman vardı ki?"

Kaymakam sorduğuna pişman olup sustu.

Muazzez önüne bakarak:

"Yusuf Ağabeyim son günlerde eve uğramaz oldu. Bilmem nesi var?.. Siz de kendisiyle hiç konuşmuyorsunuz..." dedi.

Kaymakam omuzlarını silkti. Artık bu dünyada hiçbir şeyin kendisini fazla alakadar etmediğini anlatmak istiyordu.

Kenarda, sofra bezinin üstünde duran çinko hoşaf tasını alıp ortaya koydu. Üçü birden içmeye başladılar.

Loş odada demir kaşıkların kâseye dokundukça çıkardığı hafif şıkırtıdan başka ses yoktu. Yemek böylece bitti. Bir kenara çekilen Kaymakam, Muazzez'e:

"Şuradan bana bir kitap ver!" dedi.

Muazzez içinde kahve takımı ile çamaşır mandalı torbasının da bulunduğu bir dolabı açarak orta gözde üst üste yığılı duran kitaplardan en kalınını çekti ve babasına götürdü.

Salâhattin Bey, yaslandığı duvarda, başının üstündeki bir çivide asılı duran lambanın ışığı altında eski ve sararmış sayfalara göz gezdirmeye başladı. Bazı yaprakları kopup fersudeleşen ve kalın siyah cildinden tamamen ayrılmış bulunan bu kitap, *Servet-i Fünûn* mecmuasının eski senelere ait bir koleksiyonuydu.

Kaymakam, sayfaları birbiri arkasına çevirirken, bu mecmuanın yazılarını içer gibi okudu. Ve şimşir üzerine oyulmuş "çeşmeye giden kız" tasvirlerinin altındaki şiirleri ezberlediği zamanları hatırladı.

Yarım saat sonra odasına çekildi. Şahinde ile Muazzez de erkenden yattılar...

Gece yarısına doğru Şahinde yanı başındaki yatakta boğuk öksürükler duyarak uyandı:

"Ne oluyorsun, bey!.."

Bir inilti cevap verdi ve Şahinde sofradan idareyi almaya giderken kocası boğuk bir sesle:

"Kolonya şişesini de getir!" dedi.

Kadın ayaklarına terliklerini zor geçirip dışarı fırladı. Merdiven başından idareyi alıp paldır küldür aşağı indi. Sokak üstündeki odadan kolonya şişesini aldı, hizmetçi kadını, Kübra'nın anasını eliyle dürterek uyandırdı:

"Kalkın ayol, beye bir şeyler oluyor!.." diye bağırdı ve yine patırtı, gürültüyle yukarı fırladı. Odaya girdiği zaman Salâhattin Bey'i yatakta oturmuş ve arkasına bir yastık alıp duvara yaslanmış buldu...

Karısı içeri girince Kaymakam başını kaldırdı, üzgün bir yüzle:

"Bu ne gürültü yahu, sessiz sedasız bir iş yapmak bilmez misin sen?" dedi.

Onu doğrulmuş gören karısı oraya, ayakucuna çöküp hüngür hüngür ağlamaya başladı...

Uyanan ev halkı, kapının önüne toplanmışlar, merakla içeri bakıyorlardı. Yalnız Muazzez uyanmamıştı.

Kaymakam eliyle:

"Gidin!" diye bir işaret yaptı.

Hepsi dağıldılar.

Biraz durduktan sonra karısına döndü:

"Haydi sus da yat... Bir şey yok... Ver şu kolonya şişesini... Biraz çarpıntı geldi... Fenalaşıyorum sandım. Bugün çok yol yürüdüm de ondan mı nedir, bilmem!.. Önce çok fena oldu... Birisi göğsüme çökmüş, gırtlağıma basıyor sandım. Şimdi hafifledi... Yatsana efendim, ne ağlıyorsun?"

Karısı sürünerek ona doğru sokuldu. Gözleri kıpkırmızıydı.

Başını kocasının dizine koydu ve fasılalı olarak hıçkırmakta devam etti...

Kaymakam yorgun gözlerini önüne, kucağına yatan bu başa çevirdi. İçini hazin bir hatıra kapladı. Bu buruşmaya başlamış ve ağlamaktan kızarmış çehrenin arkasında taze bir genç kız yüzü görür gibi oldu ve o anda ilk evlendiği gecenin ümit ve sevinç dolu hislerini tekrar yaşadı. Bu belki bir saniye, belki de daha az sürdü. Ondan sonra içini derin bir merhamet kapladı. Bütün kızgınlığına ve uzun senelerin verdiği bir istihfaf duygusuna rağmen, gördü ki karısı bu anda samimi idi ve kendisine bir şey oluyor diye sahiden korkmuş, sahiden telaş etmişti. Bu korkunun arkasında daha esnafça düşünceler aramak biraz insafsızlık olurdu.

Uzun senelerden beri insanlardan bu kadarcık bir alaka bile görmemeye alışmış olan Kaymakam, ellerini karısının ıslak yüzünde dolaştırdı. Sonra onun başını yavaşça kaldırıp yastığına koydu. Kendisi de uzandı ve hemen, bir kuyu kadar boş ve karanlık bir uykunun içine yuvarlandı...

Fakat bu nöbetler sık sık gelmeye ve bazen uzun sürmeye başladı. Belediye doktoru uzun senelerden beri Edremit'teydi ve ihtiyarladıkça pansuman yapmayı bile unutmuştu. Kaymakam ona hiçbir şey sormadı. Bu sırada Balkan Harbi'nde yaralanıp tebdilihava için babasının yanına, Edremit'e gelen bir doktor yüzbaşısına kendini muayene ettirdi. Bu genç, uzun uzun düşündükten sonra, sübaplarda iltihaptan, daimi sükûnetten, tok karnına yatmamaktan filan bahsetti.

Salâhattin Bey bu tavsiyelere riayet ettiği halde kısa zamanda ve pek belli şekilde çökmekten geri kalmadı... Gözlerinin altı şişmiş, yanakları sarkmış, yüzü daima yorgun bir ifade almıştı... Konuşurken ara sıra durup bütün dişlerini gösterecek şekilde ağzını açarak sık sık nefes alıyordu.

Şakir'in muhakemesi bu zamanlara tesadüf ettiği için, Kaymakam bu işle pek meşgul olamadı. Zaten pek dört elle sarılmadığı bu hayata karşı alakaları daha çok azalmışa benziyordu. Yoksa eline geçen fırsatı kaçırmak istemez, Kübra meselesini de ortaya atarak, Hilmi Beylere tam bir darbe indirirdi. "Kafaları ezilecek yılanlar!" dediği bu baba oğulu mahvetmek için daha münasip bir vesile zuhur edemezdi.

Fakat o, bunu yapmadı, hatta Yusuf'u çağırıp hiçbir işe karışmamasını, ortaya yeni meseleler çıkarmamasını ve kendisini uğraştıracak, heyecanlandıracak şeylere meydan vermemesini rica etti.

Bunun için dört ay kadar süren muhakeme esnasında Kaymakam ve ailesi bu işe, yabancı bir şehir sakinleri kadar bile alaka göstermedi.

Ailenin diğer üç ferdi, hatta bu cinayetten içten içe memnundular.

Şahinde bir bakkala kız vermediğine seviniyordu, Yusuf hem bir yükten kurtulmuş gibi kendisini serbest sanıyor, hem de, derinden derine üzülüyordu. Muazzez ise, artık gönlündekileri açığa vurabileceğini düşünerek memnundu.

10

Halbuki Yusuf ona bu fırsatı vermedi. Vereceğe de benzemiyordu.

Ali'ye karşı girdiği taahhüdü yerine getirmek için Muazzez'i feda etmiş ve Muazzez'in kendisine: "Kimi istiyorum, anladın mı?" dediği akşama ait bütün hatıraları kafasından silip atmaya uğraşmıştı.

En küçük teferruatına kadar dimağına yerleşmiş olan bu hatıraları oradan çıkaramayacağını çabuk anladı, fakat bunun üzerinde düşünmeyecek, muhakemeler yürütmeyecek kadar kendisine hâkim oldu.

Hislerini uyuşuk bir körlüğe alıştırmak üzere olduğu sırada cinayet yapıldı. Yusuf bunu duyunca evvela inanamadı. Bu tesadüften korktu. Sonra yavaş yavaş eski donukluğuna döndü. Kendisinin de vuzuhla anlayamadığı birtakım düşünceler kafasında dolaşıyor ve onu üzüyordu:

Hem Ali'nin ölüsüne, hem Muazzez'e karşı kendini müşkül vaziyette buluyordu.

Nefsine karşı yaptığı büyük fedakârlığın gururu, şimdi bir ölünün mirasına konmayı ona küçüklük gibi gösteriyordu.

Muazzez'e gidip:

"Bana gel, ben gerçi seni bir iş uğrunda feda ettim, benim için bu kadar az ehemmiyetin vardı; şimdi bu engel kalktı, başka bir mühim mesele çıkıncaya kadar sana bağlıyım!" demek de herhalde pek kolay bir şey değildi.

Bunları kendisine karşı da izah edemediği için, eski kapalılığında devam etmeyi yegâne çare olarak kabul etti; eskisi gibi eve hemen hemen sade yatmaya geliyor, sair zamanlarını dışarıda, zeytinlikte veya kırlarda geçiriyordu.

Son zamanlarda kendi üzerinde düşüncelerini çoğaltmış ve gitgide bir çıkmaza saplanmıştı: Neydi? Ne olacaktı?

Bugün babalığı ona bir şey söylemiyordu, hiçbir zaman da söyleyemezdi. Fakat bu sükût, kendisinin garip bir vaziyette olmasına mani değildi. Kaymakam'ın evlatlığı otuzuna kadar boşta gezip hazır ekmek yemekte devam mı edecekti? Ondan sonra?

Hangi sanatı öğrenmişti? Hayatta ne iş tutabilirdi? Senelerce evvel, mektebi bıraktığı sıralarda bir aralık zihninden çıraklığa girmek, kunduracı, terzi, helvacı olmak gibi şeyler geçmişti. Ustaların zulmüne dair dinlediği hikâyeler, şahidi olduğu vak'alar onu bu fikirden çabuk vazgeçirdi. Daha sonraları zeytinlik ve harman işleri (zeytinliğin yanındaki iki dönümlük tarlayı üç seneden beri Yusuf ektirip biçtiriyordu) onu oyaladı. Fakat işte bugün koskoca bir delikanlıydı ve bir baltaya sap olmak icap ediyordu. Hangi baltaya?

Bir de bu vaziyette Muazzez'e dair hayaller kurmaya kalkmıştı ha? Ne yüzle? Babalığının ekmeğini iki kişi birden yemek için mi? Öyle ya, Muazzez'i aldıktan sonra kızın nafakası tamamen kendisine ait olacak, babasıyla bir alakası bulunmayacaktı.

Günlerce, aylarca düşünüyor, aklına işe yarar bir fikir gelmiyordu. Bu hal kaç sene sürebilirdi?

Çok kere başını alıp gitmek, Balıkesir'de, Bandırma'da bir ağanın yanına arabacı, yahut işbaşı girmek istedi. Halbuki böyle yaparsa babasını, Muazzez'i, hatta Şahinde'yi üzmüş olacaktı. Buna ne hakkı vardı? Adamın kendisine geçen emeklerine böyle onu sebepsiz yere bırakıp gitmekle mi mukabele edecekti?

Başka bir yol, başka çare lazımdı. On seneden beri içlerinde yaşadığı halde bir türlü alışamadığı bu insanların arasında onun da sağlam bir yeri olmalıydı. Yalnız kendisine dayanan, yalnız kendisinin olan bir yeri...

Ancak ondan sonra başka şeyler düşünülebilirdi. Belki kendine göre bir kızcağız da bulur, etrafında akıp gittiğini gördüğü hayat nehrine o da katılırdı.

* * *

Yaz adamakıllı gelmiş, Edremit gündüzleri tamamen boşalmaya başlamıştı. Herkes tarlalarda, bağlarda, Cennetayağı'nda, Arkbaşları'nda, ayva bahçelerinde vakit geçiriyor ve rutubetli bir sıcaktan boğulan kasabaya akşamüzeri dönüyordu.

Kaymakam'ın evi eski sessizliğini muhafaza ediyordu. Salâhattin Bey günden güne zayıflamakta, Şahinde Hanım ise komşu ziyaretlerinden ve gezmelerden geri kalmamaktaydı.

Son zamanlarda bu eğlencelere, artık boyu ile beraber olan kızını da götürmeye başlamıştı.

Evde kapanıp düşünmekten bunalacak hale gelen Muazzez de bundan memnundu.

Böylece belki Yusuf'u kendisiyle tekrar meşgul olmaya sevk edebileceğini karanlık bir şekilde ümit ediyordu.

Sonra gittiği yerlerdeki akranlar, hemen hemen her gün tekrarlanan udlu ve şarkılı âlemler, gıdıklayıcı sohbetler onu oyalamıyor da değildi.

Birkaç kere Hilmi Beylere de gittiler. Yusuf'un bu aileden hoşlanmadığını, hele arkadaşı Ali'nin ölümünden sonra büsbütün kızacağını bildikleri için bu ziyaretleri evde söylemediler.

Salâhattin Bey'in hastalığı ve Yusuf'un evden gitgide uzaklaşması Şahinde'yi tamamen başıboş bırakmıştı.

Kocasına ilk nöbet geldiği zaman gösterdiği alaka da zamanla bir alışkanlığa çevrildi. Artık onu senelerden beri hep hastadır sanıyordu. Bazı geceler zavallı adam yatakta inlemeye, boğuk boğuk nefes almaya ve eliyle kalbini tutarak öksürmeye başlayınca Şahinde yarı uyku halinde kolonya şişesini uzatıyor, yahut, daha ağır hallerde, "Askeriye doktoru"nun verdiği ilaçtan bir kaşık içiriyor veya lokman ruhu koklatıyordu.

Kaymakam'la son günlerde hakikaten meşgul olan, Yusuf'tu. Çok kere akşamüzerleri hükümete gidip babasını aşağıda bekliyor ve onunla beraber eve dönüyordu. Bu esnada işlerden, kasabaya ve mahsul vaziyetine ait havadislerden bahsediyorlardı.

Hiç konuşmayan Yusuf'un, böyle tek tük de olsa, söz söylemesi Salâhattin Bey'i hayrete düşürüyor ve o, Yusuf'ta bir değişiklik başladığını seziyordu.

O kendine güvenen ve dünyaya meydan okuyan tavırdan Yusuf'ta eser kalmamış denilebilirdi. Konuşurken gözlerini insana dikip sert sert ve "Söyleyeceğin bu manasız şeyler miydi?" demek isteyerek bakmıyor; hatta çok kere, yarım bıraktığı bir sözü karşısındakinin tamamlamasını, yani sonuna kadar götüremediği bir düşünceyi toparlamakta kendisine yardım edilmesini bekliyordu.

Eskiden kimseye bir şey sormaz, sesini çıkarmadan sadece dinlerken, şimdi soruyor, birçok şeyleri öğrenmek istiyordu. Merakını tahrik eden şeyler daha ziyade günlük hayata ve muhitindeki insanlara taallûk eden malumattı. Yusuf'ta yavaş yavaş yabancılık kayboluyor ve etrafına katışmak temayülleri beliriyordu.

Salâhattin Bey bunları gördükçe hem seviniyor, hem de içini garip bir hüznün kapladığını hissediyordu. Eski Yusuf'a çok alışmıştı. Onun mütehakkim, dikbaşlı ve söz anlamaz hali kendisine daha sıcak geliyordu. Boynu bükük, mütereddit, mahcup delikanlıyı bir türlü ciddiye alamıyordu.

Fakat kafası bu değişmenin sebeplerini araştıracak halde değildi. Bu söylediğimiz hisler aklından şöyle bir geçiyor ve derhal unutuluyordu; o kadar ki, aynı şeyleri bir başka sefer düşününce, ilk defa fark ediyorum sanıyor ve yeniden üzülüyor, seviniyor veya hayret ediyordu.

Resmi işlerini uzun senelerin verdiği itiyatla yapıyor, bunların bir kısmını, pek bunalırsa, tahrirat kâtibine bırakıyor ve eve gidip sokak üstündeki loş odanın bir minderine uzanıyor ve hayatını teşkil eden boş seneleri gözünün önünden geçiriyordu.

Gözünü yumduğu zaman bir sürü dağ, fundalıklı bayır, kerpiç, ahşap veya kâgir evli kasaba ve bir sürü de insan görüyor, fakat bunların hiçbiri onun alakasını çekemiyordu. Hayatının bütün hatıraları lüzumsuz ve manasızdı. Ömrünün her vak'ası olmasa da olabilir, hayatına her giren insan girmese de olabilirdi. Bütün mazisinde kendisine "Ah, neden böyle yaptım?" veya, "Ah, niçin şöyle yapmadım!" dedirtecek bir şey bulamıyordu; ve bu, ömrünün pek tatlı geçtiğinden değil, sadece, ömrünün her kısmına şu anda pek lakayt olduğundandı.

Hayattan ne isteyebilirdi? Doğmuş, büyümüş, okumuş, devlet hizmetine girip memleketi dolaşmış, ihtiyarlamış, evlenip kavga ve dırıltı içinde bir hayat geçirmiş ve nihayet bu hale gelmişti... Herkes başka türlü mü yaşıyordu sanki? Başka türlü nasıl yaşanabilirdi? Zevkse, ömründe o da eksik değildi. Memuriyetle dolaştığı muhtelif şehirlerdeki birkaç cana yakın dost ile yaptığı içki âlemleri bugün bile tekrar istenilecek şeylerdendi. Bekârlığında fırsat düştükçe gönül eğlendirmekten geri kalmamış, bazen bir Ermeni hizmetçi ile, bazen bir zaptiyenin dul karısı ile de olsa, tatlı günahlar işlemiş ve hele yolu İstanbul'a düştükçe, Venedik ve Timoni sokaklarının kaldırımlarını aşındırmıştı. Bir hayat başka türlü olacak değildi ya?

Şimdi gözlerini kaparsa hiçbir şeye yanmayacaktı. Düşünüyor ve ayrılmaktan büyük bir üzüntü duyacağı bir şey tasavvur edemiyordu. Kızı bile onu bu dünyaya bağlamıyordu. Bunda bir lakaytlıktan ziyade, mukadderata sessiz bir mutâvaat vardı. Mademki hiçbir şeyi değiştirmeye iktidarı yoktu, her şey evvelden çizilen bir yolda yürüyecekti, o halde aklı başında bir insan, olanları tebessümle seyredip sırasını beklemeliydi.

Yalnız Salâhattin Bey'i azıcık düşündüren bir mesele vardı: Kendisi ölürse Muazzez'in hali ne olacaktı? Böyle bir vaziyette Yusuf'un Şahinde ile geçinip evde kalacağını tahmin etmiyor, ona şimdiden bu hususta vasiyette bulunmayı da istemiyordu. Ah, ölmeden evvel evladının namuslu birine vardığını görse ve gözleri arkada kalmasa, o zaman bu yorgun hayattan ayrılmayı, hatta biraz isteyecekti de... "Benim için yapılacak ne iş kaldı ki?" diyordu. "Yerimizi boşaltsak da dünyaya yeni geleceklere yer açsak..."

Fakat Şahinde'ye bir türlü güvenemiyor ve kızını onun elinde bırakıp gideceği için biraz da telaş ediyordu. Ne olurdu, artık hiçbir işiyle alakadar olmak istemediği bu dünyadan bu işi de temizleyip gitseydi?

Fakat nasıl? Muazzez'i kim isteyebilir, kim alabilirdi? Ona göz koyup almaya kalkanların hali meydandaydı. Şakir Bey ise, elini, kolunu sallayıp serbest serbest ortalıkta dolaşıyordu. Bir kurşun da kendisi yemek isteyen kabadayı her zaman bulunmazdı.

Sonra ismi bu kadar çok geçen, uğruna vukuat çıkan bir kıza pek iyi bir gözle bakılmıyordu. Burası ufak yerdi.

Salâhattin Bey dünya ile alakasını böyle erken kesmese ve hayata daha şimdiden biraz yabancı olmaya başlamasaydı, belki başka bir yere naklini ister, kızına orada münasip bir kısmet arardı. Fakat hasta adam her şeyin kendiliğinden gelmesini bekliyor, hiçbir harekete geçmeyi düşünmüyordu.

11

Şahinde'nin kendine göre biraz da kurnazlığı vardı ve Muazzez için Edremit'te evlenme yollarının, bir tek çare müstesna, kapanmış olduğunu fark ediyordu. Bu bir tek çare, onun eskiden beri istediği şeydi: Muazzez'i Şakir'e vermek...

Kübra hikâyesinden haberi olmayan Şahinde'nin bunu öğrense bile fikrini ne dereceye kadar değiştireceği tayin edilemezdi. Fakat ne Yusuf, ne Salâhattin Bey, artık bu meseleyi tekrar eşelemeye lüzum görmüyorlar, Şakir işinin tamamen kapanmış olduğunu sanıyorlardı. Bu meselede Şahinde'nin planları olması ve kendi kendine işler çevirmesi ihtimali hiçbirinin aklına gelmiyordu.

Halbuki Şahinde, Salâhattin Bey'in artık uzun zaman başlarında kalamayacağını, kendi kendine itiraf etmese de, seziyor ve ondan sonra da ayakta durabilecek çareler arıyordu.

Bir zeytinlik ile yanındaki bir tarla üç kişiyi senenin bir ayında bile doyurmazdı. Yusuf'un eline bakmak ise, hepsinden ağırdı. Bu mağrur ve dik kafalı oğlanın ekmeğini yemek ve onun emri altında olmak Şahinde'nin tahammül edemeyeceği şeylerdendi. Hem bakalım Yusuf, kendi ekmeğini kazanabilecek miydi? Hiçbir iş tutmayan ve boşta gezen bu "evlatlığa" yüz suyu dökmektense, aslan gibi bir damat bulup köşeye kurulmak herhalde çok daha akıllı işiydi.

Şakir'in serseriliği, sarhoşluğu artık unutulmuş gibiydi. Fakat bunları unutturan hadise, yani onun bir adam öldürmüş olması, Şahinde'ye hiç de korkunç görünmüyordu.

Belki bu şehirde adam öldürmenin biraz şerefli ve kahramanca bir şey gibi telakki edilmesi, belki de bu katlin kendi kızı için olduğunu bilmesi, ona Şakir'i daha sıcak gösteriyordu.

Sonra Şakir'in annesiyle arasında günden güne artan ve hudutlarının tamamıyla çizilmesi güç olan bir dostluk onu bu aileye bağlamaktaydı.

Hilmi Beylerin konağının ihtişamı, kendisine ana ve oğuldan tekrar yağmaya başlayan hediyelerin cazibesi de bu yaklaşmada ayrıca amil olmaktaydı.

Fakat Muazzez, bu sefer iki üç ay evvelki kadar kararsız ve annesine tabi değildi. İçinde kendisini idare eden, ona hareketlerinin ana istikametlerini gösteren ve günden güne büyüyen bir ihtiras vardı.

Yusuf'un kendisine karşı gösterdiği soğuk tavırdan doğan

infial zamanla azalıyor, yerini, Yusuf'un böyle yapışının sebeplerini anlamak isteyen bir meraka bırakıyordu. Çocukluğundan beri hayatta en yakını olan Yusuf, her yerde, her zaman kendisine destek olan Yusuf ve nihayet o akşam kendisine o kadar içten bakan ve onu o kadar iyi anlayan Yusuf, şimdi Muazzez'i hiç sebepsiz unutmuş olamazdı. Ondan bu kadar ısrarla kaçmasında bile bir fevkaladelik vardı.

Bu düşüncelere rağmen genç kız, annesiyle birlikte gezmekte devam ediyordu. Birkaç kereler de Hilmi Beylere gittiler. Muazzez burada kendisine karşı yapılan muameleye yabancı olmadığını hissetti. Son vak'alardan evvel, Şakir Bey'in kendisini ısrarla istediği ve reddedileceğini aklına getirmediği sıralarda, bu evde yine böyle candan karşılanıyor, hanım tarafından öpülüp yanına oturtuluyor, her ziyaretten bir hediye ile ayrılıyordu.

Tekerrür eden bu gönül avlama usulleri nedense onu bu sefer sıkmaya başladı.

Sırf evde yalnız kapanıp kalmamak, düşünmeye mecbur olmamak için annesiyle arkadaşlık ediyor, fakat Hilmi Beylere gitmek istemiyordu.

Hele bir gün Cennetayağı'ndaki bağa davet edilip orada, uzaklarda dolaşan ve gözlerini kendisine diken Şakir Bey'e rastlayınca, bu aileden büsbütün soğudu, içini bir ürperme kapladı ve korkmaya başladı.

Bu hayata daha fazla tahammül edemeyecekti. Annesinin zevk aldığı şeylerden hoşlanmıyor, gittiği yerlerdeki akranlarıyla ise artık konuşacak laf bulamıyordu.

Hayal ve düşüncelerle dolu ve yalnızlık içinde geçen bir hayat, bu on beş yaşındaki kızı, kendi yaşındakilerden ayrı yapmıştı. O, şimdi bir kadın gibi düşünüyor, dertlerine tek başına çareler arıyordu.

Bir şeyler yapmak, artık her şeye bir son vermek lazımdı. Bunu nasıl yapacağını tasarlarken bir gün evde Yusuf'la karşılaştı. Belki haftalardan beri onu yakından görmemişti. Yüzünün sarılığı, Muazzez'i korkuttu. Bütün söylemeye hazırlandığı şeyleri unutarak:

"Yusuf Ağabey, sana ne olmuş?" diye sordu.

"Ne var kızım?"

"Benzin pek sararmış... Hasta mısın?"

"Değilim... Babama üzülüyorum. Sonra yalnızlık. İşsizlik... Can sıkıntısı!.."

"Babam nasıl?.. Son günlerde iyice, değil mi?"

Yusuf, kızın, "Babam nasıl?" diye bu kadar tabii bir şekilde soruşuna güldü:

"Yatağa düşmüyor..." dedi. Sonra kendi kendine söylenir gibi ilave etti:

"Belki de düşmeyecek!"

"Ne demek istedin?"

Yusuf tekrar güldü. Lafı değiştirerek:

"Annen nerede, gene gezmekte mi?" diye sordu.

"Evet!"

"Sen neden gitmedin?"

"Canım istemedi..."

Biraz bekledikten ve Yusuf'un yüzüne dikkatle baktıktan sonra, kelimelerin üzerinde durarak tekrar etti:

"Canım istemedi!"

Bu konuşma sırasında Yusuf, sokak kapısının yanında ayakkabılarını giymeye uğraşıyor, Muazzez de yanında, ayakta duruyordu.

Genç kız, onun gitmekteki acelesini seyrederken, birdenbire içinden gelen bir teessürle:

"Ama, belki bir gün canım isteyecek!" dedi.

Yusuf, hemen doğrularak sordu:

"Neyi?"

Muazzez omuzlarını silkti.

Yusuf tekrar sormak ve ısrar etmek için ağzını açtı, sonra vazgeçerek arkasını döndü. Kapıyı aralayıp sokağa çıktı.

12

Güneş tam tepedeydi. Yusuf nereye gitmek istediğini, evden niçin çıktığını unutmuştu. Şu anda kafasında bir tek düşünce vardı: Kaçmak, evden uzaklaşmak, oraya dönüp Muazzez'e şu suali sormamak: "Neyi canın isteyecek, neyi?"

Biraz yavaşlarsa kendine hâkim olamayıp geriye koşacağını hissediyor ve daha hızlanıyordu. Bir müddet sonra kendini kasabanın cenup tarafındaki kırlarda buldu. Oyalanmak için etrafına baktı. Bütün tarlaları, bahçeleri, hatta zeytin ağaçlarını teker teker tanıyordu. Göğsünün bir düğmesini çözdü. Müthiş bir güneş ortalığı kavuruyor ve cırcır böcekleri feryatlarını mütemadiyen arttırıyordu. Yusuf gözleri yarı kapalı ve terleyerek yürüdü. Bir aralık burnuna zeytinlerin vakur kokusuna benzemeyen bir koku geldi. Gözlerini açtı. Bu bir incir ağacı idi. Zaten iki ağacın kokusu onu eskiden beri çok sarsıyordu: Ceviz ve incir...

Cevizin koyu, acayip, biraz da attarların sattığı ıtriyata benzeyen bir kokusu vardı. Bu tatlı, latif bir kokuydu. İncirin kokusu ise hiç güzel değildi. Lüzuci, yapışkan ve ağır bir kokuydu. İnsan güneşte incirin sütünün ve usaresinin tebahhur ettiğini ve bu kokunun oradan geldiğini sanıyor ve nefes aldıkça burun delikleri sanki yapış yapış oluyordu.

Gözlerini tekrar yumarak yürüdü. Terden sırsıklamdı. Yerler o kadar sıcaktı ki, ayakkabılarının köselelerini bile geçerek tabanlarını yakıyordu. Koyu zeytin yapraklarını bile şeffaf yapan bir aydınlık vardı: Gözleri kör eden, etrafı birbiriyle kaynatan, karıştıran bir aydınlık... Güneş sanki ışığını kova ile yeryüzüne döküyordu.

Biraz daha yürüyerek kurumuş bir dere yatağına geldi ve burada bin bir türlü nebat ile karşılaştı: Ufak çınar ve söğüt fidanlarının dalları birbiriyle karışıyor, hayıt ağaçlarının ekşi kokusu etrafa yayılıyor, zakkum fidanları erguvan renkli çiçeklerle parlıyor ve kımıldıyor ve sararmış sazlar, dikenler, kamışlar, yabani naneler, vahşi ayva fidanları birbirinin içinde kayboluyordu. Ve bütün bunların etrafında çakıl taşları ve kum vardı. Bu taşlar bile sıcaktan kavrulmuş ve büzülmüşe benziyorlardı. Yusuf dere yatağındaki bu nebat mahşerine sokuldu. Bir kertenkele hızla kaçtı ve birkaç ağustosböceği sustu. Sonra tekrar başladılar. Yusuf gömleğinin yakasını çözdü ve ceketini çıkardı. Ağzını açarak bitkin, harap, nefes almaya uğraşıyordu. Yere uzandı. Başını koymak için fidanların kökündeki çakılları attı ve biraz nemli, serin kum bulabilmek için orayı eşeledi. Fakat her şey kuru ve ateş gibiydi. Biraz rutubet bulmak için belki iki arşın kazmak icap edecekti.

Ellerini gözlerinin üstüne kapayarak arkaüstü yattı. Güneş yaprakların arkasından bile gözleri kamaştırıyordu. Yusuf kafasında uğultular hissetti. Şimdi kelime kelime hatırlayamadığı bir cümle, içeri girmek için başının etrafında dolaşıyordu. Muazzez ne demişti? "Belki bir gün canım isteyecek!" mi demişti... Bu kadar kati mi söylemişti? Yoksa: "Belki canım isterse!" mi demişti. Bu daha çok bir tehdide benziyordu ve sarih bir manası yoktu. "Böyle söyledi ise bir şey değil!" diye düşünüyor, fakat Muazzez'in böyle söylemediğini de gayet iyi biliyordu. Kafasına sokmak istemediği laflar etrafında mukayeseler yürüttüğünü fark edince içerledi. Bir an için bütün beyninin durmasını istedi. Bunu o kadar şiddetle ve candan istedi ki, gözleri yaşardı. Kendi kendisi ile hızlı konuşmamak ve bağırmamak için bir eliyle ağzını kapatıyordu. Bir aralık hiçbir şey düşünmez gibi oldu ve içinin hafiflediğini hissetti. Fakat biraz sonra kendini, ağzının içinde "Ne olacak? Ne olacak?" diye mütemadiyen mırıldanırken yakaladı.

Olduğu yerde doğruldu. Ayağa kalktı. Elleriyle, üstüne yapışan kumları silkti. Buralarda durmakla kendini avutamayacağını anladı. Meselenin fevkalade ehemmiyetsiz ve düşünmeye değmez olduğunu tekrarlıyor, "Eve gidip kendisiyle konuşayım... Ne demek istedi acaba?" diye söyleniyordu. Fakat adımları gitgide süratlendi ve kasabaya adeta koşarak girdi. Bir evden bir eve giren iki kadın durup ona baktılar. Yusuf bunun farkına vararak yavaşladı ve etrafına bakına bakına yürümeye başladı. Sokaklar tenha idi. Birkaç küçük çocuk, kapılarının eşiğine oturmuş sütlü mısır yiyorlardı. Daha ilerde, bir sürü boş oduncu eşeğinin kımıldamadan bekleştikleri meydanda, çocukların, ellerinde bol yapraklı kavak dallarıyla, eşekarısı kovaladıklarını gördü. Vakur bir vınlayışla uçan arının arkasından avaz avaz bağrışarak koşuyorlar ve yaklaştıkları zaman kavak dalını savurup hayvanı sersem ediyor ve yere düşürüyorlardı. Ondan sonra hepsi birden oraya toplanıyor, içlerinden en cesaretlisi ceketinin kenarıyla arıyı yakalıyor ve onun kısa fasılalarla her istikamete doğru fırlayan ve tekrar içeri çekilen iğnesini koparmaya uğraşıyordu. Bu sırada bazen arı ölüyor, bazen de iğnesi çıkarılarak ayağına bir tire bağlanıyor ve uçuruluyordu. Bir avcılığın bütün zevklerini ve tehlikelerini toplayan ve her defasında birkaç çocuğu gözleri görünmeyecek şekilde yüzü şiş olarak evine yollayan bu oyun, yaz mevsiminin en mühim eğlencelerindendi ve ancak, ara sıra oradan geçen ve kızdırılmış bir arının hücumuna uğrayan büyüklerin müdahalesi ile yarıda kalır, birkaç çocuğun, dayak yedikten sonra ağlayarak evine gitmesiyle sona ererdi.

Yusuf ağır ağır meydanı geçti. Hain mahalle çocuklarının hücumuna uğrayan ve en güvendiği silahı usta parmaklar tarafından koparılan arıya karşı büyük bir merhamet hissediyordu. İçini bir hüzün kaplamıştı. Kendini eve götüren sebebi unutmuş gibiydi. Birkaç sokak saptıktan sonra da kulağına çocukların bağırışı geliyordu.

Bütün sokakları, bütün evleri, kaldırım taşlarına ve duvarların sıvası dökük yerlerine kadar tanıyordu. Yalnız bu sefer pencere kanatlarının biraz daha yamulmuş, bazı evlerin çiğ bir boya ile boyanmış olduğuna dikkat etti. Köşe başlarında hep o ıslak ve yosunlu su mukassimleri vardı.

Eve yaklaşınca yüreği hızlı atmaya başladı. Ne yapmak için geldiğini, Muazzez'le ne konuşacağını bir türlü hatırlayamıyordu. Bir sürü perişan düşünce başının içinde sallanıyor, birbirini çaprazlayıp dolaşıyor, fakat bu, onlardan hiçbirini yakalayamıyordu.

Kapıyı yavaşça çaldı, bu anda hemen kaçıp gitmek istedi; fakat kapı açıldı.

Yusuf Kübra'nın sarı yüzünü görünce biraz kendini topladı. İçeri girerek lakayt bir tavırla sordu:

"Muazzez yukarda mı?"

"Küçükhanım dışarı gitti!"

Yusuf anlayamadı:

"Küçükhanım ne yaptı?"

"Dışarı gitti!"

"Nereye?"

Kübra'nın annesi de sokulmuştu:

"Girsene içeri, Yusuf Ağa," dedi. "Küçükhanımı annesi geldi aldı!"

Yusuf ayakkabılarını çıkararak taşlığa girdi. Sol tarafa, sokak üstündeki odaya doğru baktı. Minderin üstünde Muazzez'in basma entarisi atılmış duruyordu. Taşlığın öbür başına, bahçe kapısına doğru yürüdü. Tulumbadan su çekip oluğu eliyle tıkayarak kana kana içti. Testilerdeki suyun bu vakitte onu kandıracak kadar soğuk olmasına imkân yoktu.

Eliyle ağzını kurulayarak kenardaki yeşil tahta sandığa oturdu. İçinde bulgur, tarhana, erişte torbalarının durduğu bu sandıktan etrafa hafif bir küf kokusu yayılıyordu. Zaten bu serin taşlığın kış yaz en hâkim kokusu bu küf kokusu idi. Bir kenarda üstleri tahta kapaklarla örtülü duran zeytinyağı küplerinden, yukarı kata çıkan merdivenin alttan görünen çürük tahta basamaklarından, çivitli duvarlardan, üst üste yığılmış birkaç şilteden ve bahçe kapısının yanındaki tulumbadan mütemadiyen bir küf kokusu fışkırmakta ve ortalığa yayılmakta idi.

Yusuf derin bir nefes aldıktan sonra, kendi kendine söyleniyormuş gibi, sordu:

"Nereye gittiler?"

Kübra'nın annesi bir müddet tereddüt ettikten sonra:

"Vallahi bilmem ki... Galiba şeye gittiler... Hilmi Beylere..." dedi.

Yusuf oturduğu yerde ileriye doğru uzanarak:

"Hilmi Beylere mi?" diye sordu. Bu sözler ağzından ıslık gibi çıkmıştı.

Kadın yerinden kalkıp Yusuf'a sokuldu.

"Yusuf Ağa," dedi. "Bilmem ama, bu hanım meram anlamayacak galiba. Küçükhanımı da kendine benzetecek. Bu kadar vukuattan sonra Hilmi Beylere günaşırı gidip geliyor, bu da yetmezmiş gibi kızı da götürüyor."

"Her zaman mı gidiyorlar?.. Ne zamandan beri gidiyorlar?"

"Her zaman değil... Hanım hiç arasını kesmedi ama, küçükhanım gitmiyordu. Son günlerde anasına uydu. Bu iki midir, üç müdür, bilmem ki..."

"Anası gidelim deyince Muazzez bir şey demiyor mu?"

"Bu sefer demedi. Bundan evvel bir kere gördüm, hanım ille gidelim diyor, kız da istemem anacığım, bırak beni kendi halime diyordu. Sonra annesinin çenesine dayanamayıp söylene söylene gitmişti. Bu sefer sen çıktıktan biraz sonra anası geldi. Muazzez yukarda hırslı hırslı şarkılar söylüyordu. Herhalde sana mı gücenmişti, nedir. Anasını görünce nereden geliyorsun diye sordu. Hanım Hilmi Beylerden, dedi, bağa gideceğiz, seni almaya geldim, dedi. Kız yerinden fırladı, peki, hemen gidelim, hiç durmayalım, çabuk anneciğim, çabuk, dedi. Yırtınarak soyundu. Pembe saten fistanını giydi, yeldirmesini, başörtüsünü zor takınıp dışarı fırladı. Anası bile onun bu kadar coşmasına şaştı... Gittiler işte... Ne edelim Yusuf Ağa, Hilmi Beylerin ne olduğunu sen ben biliriz ama bunlara öğretemeyiz. Parası olanın ırzı da tamam, namusu da!"

Yusuf yerinden kalktı. Ter içinde kaldığını fark ederek kollarını ve sırtını kımıldattı. Uzun bir müddet ayakta bekledi. Bir şey düşünmüyor, kendini toplamaya çalışıyordu. Kapıya doğru ağır ağır yürüdü. Gözleri sert ve korkunçtu. Kararını vermiş bir insan tavrıyla acele etmeden ayakkabılarını çekti. Ensesine doğru kaymış olan kalpağını eliyle öne doğru itti. Kapıyı açtı.

Bu anda Kübra yerinden fırlayarak ona doğru koştu:

"Yusuf, dur!" diye bağırdı.

Deminden beri hiç ağzını açmamış ve lafa karışmamıştı. Yusuf annesiyle konuşurken, gözleri Kübra'ya iliştikçe başını çevirmiş ve üzerinde her zaman garip bir tesir yapan bu kızın mevcudiyetinin farkına varmamaya çalışmıştı. Buna rağmen o arkasından: "Dur!" diye bağırınca zihninden şimşek gibi bir şey geçti ve yalnız şimdi değil, bu eve geldiğinden beri, hatta ilk gördüğü günden beri Kübra'nın kendisine hep büyük ve şaşmaz gözlerle baktığını hatırladı.

Sırtına, bilhassa tepesine batmanlarla yük oturtulmuş gibi bir ezilme duydu. Kendisinden sakladığı ve bu anda kendisinin de adamakıllı bilemediği bir şeyler vardı. Bu kızla aralarında konuşulmadan, düşünülmeden, hatta yüz yüze bakılmadan bir macera geçmiş gibiydi. Bunun ne olduğunu düşünemiyor, sadece beş dakika evvel bir yabancı, uzak bir insan sandığı bu kızın baş döndürücü bir süratle kendisine doğru koştuğunu, yaklaştığını hissediyordu. Bir eliyle aralık duran kapıyı tutarak ve sırtını kol demirine dayayarak sordu:

"Ne oluyor?"

Kübra kapının yanına gelmişti. Boğuk ve yavaş bir sesle:

"Ne diye gidiyorsun Yusuf Ağa?" dedi. "Ne yapacaksın gidip de..."

Yusuf karşısındakine bakarak başını salladı. Kız tekrar mırıldandı:

"Kendine yazık edeceksin... Senin yolun orası değil..."

Yusuf bu yarım ve manasız cümleleri tamamıyla anlamış gibi cevap verdi:

"Doğru. Gitmesem benim için daha iyi olacak... Fakat lazım!"

Kübra küçük vücudundan beklenmeyecek bir sertlikle başını silkti. Bir adım çekildi. Yusuf bu anda karşısındakinin gözlerinde, ona ilk defa zeytinlikte rastladığı zamanki batıcı bakışları gördü ve kendini o zaman da olduğu gibi suçlu hissetti. Sonra elinden bir şey gelmeyeceğini anlatmak isteyen bir tavırla omuzlarını silkti.

Kübra:

"Git!" dedi. "Ben de gideceğim. Biz de gideceğiz. Artık dayanamayacağım!"

Sonra arkasını döndü:

"Hadi ana, hazırlan, gidelim!"

Kadın olduğu yerde taş kesilmiş gibi duruyordu. Kapının yanında konuşulanları duymamış, fakat orada fevkalade şeyler cereyan ettiğini anlamıştı.

Kübra tekrar Yusuf'a döndü:

"Bizi bir daha görmeyeceksin Yusuf..." dedi.

Yusuf çok iyi bildiği bir şeyi söylüyormuş kadar katiyetle ve karanlık bırtakım hislerin sevkiyle cevap verdi:

"Belli olmaz... Görüşürüz..."

Yavaşça kapıyı araladı ve dışarı sıyrıldı. İki ayaklı taş merdivende bir müddet durduktan sonra yürüdü.

13

Yusuf ne yapacağını bilmiyordu. Bugün her şeyin başka bir çehre alacağını, bir şeyler olması lazım geldiğini seziyor, fakat sarih ve kati hiçbir şey düşünemiyordu. Ne yapacaktı? Eliyle tabancasını yokladı. Sonra bu hareketini çocukça bularak güldü. Kendini zorlamadan aklına eseni yapmaya karar verdi. Aşağıçarşı'ya doğru yürüdü. Yolda rastgele düşünüyordu: Hilmi Bey'in bağına gitmeli, fakat ya Şakir de orada ise... Ya bir kaza yaparsam? O zaman hiçbir şey düzelmiş olmayacaktı. Çarşıdan yıldırım gibi geçti. Bugün buradan üçüncü defadır böyle yarı koşarak geçiyordu. Kahvedekilerin bir kısmı ona hayretle baktılar. Biraz daha aşağılarda, arabacı dükkânlarının bulunduğu meydanda birkaç yaylı duruyordu. Onları görünce olduğu yere mıhlanmış gibi kaldı. Birdenbire ve bir çivi gibi beynine saplanıveren bir fikir şimdi oraya yerleşiyordu. Ancak bir iki dakika sonra kendini topladı ve yüzünde kendinden emin, rahat bir gülüşle yaylılardan birine giderek sahibinden arabayı birkaç saat için kiraladı. Arabacıya: "Cennetayağı'na gidip geleceğim, belki biraz da kalırım!" demişti. Kendisini tanıdığı için hiçbir şeyden şüphelenmeyen arabacı atların boynundan yem torbalarını çıkardı, oturacak yerin altına koydu. Kayışlarını taktı ve terbiyeleri, bu sırada arabaya atlamış olan, Yusuf'a uzattı.

Yusuf yaylıyı Soğuktulumba'ya kadar ağır ağır sürdü. Fakat ondan sonra kamçıya sarılarak atları dörtnala kaldırdı. Sabırsızlıktan bayılacak gibiydi. Arabadan ve atlardan daha çabuk gitmek ister gibi öne uzanıyordu. Bozuk ve taşlı yollarda boş ve havaleli araba tehlikeli sallantılar yapıyordu. Cennetayağı'nın bağları arasından geçen dar ve çukur yol kupkuru idi. İlkbaharda bir dere gibi su ile dolu olan sokakta şimdi yer yer ısırganlar vardı ve bunlar dörtnala koşan atların nallarına çarparak kopuyor, savruluyorlardı.

Yusuf hızlı hızlı nefes alıyordu. Sanki evden buraya kadar koşarak gelmişti. Bu sırada yolun öbür ucundaki bağda dolaşanları gördü. Arabayı oraya kadar sürmek, ortalığı telaşa verebilirdi. Terbiyelere sarılarak hayvanları durdurdu. Yere atladı ve kenardaki yüksek yaya kaldırımına çıkarak hızlı hızlı yürüdü. Bu kısa fakat yorucu koşmadan sonra atlar, oldukları yerde, kımıldanıyorlar ve kaşanıyorlardı. Yusuf, Hilmi Bey'in bağına yaklaşınca çitin kenarına sinerek ilerlemeye başladı. Eli tabancasındaydı. Etrafta kimseler yoktu. Güneş eski sıcaklığını kaybetmeye başlamıştı. Vakit ikindiye yaklaşıyordu. Fakat insanlar, deminki müthiş sıcağın gevşekliğini henüz üzerlerinden atamadıkları için, sokuldukları yerden çıkamıyorlardı. Yalnız Hilmi Bey'in bağındaki köşkten şarkılar ve gürültüler geliyor ve bağda iki kadının dolaşıp üzüm yediği görülüyordu. Yusuf bunların Muazzez'le Şube Reisi'nin kızı Meliha olduklarını seçti. Henüz yarı koruk olan bu üzümleri yemek için bu sıcakta yaşlı başlı kadınların güneşe çıkmayacakları tabii idi.

Yusuf bağı saran çitin etrafını dolaştı. Bütün ağaç diplerini ve kuytu yerleri gözleriyle uzaktan araştırdı. Köşkün içindekilerle bağdaki iki kızdan başka ortalıkta kimse görünmüyordu. Buna kanaat getirdikten sonra bağın parmaklık şeklinde tahtalardan yapılmış kapısına döndü. Eliyle kapıyı itti ve içeri girdi. Bağda dolaşanlar tahta kapının alt ucunun yerde sürünerek çıkardığı sesi duymuşlar, bu tarafa bakıyorlardı. Yusuf kısık bir sesle:

"Muazzez!" dedi.

Genç kız şaşırmıştı. Yanında bir şey anlamadan duran Meliha'ya bakıyor, sonra başını etrafına çevirerek güya birini arıyordu. Bu tereddüdü pek az sürdü. Hemen kendini topladı. Arkadaşına:

"Sen yiyedur, ben bakayım... Yusuf Ağabeyim gelmiş, babama bir şey mi oldu acaba?" dedi.

Derhal bulduğu bu yalana kendisi de inanmış gibi içi cız etti ve hakikaten Yusuf'un buraya babasına ait fena bir haberle gelmiş olmasından korktu. Bağın çapalanmış topraklarında ayakları asma çubuklarına takılarak koşarken her adımda telaşı artıyor ve tiril tiril titriyordu. Ağzından birkaç kere "Babacığım... Babacığım!" sözleri fırladı. Yusuf'un yanına yaklaşınca onun yüzünden ve duruşundan korktu. Fakat ağabeysi:

"Ne diye buraya geldin Muazzez?" diye sorunca derin bir nefes aldı. Demek babasına bir şey olmamıştı. Yusuf'u buraya getiren diğer bir sebepti. Başka zaman olsa hiddetinden korkardı. Fakat şimdi gözlerini iki türlü sevinç yaşartıyordu: Hem deminki telaşının yersiz olduğunu düşünerek müsterih oluyor, hem de Yusuf'un buraya kadar sırf kendisi için, Muazzez için gelişinden anlatılmaz bir memnunluk duyuyordu. Masum bir çehre alarak:

"Ne var Yusuf Ağabey..." dedi. "Ne olmuş buraya gelmekle? Yalnız değilim ki, annem de var."

Yusuf Muazzez'in yüzüne dik dik bakarak:

"Neden geldin diyorum, Muazzez," dedi. "Annen ne yaparsa yapsın, sen niçin geliyorsun!"

Muazzez şimdi karşısındakini biraz üzmek, onu anlamamış görünmek istiyordu. Aylardan beri Yusuf'un kendisine yaptıklarına, böyle küçük bir mukabelede bulunmaktan kendini alamıyordu ve bu arzusunda, şu anda duyduğu ve gitgide artan bir saadet hissinin ve bir neşenin çok tesiri vardı. Kendini zaptetmese Yusuf'un boynuna atılacaktı. Fakat kaşlarını çatarak sordu:

"Ne yapayım Yusuf Ağabey? Bütün gün evde mi kalayım? Bir parçacık olsun eğlenmek benim hakkım değil mi?"

Yusuf başını önüne eğmişti. Buraya gelmiş olduğuna şu anda müthiş pişmandı. Eski hiddeti geçmiş, yerini, kötürüm eden bir teessüre bırakmıştı. Bir an evvel buradan gitmek istiyordu. Başını kaldırmadan:

"Peki, ne yaparsan yap!" dedi ve arkasını dönmek için bir harekette bulundu.

O zaman Muazzez onun yanına sokularak:

"Yusuf!" dedi.

"Ne?"

"Yusuf... Neden geldin buraya?"

Öteki cevap vermedi. Öyle ya, neden gelmişti buraya?

"Buraya benim için mi geldin?"

Ayıp bir şeyi itiraf eder gibi kızararak başını salladı:

"Evet!"

Karşısındakinin yüzüne bakınca Muazzez'in yüreği hopladı. Yusuf'un çehresi bu anda aynen o akşam kendisine "anladım" dediği zamanki ifadeyi almıştı.

Muazzez birdenbire:

"Haydi Yusuf, gidelim!" dedi.

Yusuf, gene kıpkırmızı, peki demek ister gibi başını salladı.

"İçeri girip yeldirmemi alayım..."

Yusuf hemen onu bileğinden yakaladı:

"Bırak, istemez, yürü benimle!" dedi.

Genç kız:

"Hiç olur mu Yusuf... Annem ne der... Dünya âlem ne der?"

Yusuf onu kolundan tutup bağdan dışarı çıkararak:

"Kimse bir şey demez," dedi. "Deseler de bir şey çıkmaz..."

Muazzez ilerde duran arabayı görünce Yusuf'un yüzüne baktı:

"Bununla mı döneceğiz?" dedi.

"Evet!"

"Peki, bırak da başörtümü filan alayım. Hemen gelirim..."

Sonra siyah ve çocuk gözlerini karşısındakine dikerek fısıldadı:

"Yoksa gelmem diye mi korkuyorsun?"

Yusuf başını salladı:

"Gelirsin... Biliyorum..."

"Öyleyse neden bırakmıyorsun?"

Yusuf avucunda tuttuğu bileği sinirli bir hareketle sıkarak:

"Lüzumu yok!" dedi. Sonra, dudakları titreyerek, ilave etti:

"Ne olursa olsun, artık seni hiç bırakmayacağım!"

Arabanın yanına gelmişlerdi. Yusuf genç kıza, arabaya binerken yardım etti; yan kapıların muşamba perdelerini kapattı ve kendisi ön tarafa atladıktan sonra:

"Biraz geride otur, görünme!.." dedi.

Sonra kamçıyı eline aldı ve arabayı sürdü. Bir bağın arkasından dolaşarak yola çıktılar. Şube Reisi'nin kızı Meliha bağda tek başına üzüm yemeğe devam ediyor, yalnız ara sıra başını kaldırarak Muazzez'in nerede olduğunu görmeye çalışıyordu.

Yusuf atları dörtnala kaldırmıştı. Genç kız yaylının iç taraflarında bir köşeye büzülmüş ve elleriyle iki tarafına sarılmış, düşünüyordu. Araba taşlara çarparak fırlayınca veya hızla dönünce: "A! A!" diye hafif bir ses çıkarıyor ve sonra susuyordu. Birdenbire içini endişeler kaplamıştı. Bu yolculuğun sonundan korkuyor gibiydi. Nereye gidiyorlardı? Tabii eve... Acaba hakikaten eve mi? Muazzez Yusuf'un yüzünü arkadan ve pek az görebiliyor, fakat bu çehrede neler olduğunu tamamen biliyordu.

Kız kardeşini alıp eve dönen bir insanın yüzü böyle olmazdı. Hiç böyle olmazdı. Bu yüz Muazzez'in şimdiye kadar görmediği bir şeydi. Her adalesi donmuş ve ileri fırlayarak deriyi germiş gibiydi. Muazzez bunun böyle olduğunu görüyormuş kadar iyi biliyordu.

Sonra Yusuf'un sırtı da acayipleşmişti: Bazen büyüyerek arabanın ön tarafını tamamen kapatıyor ve içerisi kapkaranlık oluyordu, zifiri karanlık. Bu esnada Muazzez hiçbir şey görmüyor ve haykırmak istiyordu... Yusuf'un yalnız sırtı değil, kalpağının altından çıkan kısa kesilmiş siyah saçları, kıpkırmızı yanan kulakları da büyümüştü. Muazzez bu saçların kalınlaştığını ve uzadığını görüyor, kulaklarından alevler fışkırdığını sanıyordu.

Bir aralık Yusuf yerinden fırlar gibi oldu. Dışarıyı görmeyen Muazzez korktu. Yusuf elindeki kamçıyı şiddetle savuruyor ve atlar deli gibi koşuyordu. Muazzez arkadaki muşamba perdeyi aralayarak baktı. Yolun döndüğü yerde bir süvarinin kaybolduğunu ve bunun Şakir'e benzediğini gördü. O zaman içerisi annesine karşı büyük bir istihfaf hissiyle doldu. Demek kendisinin bağda olduğu bu oğlana haber verilmiş ve o da hemen atına atlayarak bağın yolunu tutmuştu. Olduğu yerden yavaşça öne doğru giderek Yusuf'un bütün vücudunu kucaklamak ve onun alev gibi kulaklarına:

"Ben razıyım Yusuf, beni ne yaparsan yap, fakat bir dakika bile bırakma!" demek istedi. Bu anda araba dik bir bayırı tırmandı. Genç kız tekrar muşambayı kaldırınca Soğuktulumba'da olduklarını gördü:

"Yusuf, nereye gidiyoruz!"

Diye bağırdı. Çünkü kasabaya gidecek yerde atlar sağa dönmüş, Havran yolunu tutmuştu.

Yusuf sesini çıkarmadı, başını bile çevirmedi, atları sürmekte devam etti. Fakat Muazzez artık korkmuyordu. Arabanın ağzını kapayan vücut ona tükenmez bir emniyet hissi veriyordu.

14

İki tarafı zeytin ağaçlarıyla duvarlanmış olan yol birkaç yüz metrede bir hafif kıvrıntılar yaparak uzanıyordu. Adamakıllı alçalmış olan güneş ağaçların tepelerini kıpkırmızı aydınlattıktan sonra yolun bir kenarına vuruyor, fakat yavaş yavaş oradan da çekilerek, ağaçların gövdelerinde, yukarıya doğru yükseliyordu.

Eğri büğrü, kambur zeytinler, kâh arkaya yaslanmış kâh yana eğrilmiş ihtiyar gövdeleriyle, dalları ve yaprakları olmasa, bir mezarlığı andıracaktı. Fakat yeni yeni çıkmaya başlayan bir akşam rüzgârı minimini ve sert yaprakları hışırdatıyor ve sanki bu ihtiyar gövdeler canlanıyor, vücutlarındaki bir sürü kovuğu birer göz gibi kullanarak etrafa bakınıyordu.

Beyaz ve ince bir toz bulutunu arkasında bırakarak ilerleyen araba hep aynı sürati muhafaza ediyor ve onun bu çılgınca koşusu, etrafın ağır kımıldanışları ve fısıltıya benzeyen sesleri ile tezat teşkil ediyordu.

Yusuf hep ileri bakmakta ve kenarlardaki ağaçların daireler yaparak uzaklaştığını, yolda rastgeldiği köylülerin telaşla eşeklerini bir kenara çektiklerini fark etmemekte idi. Bir aralık terbiyeleri çekerek arabayı yavaşlattı. İki tarafı tarlalık olan bir yere gelmişlerdi. Etrafına bakındı ve birkaç adım ötede sağa sapan yolu görünce hayvanları oraya sürdü.

Bu yol Burhaniye üzerinden Ayvalık'a kadar gidiyordu. Atları tekrar dörtnala kaldırdı. Yarım saat sonra yolun iki tarafında kavak ve söğüt ağaçları başladı. Ortalık adamakıllı kararmıştı. Yollarda kimseler yoktu. Burhaniye'ye girdikleri zaman caminin ve birkaç kahvenin ışıkları yakılmıştı. Yusuf kasabayı boylu boyunca ve hiç durmadan geçti. Önüne geniş ve kuru bir dere çıktı. Atlar bileklerine kadar kuma batıyorlar ve ter içindeki vücutlarını müthiş bir gayretle geriyorlardı. Yusuf yere atlayarak hayvanların başını tuttu ve ağır ağır bu kumlu sahayı geçti. Burada bir müddet bekleyip atları dinlendirmek istedi. Oturduğu yerin altındaki yem torbalarını çıkarıp baktı. İçlerinde epeyce arpa vardı. Çeki kayışlarını söktükten ve atları kaşanmaya bıraktıktan sonra, torbayı başlarına geçirdi. Ancak o zaman arabaya yaklaşarak içeri bakmayı düşündü.

Yan taraf perdelerinden birini açıp başını içeri uzatınca evvela hiçbir şey seçemedi. Sade zifiri bir karanlık gördü. Yavaş yavaş, gözleri alıştıkça, arka taraftaki keçelerin arasına sokulmuş bir şekil fark etti. Kollarını dirseklerine kadar kapının içine sokup yaslanarak:

"Muazzez!" diye fısıldadı.

"Yusuf!"

Bir hışırtı oldu ve Muazzez'in pembe saten elbisesi bu tarafa yaklaştı. Hava hâlâ sıcak olduğu halde kız titriyordu. Yusuf:

"Üşüyor musun?" diye sordu.

"Hayır, neden üşüyeyim!"

"Korkmuyor musun?"

Muazzez, biraz durduktan sonra, kati bir sesle:

"Hayır!" dedi.

Nereye gidiyoruz, diye sormuyor, artık bunu merak da etmiyordu. Yusuf da bir şey söyleyecek halde değildi. Kafası bomboştu. Bugünün öğleden sonrasında birbirini kovalayarak geçen vukuat, onu sersem etmişti. Dimağında, bu anda, hayvanların ter kokusundan başka bir şey yoktu... Kulakları hâlâ, bozuk yollarda yaylının çıkardığı seslerin ve şimdi bile atlar kımıldadıkça öten çıngırağın akisleri ile uğulduyordu. Tozdan bembeyaz kesilen kaşlarını kaldırarak gülümsemeye çalıştı. Arabanın kapısına yaklaşmış olan Muazzez'in koluna başını dayayarak bir müddet derin derin nefes aldı. Nerdeyse uyuyacaktı. Bu sırada Muazzez kendini tutamayarak sordu:

"Daha gidecek miyiz, Yusuf?"

"Biraz daha gidelim bakalım, belki bir köye geliriz... Ben buraları bilmiyorum!.."

Muazzez: "Niçin Burhaniye'de kalmadık?" diye soracaktı, vazgeçti. Niçin orada kalmadıklarını ve niçin daha ileri gittiklerini Yusuf'un da bilmediğini seziyor ve bir cevap aratarak onu üzmeyi istemiyordu.

Artık yavaş yavaş ay yükseliyor ve arabanın üstünden aşarak ön tarafta sesli sesli yem yiyen hayvanların kulaklarını aydınlatıyordu. Daha ilerdeki köprü, onun arkasındaki ağaçlıklar ve en geride uzanan deniz birdenbire canlanmış, mat beyaz bir ışık birdenbire her şeyi yeni bir hayata atmıştı. Bu, gündüzkünden çok farklı bir hayattı ve buraya ancak biraz evvelki karanlığı aştıktan sonra varılıyordu. Kızgın güneşin altında boğulur gibi uzanan ve yaşamakta olduğunu ancak ışık vasıtasıyla belli eden tabiat, yarım saat kadar süren bir karanlık esnasında derhal başka bir ruh almıştı. Bu sefer canlılığını hafif kımıldanışlarla ve her mevcudu bir tül gibi kaplayan hayat dolu bir nefesle meydana vuruyordu. Dere yatağının kenarındaki dikenlerin arasında ağustosböcekleri ötüyor, ara sıra kımıldayan atların ayakları arasında çekirgeler sıçrıyordu. Akşamüzerine doğru çıkan ve denizden gelen rüzgâr hiç artmamış olduğu halde, şimdi gündüzkünden daha çok belli idi. Bütün sesler birbirlerinden daha kolaylıkla ayrılıyor; daha net, daha tatlı, daha anlaşılır oluyordu.

Yusuf arabanın kapısında, kolları içeride ve başı müthiş bir yorgunlukla Muazzez'e yaslanmış, hiçbir şey söylemeden bekliyordu. Muazzez bazen çenesini yavaşça Yusuf'un başına dokundurarak onun ter ve toz kokan saçlarını teneffüs ediyor, bazen de gözlerini arabanın ön tarafına çevirerek dışarı bakıyor, ay ışığında kımıldayan ağaçları ve üzerine gümüş pullar serpilen denizi gördükçe hayretle gözlerini kırpıştırıyordu.

Yemlerini bitiren atlar sıkılmış gibi başlarını sallamaya ve torbaları savurmaya başladılar. Yusuf:

"Gidelim!" dedi.

Hayvanları tekrar koştu. Torbaları arabanın içine bıraktı. Yerine atlayarak kamçıyı şaklattı.

Muazzez tekrar arkaya, karanlık köşeye çekilmişti. Bulunduğu yere yerleşmeye çalışıyordu. Arabanın zeminini örten çulun altına sadece biraz kuru ot serpilmişti. Bir kenarda ikiye kıvrılmış bir çift keçe duruyordu. Muazzez onları çekip altına aldı. Ağır ve keskin bir koku neşreden bu keçeler terli zamanlarında hayvanların sırtına konurdu. Muazzez elbisesinin ve ellerinin yapış yapış olduğunu fark etti.

Butün bunlar ona çok tabii geliyordu. Tekrar dışarı bakmaya başladı. Bu sefer ay sol taraftan vuruyor ve Yusuf'un dizginleri tutan ellerini aydınlatıyordu. Hayvanların koşumlarındaki pirinç kısımlar, kıymetli birer mücevher gibi temiz parıltılar saçıyordu. Arabanın ağzını yarı yarıya kapayan Yusuf başını biraz sağa eğmişti. Muazzez bu şekilde onun yüzünü adamakıllı görüyordu: Kulağı ve saçları karanlıkta kalmış, sol yanağı, alnının bir kısmı ve burnu mermer gibi beyaz bir ışığa bürünmüştü. Ancak ucunu görebildiği kaşlar hafif ürpermelerle kımıldıyordu. Muazzez onu hiç bu kadar güzel görmemişti. Uzun uzun baktı ve sonra sessiz sessiz ağlamaya başladı. Elini yüzüne kapatıyor ve yaşlarını avuçlarına akıtıyordu. Yusuf onun ağladığını görmemeliydi. Bu kadar büyük bir saadeti onu verene göstermek doğru değildi. Bunu, kendine de izah edemeyerek, hissediyordu.

Yolu yalnız arabanın çıngırağının sesi dolduruyordu. Hayvanların ayak sesleri bile bu devamlı nağmelerin içinde kaybolmakta idi. Bu sefer ağır ağır ilerleyen atların sırtı, üzerlerindeki koşumlarla birlikte, türlü türlü kıvrıntılar ve ışık oyunları yapıyordu. Üstleri aydınlık ve yeşil bir deniz gibi dalgalanan zeytinlerin altı karanlıktı, yalnız bazı yerlerde ok gibi bir ziya huzmesi yaprakların arasından toprağa ve köklere kadar uzanıyordu.

Biraz dik bir sırtı tırmandılar, önlerine bir iniş geldi. Bunun ta ilerdeki ucunda deniz görünüyordu. Etrafta çam ağaçları belirmeye başlamıştı. Yusuf Kozak veya Pelitköy taraflarına yaklaştıklarını tahmin etti. Fakat görünürde köy filan yoktu. Ne yapacağını, nereye gideceğini tayin edemeyerek arkasına döndü ve arabanın içine doğru yavaş sesle sordu:

"Muazzez, daha gidelim mi?"

"Bilmem? Nereye gideceğiz?"

"İstersen burada kalalım... Yarın düşünürüz!"

"Kalalım!"

Yusuf terbiyelere asıldı. Hayvanlar hemen durdu. Bulundukları yerin sol tarafında çamlarla örtülü bir bayır yükseliyor, sağlarında ise gene çamlı bir sırt, aşağıya, belki bir kilometre uzakta yatan denize uzanıyordu. Yusuf arabayı bu tarafa, çamların altındaki bir düzlüğe sürdü; atları arabadan sökerek her birini birer ağaca bağladı; yolun kenarından getirdiği birkaç iri taşı tekerleklerin önüne koydu. Sonra başını içeri uzatarak:

"Gelsene Muazzez... Dışarısı serin değil... Üşümezsin!" dedi.

Gündüzki boğucu sıcak kalmamakla beraber, gece fazla serinlik getirmiş değildi. Çamların arasından görünen deniz donmuş kadar hareketsizdi.

Muazzez aşağı atladı. Gözlerini ovuşturuyordu: Belki uykudan, belki de karanlıktan geldiği için.

Ayakları çam iğnelerinin üstünde kayarak biraz ilerlediler, devrilmiş bir kütüğün üzerine yan yana oturarak uzaktaki denize bakmaya başladılar. Burada, önlerinde ağaçsız bir saha bulunduğu için, bakışları hiçbir şeye takılmadan ufka kadar uzanabiliyordu. Toz, saman, beygir, gübre ve ter kokusuyla bunalan başlarını şimdi tatlı ve sarhoş edici bir çam kokusu sarıyordu. Yarı tıkalı burun delikleriyle, bu kokuyu sonuna kadar içmek için, derin derin nefes alıyorlar ve ara sıra birbirlerine bakıyorlardı.

Bu saatlerin bir daha geri gelmeyeceğini, karanlık bir his, ikisine birden tekrar edip duruyor ve aynı zamanda, saadetlerinin gölgesiz olması için, dimağlarının bu andan başka hiçbir şeyle meşgul olmaması lazım geldiğini onlara fısıldıyordu. İkisi de ne bir saat önceyi, ne de bir saat sonrayı düşünüyorlardı. Bütün hislerden ve düşüncelerden daha kuvvetli olan ve insanı hayatında ancak birkaç defa idaresi altına alan tabii ve hâkim bir duygu şimdi ikisini de avucunun içine almıştı. Bu anda etraflarındaki ağaçlar, karşılarındaki deniz kadar bu kuvvete tabiydiler. Bir tek üzüntüleri, bir tek istekleri yoktu. Hatta her istediğine nail olanların iç sıkıntısı da onlardan uzaktı. Saadetin bu kadar tamam ve mükemmel oluşu ikisini de şaşırtmış gibiydi. O kadar ki, birbirlerine söyleyecek tatlı sözler bile bulamıyorlar, sadece derin derin nefes alarak gülümsüyorlardı. Uzun müddet böylece bekleştiler. Bir aralık Muazzez'in başı Yusuf'un omzuna düştü: Uyumuştu. Yusuf onu kollarına alarak arabaya götürdü.

Atlar bağlı oldukları ağaçlara başlarını sürtüyorlardı; ayaklarının altındaki kuru çam iğneleri kırıldıkça çıtırdıyor ve aşağı doğru kayıyordu.

İri ve yüksek çamların yukarılarında kıpırdamalar oluyor, bir sincap daldan dala atlıyordu.

Yaylı arabanın boşluğa doğru uzanan oku hafif hafif sallanıyor ve içinde bulunan iki genç insanın nefesleri kuru ot ve keçe kokularına karışıyordu.

Üçüncü Kısım

1

Muazzez'in uzun zaman geri dönmediğinin farkına varan Meliha üzüm yemeyi bırakarak içeri koştu ve Şahinde'ye Yusuf'un gelip Muazzez'i çağırdığını ve herhalde beraber gittiklerini söyledi.

Şahinde'nin ilk aklına gelen şey, Salâhattin Bey'e bir şey olması ihtimali idi. Telaş ile yerinden fırladı. "Aman gideyim... Beye bir şey mi oldu acaba? Yarabbim sen koru!" diye söylenerek telaşla çarşafının üstünü aldı. Muazzez'in kendisine haber bile vermeden gitmesi ona garip gelmiyordu. Hatta belki merakını arttırıyor ve meseleyi gözünde büyütüyordu. Aşağı indiği zaman bir hizmetçi Muazzez'in yeldirmesinin ve başörtüsünün burada kaldığını söyledi. Şahinde ancak o zaman biraz şaşırarak:

"Amanın, bu kız deli mi oldu, nedir?" diye dövündü.

O esnada atını sürerek bağa giren Şakir, Yusuf'u bir araba ile şehre dönerken gördüğünü söyledi. Arabanın içinde Muazzez'in bulunduğunu fark etmemişti. Şahinde kızının yüzü gözü açık olarak şehirden geçmeyeceğine memnun olmakla beraber, daha çok şaşırdı. Demek Yusuf arabayla gelmişti, demek mesele bu kadar mühimdi. Şu halde niçin kendisine haber vermemişlerdi. Yoksa Yusuf artık onu aile efradından saymıyor muydu. Bu "yabanın köylüsü" kendisini en itibarlı ahbaplarının yanında böyle garip vaziyette bırakmaya nasıl cesaret ediyordu?

Köşke bitişik ahırda samanların üstüne uzanıp uykuya dalmış olan yanaşmayı kaldırarak arabayı koşturdular. Şube Reisi'nin hanımı da dönmeye karar vermişti. Bu hadise toplantının tadını kaçırmıştı. Üstü açık ve tek atlı arabanın içine bir kilim ve onun üzerine bir şilte kondu, bunlar da bir halı ile örtüldü. Şahinde, Şube Reisi'ninki ve kızı, hizmetçilerin yardımı ile, arka taraftan arabaya binerek şemsiyelerini açtılar ve kır at tırıs adımlarla yola düzüldü.

Kasabaya yaklaştıkça Şahinde'nin merakı artıyordu. Bir şey düşündüğü ve tahminlerde bulunduğu yoktu, sadece bir korku hissediyor ve eve gidince karşılaşacağı manzaranın ne olacağını bilmediği halde, ev aklına geldikçe ürperiyordu.

Şube Reisi'ninkiler Aşağıçarşı'da indiler. Şahinde mavi şemsiyesini yüzüne tutuyordu. Kaldırımlarda müthiş bir gürültü çıkararak ilerleyen yaysız arabada adamakıllı sarsılarak Çayiçi'ni ve Bayramyeri'ni geçti; evine geldi. Eteklerini toplayıp kendi başına atlamaya kalkıştı, fakat beceremediği için yanaşmanın gelip elinden tutmasını bekledi, sonra kapının önündeki iki ayak taş merdiveni çıkarak hızlı hızlı tokmağı vurdu.

İçerden hiçbir ses çıkmadı. Şahinde tekrar tekrar çaldı; cevap vermiyorlar ve açmıyorlardı. Alelade zamanlarda bile bir şeyi başından sonuna kadar düşünemeyen kafası merak ve heyecandan ve bilhassa tarif edilmez bir korkudan inmeli bir hale gelmişti. Kapıda durup aptal gözlerle sokağa veya evin üst katına doğru bakıyor ve hiçbir şeye karar vermeyerek bekliyordu.

İhtiyar Rumelili hizmetçi bir haftadan beri gelininin yanına gitmişti, fakat evde Kübra ile anasının bulunması lazımdı. Sonra Yusuf ile Muazzez bağdan araba ile dönmüşlerdi. Eve gelmeyip nereye gidebilirlerdi?

Birkaç kere daha sıkı sıkı tokmağı vurdu. Karşı taraftaki evlerden birinin kafesi kalkarak saatçi Rakım Efendi'nin hastalıklı karısının sapsarı ve alnı çatkılı başı göründü:

"Şahinde Hanım, boşuna çalma, evde kimse yok!"

Şahinde Hanım "Ne biliyorsun?" demedi, hatta bunu düşünmedi bile. Bütün işi pencerede oturup mahallenin ahvalini kafes arkasından kontrol etmek olan bu kadının verdiği malumat muhakkak doğru idi. Sadece sordu:

"Nereye gittiler?"

"Kübra ile anası kollarında bir bohça ile çıkıp gittiler, ama nereye gittiklerini bilemedim!"

"Kollarında bir bohça ile mi?"

"Öyle ya... Bir daha dönmeye niyetleri yok ellalem!"

Şahinde derhal kendini unutup dövünmeye başladı:

"Amanın, Müslümanlar! Evimi soyup da mı gittiler nedir? Hanım, ellerinde sedefli bir çekmece de var mıydı?"

"Görmedim komşu, belki bohçaya tıkmışlardır."

"Bizim Yusuf ile Muazzez de gelmediler mi?"

"Gelmediler komşu, ikisi beraber miydiler ki? Sen kızın ile gitmemiş miydin?"

Ortada mühim birtakım meseleler döndüğünü hisseden komşular da kafesleri kaldırmışlar, mükâlemeye iştirake başlamışlardı. Saatçinin karısı merakından kendisi sualler soruyordu. Şahinde cevap verdi:

"Beraber gittim... Şeylere... Bir ahbabın bağına gitmiştik... Yusuf gelip kızı almış, buraya dönmüş. Halbuki evde yoklar... Babalarına bir şey mi oldu diye merak ettim ama, baksana, ortalıkta öyle bir şey yok... Şimdi de çocukları merak ediyorum!"

Komşulardan biri dayanamayarak sordu:

"Kız giderken sana haber vermedi mi?"

"Ya, haber vermedi işte... Ne oldu bunlara anlamadım!"

Her şeyi kolayca tefsir ediveren komşular bu sefer düşünmeye dalmışlardı ve herhangi bir tahminde bulunamayarak sadece Şahinde'ye sualler soruyorlar ve zaten perişan bir halde olan kadını büsbütün şaşkına çeviriyorlardı.

Nihayet soracak suali kalmayan ve Şahinde'nin daha fazla sokakta durmasına lüzum görmeyen saatçinin karısı:

"Baksana Şahinde Hanım!" dedi. "Kapının önünde ne bekliyorsun? Kübra'nın anası giderken anahtarı pencerenin kenarına bıraktı!"

Şahinde aptal aptal karşısındakinin sarı yeşil yüzüne baktı. Bu yüzde vazifesini yapmış bir insanın sükûnetinden başka bir şey yoktu. Şahinde söyleyecek söz bulamayarak başını çevirdi, anahtarı alıp kapıyı açtı ve içeri girince taşlığın bir kenarına çöküverdi.

Kımıldayacak halde değildi. Şişmanca vücudunu hafif bir ter kaplamıştı. Çarşafını eliyle iterek başını açtı. Taşlıkta bir fevkaladelik yoktu. Kübra ile anasının yatakları kenarda dürülü duruyor ve üzerlerini her zamanki gibi bir kilim örtüyordu. Yalnız hep bu yatakların kenarında duran bohçaları yoktu. Şahinde bu kadınla kızın bu eve niçin geldiklerini ne kadar az düşündü ise, şimdi niçin gittiklerini de o kadar az düşünüyordu. Her şeyden evvel yorgundu. Ara sıra: "Muazzez'i bu oğlan nereye götürdü acaba?" diyor, fakat bir süre sonra: "Acaba bu karılar giderken bir şeyimi alıp götürdüler mi?" diye üzülüyordu. Bu üzüntü, onu yerinden kaldırıp eşyasına baktıracak hale gelmeden, kayboluyor ve yerini boş bir gevşekliğe bırakıyordu.

Vakit geçtikçe korkusu arttı. Salâhattin Bey de hâlâ gelmemişti... Bu gece gene geç vakitlere kalırsa çıldırırdı. "Komşulardan birine gidip orada yatarım!" diyordu. Fakat kocası gelince kapıyı açacak ve kendisine izahat verecek birinin evde bulunması lazımdı. Ne de olsa, gelecek olan bu evin erkeği idi ve Şahinde'de onu sokakta bırakacak kadar cesaret yoktu. Sonra, merakının ancak Salâhattin Bey tarafından giderilebileceğine, onun her şeyi anlatacağına dair içinde bir kanaat beliriyordu. Şimdi gözleri kapıda ve yüreği çarparak her dakika onu bekliyordu. Akşam olmuş, ortalık kararmaya başlamıştı. Lambayı yakmak için yerinden kalkarak sokak üstündeki odaya gitti. Sonra buraya niçin girdiğini unutarak pencereye yaklaştı ve sokağa bakmaya başladı. Sıcak günün sonunda sokaklarda beliriveren bir kalabalık, dört tarafa gidip geliyor, kimisi koltuğunda birkaç pide, kimisi elindeki kâsede biraz tahin pekmez ile evine dönüyordu. Alnını kafese dayayarak dışarısını seyreden Şahinde, köşe başından kocasının görünüvermesini bekliyordu. Bu anda başka hiçbir isteği yoktu. Her şeyi unutmuştu. İçinde sadece müthiş bir korku ve tükenmez bir bekleyiş vardı. Herhangi bir mesele üzerinde durup düşünmeye alışmamış olan kafası, yükünü atmak için bir insana muhtaçtı ve Şahinde Salâhattin Bey'i, farkında olmadan, yalnız bunun için herhangi bir şeyi düşünmeye mecbur kalmaktan kurtulmak için, bekliyordu.

Ortalık adamakıllı kararmıştı. İhtiyarlar tespihleri ellerinde akşam namazından dönüyorlardı. Şahinde minderin üstüne büzülmüş oturuyor, mahallenin çocuklarından birini çağırıp hükümete göndermeyi, Salâhattin Bey'e haber verdirmeyi akıl edemiyordu.

Kolunu pencerenin kenarına dayamış ve başını, yorgunluktan bitkin bir halde, onun üstüne yatırmıştı. Gözleri karıncalanıyor, başı zonkluyordu.

Bu aralık yorgun ve ağır adımlar kapıya yaklaştılar. Şahinde yerinden fırlayarak dışarı koştu. Salâhattin Bey gelmişti. Daha ayakkabılarını çıkarırken karısı onun omzundan tutarak:

"Bey, Yusuf'u, Muazzez'i gördün mü?" diye sordu.

"Ne münasebet? Yusuf bugün bana uğramadı... Muazzez evde değil mi?"

"Aman bey, başımıza gelenleri sorma!"

"Ne oldu? Beni telaşa düşürme!"

"Çocuklar yok... Evdeki karı ile kızı da bohçalarını alıp gitmişler!"

"Kübra mı?"

"Ya, ikisi de... Bir haber bile bırakmamışlar. Kimbilir, evi de soyup mu gittiler nedir. Ben telaşeden dört tarafa bakamadım... Seni bekledim!"

"Yusuf nerede?.. Muazzez, nerede?"

"İşte anlatıyorum ya, canım... Muazzez benimle gelmişti!.."

Şahinde birdenbire durdu. Bugün Muazzez'le birlikte nereye gittiğini Salâhattin Bey'e söyleyemeyeceğini hatırladı. O anda başka bir yalan da bulamayarak kekeledi. Bereket versin Kaymakam ona dikkat etmiyor, başı önünde sık sık nefes alarak sadece dinliyordu. Karısının sustuğunu biraz geç fark etti ve:

"Anlatsana canım!" dedi. Taşlıkta duruyor ve gözleri yarı kapalı dinliyordu. Şahinde kısık bir sesle:

"Ne bileyim ben, bey?" dedi. "Muazzez'le ben Cennetayağı'na bir ahbaba gitmiştik. Yusuf bir yaylıya binip gelmiş, kızı almış. Ben ilk evvela seni rahatsızlandı sandım ama, eve gelince hiç kimseyi bulamadım. O karılar anahtarı pencereye bırakıp savuşmuşlar..."

Ancak şimdi ortada ciddi bir mesele olduğunun farkına varan Kaymakam:

"Yusuf ne zaman Hilmi Beylerin bağına gelip Muazzez'i almış?" diye sordu.

Karısı hemen cevap verdi:

"İkindi sıralarında..."

Sonra, birdenbire düştüğü bir korkuya mağlup olarak, yalvarır gibi mırıldandı:

"Hilmi Beylere gittiğimizi nereden biliyorsun bey?"

Kaymakam omuzlarını silkti. Nereden bildiğinin o da farkında değildi. Cennetayağı, Yusuf, Muazzez, Kübra isimleri bir arada kulağına gelince bugün gidilen yerin Hilmi Beylerin bağı olduğu kanaati kafasında belirivermişti. Bu o kadar tabii olmuştu ki, karısına kızmayı bile akıl etmiyor, yalnız gitgide artan bir merakla:

"Nereye gitmişler?.. Nasıl haberin olmaz yahu? Sen ne biçim mahluksun?" diye söyleniyordu. Fakat karısından işe yarar bir cevap almak imkânı yoktu. Rabıtasız konuşuyor ve sözleriyle daha ziyade Salâhattin Bey'in zihnini karıştırıyordu. Kaymakam ne yapmak lazım geldiğini düşünmek için bir müddet sustu. Bu esnada evin sessizliği ona bir rüzgâr gibi çarptı. Gözlerini açıp etrafına bakındı: Karşısında perişan bir tavırla titreyen karısından başka bir şey göremedi. Karanlık taşlığa, bahçe kapısı tarafından beyaz bir ışık vuruyordu. Demek ay oldukça yükselmişti ve çocuklar hâlâ dönmemişlerdi.

Onların bir daha dönmemek ihtimali göğsünü bir bıçak gibi çizerek boğazına kadar çıktı. Bu evde onlar olmadan oturmak, bu karşısındaki şişman ve zavallı mahlukla yalnız kalmak ihtimali onu yerinden sıçrattı:

"Nerede kaldılar bunlar... Nereye gittiler bunlar!" diye hiddetle bağırdı.

Karşısındaki ürkek bir hıçkırıkla cevap verdi.

"Bilmem ki!"

O zaman Kaymakam süratle ayakkabılarını giyerek dışarı fırladı. Karanlık ve bozuk kaldırımlı sokaklarda ayaklarını taşlara çarparak ilerledi. Hükümet binasına gelince candarmayı karakola yollayıp bölük kumandanını çağırttı.

2

O gece takibe çıkıp muhtelif semtlere dağılan altı candarma, ilk iş olarak, kasabaya yarımşar birer saatlik köylerde güzel bir akşam yemeği yediler. İki tanesi aynı köyde geceyi geçirmeye karar vererek odaya birer yatak serdirdiler; diğer dördü yemekten sonra atlarına atlayıp bir müddet daha gittiler ve ancak geç vakit vardıkları köylerde kalıp uyudular.

Burhaniye tarafına giden candarma geceyi Edremit'e yarım saat mesafede bulunan Frenkköy'de geçirdikten sonra sabahleyin güneşin doğup oldukça yükselmesini bekledikten sonra, öğleye doğru, Burhaniye'ye geldi ve caminin yanındaki bir kahveciden, akşam Ayvalık tarafına doğru bir arabanın geçtiğini öğrendi.

Hayvanını ve kendini yormaya hiç niyeti olmadığı için kahvede oturup yarım saat dinlendi. Bu esnada, bitişik handaki hizmetkârlardan birini, atını gezdirip kaşandırmaya memur etti. Çizmelerini çıkarıp önündeki demir masaya dayayarak yün çoraplarının içinde parmaklarını oynattı ve ancak kendisini hafif bir uykunun bastırmak üzere olduğunu anlayınca doğrularak gerindi ve hancının hizmetkârına:

"Ülen, getir hayvanı!" diye bağırdı.

Çizmelerini tekrar çekti. Hayvanın boynunu okşadıktan sonra kolanları sıktı. Dizginleri yakalayarak yüksek Çerkes eyerinin üstüne atladı. Başka zamanlarda oldukça haşarı olan beyaz kısrak bu sıcakta adamakıllı uslanmışa benziyordu. Boynunu önüne uzatarak kaldırımların üzerinde tıkır tıkır yürümeye başladı.

O gün akşamüzeri Ayvalık'a varan candarma, yolun yarısında at üstünde uyumuş, diğer zamanlarda da silahını ensesine koyup ellerini iki tarafından geçirerek memleket türküleri tutturmuştu.

Uğradığı köylerde muhtarlara, bir oğlanla bir kız görüp görmediklerini sormuş ve menfi cevap almıştı. İşini bitirmiş olmanın verdiği bir vicdan istirahati ile Ayvalık Karakolu'nda uzanıyor biraz dinlendikten sonra şehri dolaşmaya çıkmayı ve bütün ahalisi Rum olan bu kasabanın güzel kızlarını gözden geçirmeyi düşünüyordu.

Burhaniye'den ayrılıp deniz tarafına doğru ağır ağır atını sürerken karşılaştığı bir yaylı araba, candarmanın hiç gözüne çarpmamıştı. Bunu pek tabii görmeliydi, çünkü arabanın içinde kimse yoktu ve hayvanları, sarı mintanlı genç bir köylü sürüyordu.

Bu köylü, arabayı biraz hızlı sürerek Edremit'e geldi. Aşağıçarşı'dan geçmek üzere iken oradaki bir nalbant dükkânından fırlayan bir adam koşarak hayvanların dizginlerine yapıştı; avaz avaz bağırmaya başladı:

"İn aşağı, keratanın oğlu, arabamı nereye götürüyorsun!"

Köylü hemen yere atladı. Mahcup fakat kendinden emin bir tavırla cevap verdi:

"Araba senin mi? Al öyleyse, ben de seni bulup malını geri vermeye geldim. Bunu da al! Yusuf Ağa yolladı, hakkı geçtiyse helal etsin dedi!"

Silahlığından bir kese çıkararak içinden bir lira aldı, karşısındakine uzattı.

Arabacı "Helal olsun," diye uzaklaştı. Bu esnada orada birdenbire beliren iki candarma, köylüyü yakalayarak hükümete götürdüler.

Sarı mintanlı delikanlı, bir köylü için en korkunç şey olan bu yolculuk esnasında bile gülümsüyordu. Hatta kendisini Kaymakam'ın karşısına çıkardıkları zaman da korkmadı, sadece:

"Candarmaya hacet yoktu beyim, zati ben de size geliyordum!" dedi.

Salâhattin Bey yerinden kalkarak ona sokuldu:

"Nerden geliyorsun?" dedi.

Genç adam kahverengi gözlerini karşısındakine çevirerek:

"Yerimi nideceksin bey?" dedi. "Beni Yusuf Ağa ile kızın gönderdi!"

"Ne yapıyorlar?"

"Bizim imam bu sabah nikâhlarını kıydı. Ellerinden öperler. Bunu diyivermek için beni buraya saldılar!"

Kaymakam bir müddet durakladı, sonra yüzüne bir tebessüm gelerek:

"Yusuf bizim kızı kendine nikâh mı etti?" diye sordu.

"Allah gönüllerine göre versin bey; kızın yiğit delikanlıya düştü."

"Başka bir şey söylemediler mi?"

"Yok, söylemediler! Siz merakta kalmayasınız diye beni gönderdiler. Arabayı da sahibine ulaştırdım!"

"Dönüp gelmeyecekler mi?"

"Döneceğe benzemezler ama, Allah bilir!"

Kaymakam çok ısrar ettiği halde, isminin İsmail olduğunu öğrendiği delikanlıya hangi köyden olduğunu söyletemedi. Oğlan iki üç hafta köye dönmeyeceğini, buradan Havran'a gidip oradaki eniştesinde kalacağını söylüyor ve Yusuf'la Muazzez'in kendi köylerinde olmadığını yeminle temin ediyordu.

Kaymakam nihayet başka bir şeye karar vermiş gibi ısrarı kesti. İsmail'i karşısına oturtarak onunla uzun uzadıya konuştu. Edremit'e dönmezlerse hem kızının hem Yusuf'un perişan olacaklarını, ikisinin de ellerinden bir iş gelmediğini, Yusuf'un zaten yabancı olmadığını ve kendisinin bu nikâha muhalif bulunmadığını, "şart olsun", "dinim hakkı için" gibi büyük yeminlerle anlattı. Hiç kimseye haber vermeden ikisinin beraberce köye gitmelerinin en iyi çare olduğunu ve babaları ayaklarına gittikten sonra çocukların inat etmeyeceklerini, mümkün olduğu kadar açık bir şekilde karşısındakine izah etti. İsmail bütün bu laflardan pek bir şey anlamamakla beraber, karşısındaki adamın hiçbir fena maksadı olamayacağını sezmişti. Koskoca kaymakam tek başına köye gitmeyi isteyince diyecek laf kalmıyordu.

"Gidelim Kaymakam Bey, nasıl emredersen?" dedi.

Salâhattin Bey hemen bir araba hazırlattı ve çocukları aramaya gittiğine dair eve haber yolladı. "Komşulardan birini çağırıp evde yatırsın!" dedi.

Ezanla beraber yola düzüldüler.

* * *

Geldikleri yer, Kozak civarında, çamlar arasında bir Tahtacı köyü idi. Vakit gece yarısına yaklaşmıştı. İsmail arabayı iki katlı bir kapının önünde durdurdu. Aşağı atlayarak kapıyı yumrukladı. Biraz sonra kanatlar açıldı. Uykudan gözlerini uğuşturan bir delikanlı atları içeri avluya aldı ve yere indikten sonra bacaklarını geren Kaymakam'a şaşkın şaşkın baktı.

İsmail sordu:

"Misafirler yattılar mı?"

"Yattılar herhalda!"

"Kapıyı vur da Yusuf Ağa gelsin biraz!.."

Bu sözler üzerine hemen yukarı koşan delikanlının arkasından seslendi:

"Gel bakalım, daha önce bize ışık tut!"

Öteki bu sefer tahta merdivenleri atlayarak indi ve mehtaptan aydınlanan avlunun öbür başındaki odalardan birine girerek elinde bir çıra ile geri geldi. İki kanatlı kapının yanındaki odayı açtı; çırayı götürüp ocağa koyduktan sonra dışarı fırladı.

Kaymakam ile İsmail içeri girdiler.

Zemini toprak olan odanın bir kenarında hasırlar ve kilimler serili idi. İsmail ocağın yanında dürülü duran bir şilteyi kilimin üstüne sererek Kaymakam'a yer gösterdi ve kendisi diz çöküp hasırın üstüne oturdu.

Bu sırada içeri Yusuf girdi. Herhalde daha yatmamıştı. Çıranın ışığında yüzü sarı ve adamakıllı zayıflamış görünüyordu. Gidip babasının elini öptü. Kaymakam onu yanına oturttu ve biraz bekledikten sonra:

"Nedir bu yaptığın Yusuf?" dedi.

Sesinde ne bir şikâyet, ne bir sitem vardı. Sadece soruyor ve öğrenmek istiyordu.

"Başka çare kalmadı baba!.."

Yusuf'un sesi dümdüz ve sertti.

İkisi de sustular. Başka bir şey konuşmaya hacet kalmadığını, birbirlerini anladıklarını hissettiler.

Hasırın üzerinde diz çöken İsmail doğruldu. Kaymakam'a:

"Yoruldun bey!" dedi. "Biraz acı su getireyim mi?"

Kaymakam gülerek:

"Getir!" dedi.

Bu Alevi köylerinin daha geniş mezhepli, daha samimi ve daha temiz olduğunu uzun memuriyet seneleri ona öğretmişti. Nahiye ve köyleri dolaşmaya çıktığı zamanlar buralarda kalmayı tercih ederdi. İsmail "Acı su getireyim mi?" deyinceye kadar bir "Kızılbaş" köyünde olduğunu nasıl fark etmediğine şaştı. Oğlanın açık, cesaretli ve kendine güvenen tavrından bunu anlamalıydı.

Küçük bir testi içinde gelen rakıdan birazını bir toprak tasa dökerek içti. Önüne bırakılan ve bu köyün çamlarının mahsulü olan fıstıklardan birkaç tanesini ağzına attı. Midesine inen bu "acı" suyun birdenbire yorgunluğunu aldığını, tatlı bir zindelik verdiğini fark etti. Gözleri parlayarak Yusuf'a döndü:

"Yarın sizi Edremit'e götüreceğim!" dedi.

"Ne yapacağız Edremit'te?"

"Burada ne halt edeceksiniz?"

"Zeytinlik işlerinden, tarladaki buğday satışından kalma üstümde on iki sarı liram var. On dörttü, birini Edremit'e, arabacıya yolladım, birini de burada bozdurdum. Ayvalık'a gidip bu para ile bir hayvan, bir de araba alacağım, işleyeceğim. Kazanırsam atları çift yapar, belki arabayı da yaylıya çeviririm."

"Gevezelik etme... Muazzez öyle yaşamaya alışık değil... Parmak kadar kızı kime emanet edip işe gideceksin... Ayvalık'ta sana ekmek verirler mi? O şehirde Müslüman barındırdıklarını duydun mu hiç?"

"Dikili'ye giderim, İzmir'e giderim... Olmazsa Balıkesir'e giderim!"

Salâhattin Bey ikinci tası da yuvarladı; rahat bir tavırla arkasına yaslanarak Yusuf' a sordu:

"Edremit'in suyu mu çıktı? Dön oraya, ben sana yaylı da alırım, at da alırım, hatta belki başka iş de bulurum!"

Yusuf cevap verecekti, Salâhattin Bey eliyle işaret etti, onu susturdu ve:

"Bırak cevap vermeyi!" dedi.

Sonra başını ona doğru uzatarak ilave etti:

"Ben buralara kadar keyfimden mi geldim? Beni nasıl yalnız bırakacaksınız? Kızımdan ve senden ben bunu mu beklerdim? Beni Şahinde'nin eline bırakıp nasıl gidersiniz? Bu son günlerimde sizden başka kimim var? Keyfin isterse Yusuf, siz dönmezseniz ben de kalırım, sen kazanacağın para ile hem karını hem beni beslersin!.."

Yusuf şaşırdı; fakat Kaymakam'ın şaka söylemediğini ve bu sözlerin sarhoşluktan evvel düşünülmüş şeyler olduğunu anladı.

Kendisi istediğini yapmakta hür olsa bile, bu adamdan kızını ayırmaya hakkı yoktu. Yalnız, içini kemiren son bir düşünceyi daha fazla saklayamadı:

"Bize orada ne gözle bakarlar kimbilir!" dedi.

"Ne gözle bakacaklarmış? Siz nikâhlı değil misiniz? Ayıp mı, günah mı bu? Ben de razı olduktan sonra kimseye laf düşmez!"

Yusuf:

"Siz bilirsiniz!" dedi.

Salâhattin Bey bu cevabı bekliyormuş gibi doğruldu. Bir tas daha dikti, dili biraz ağırlaşarak:

"Hadi git yat!" dedi. "Ben de yorgunum. Sabahleyin erken kalkın, beni de kaldırın."

Yusuf doğruldu. Tekrar babasının elini öperek dışarı çıktı. Yukarı odaya serilen bir yatakta Muazzez her şeyden habersiz uyuyordu. Yusuf elbiseleri ile yatağın başucundaki mindere gidip oturdu. Tahta parmaklıklardan giren ay yatağa, genç kızın yüzüne kadar uzanıyordu. Yusuf yavaş yavaş yürüyen bu ışığa ve bu gölgelere bakarak oturduğu yerde uyudu.

İsmail aşağıdaki odada Kaymakam'a bir yatak sermiş ve çekilmişti; Salâhattin Bey de soyunmadan bunun üzerine uzandı ve sönmeye yüz tutan çıranın ışığında donuk bir kırmızılıkla parlayan rakı testisine gözlerini dikti. Bir şeyler düşünmek istiyor, fakat başının etrafında dolaşan fikirleri bir türlü yakalayamıyordu. Yavaşça gözleri kapandı ve horultulu bir uykuya daldı.

3

Hayat umulduğundan daha çabuk eski halini aldı. Edremit'e döndükten bir hafta kadar sonra Kaymakam evde yakın dostlarına bir rakı içirdi ve kadınlar üst katta kendi aralarında eğlendiler. Bu şekilde Yusuf'la Muazzez'e bir düğün yapılmış oldu. Üst katta, sokak üstünde bulunan Yusuf'un odası yeni gelin ve güveye tahsis edildi. Burası pembe atlas yorganlı bir yatakla ve sırmalı yastıklı minderlerle süslendi. Perdeler sırma işlemeli yağlıklar ile bağlandı, kapının karşısına gelen duvarın kenarına bir konsol, bir ayna, bir masa saati ve iki karpuzlu lamba kondu.

Yusuf, başına kalpak yerine kırmızı bir fes, ayaklarına tulumbacı pabucu yerine yanları lastikli bir potin giydi. Haki külotunu da ütüsüz, lacivert ve düz bir pantolonla değiştirdi. Artık kılık kıyafeti bir efendiden farksızdı.

Şahinde bir felaket saydığı bu hadise karşısında korkusundan ağzını açmıyor, kızıyla olsun, damadıyla olsun pek az konuşuyordu. Evde bulunduğu zamanlar artık büsbütün nadirdi ve Yusuf onun yüzünü görmediğine müteessir değildi. Yaşlandıkça düzgüne merak saran, saçlarını acayip otlarla boyayan, kaşlarına çatma rastık çeken ve ahbaplarıyla dostluğu yavaş yavaş dedikodulu bir hal almaya başlayan bu kadın, hatta hiç eve gelmese daha iyi olacaktı.

Bazı akşamlar kollarında bileziklerini şakırdatarak eve dönen Şahinde'nin sesini duyunca, Yusuf'un midesi bulanır gibi oluyor ve Muazzez'i yanına çağırarak aşağı bırakmıyordu.

Babası olmasa bu evde bir dakika durmayacak, herhangi bir işe sarılarak karısını ve kendisini geçindirmeye bakacaktı. Fakat o akşam köyde babasına karşı girdiği manevi taahhüt, onu buraya bağlıyordu.

Eskisi gibi hâlâ boş ve işsizdi. Harmanlar kaldırıldığı için tarlaya da uğradığı yoktu. Bazı günler sabahtan akşama kadar evden çıkmıyor, kâh bir nakışla meşgul olan Muazzez'i seyrediyor; kâh babasının kitaplarını karıştırıyordu.

Evde böyle karısıyla yapayalnız kaldığı günler ara sıra Kübra'yı hatırlıyordu. Gittiklerinden beri haklarında hiçbir haber alınmayan bu ana kız, Yusuf'un hayatına girdikleri kadar ani olarak oradan çekilip gitmişlerdi. Yüzü sarı ve bakışları üzücü olan bu kıza karşı neler hissetmiş olduğunu bir türlü tahlil edemeyen Yusuf, onu her hatırladıkça tekrar üzülüyor ve halledilmemiş bir ukdenin peşinde koşan dimağının yorulduğunu hissediyordu.

Onu hem hayrete düşüren, hem düşündüren bir his de, Kübra ile tekrar ve muhakkak karşılaşacağına dair kafasında yaşayan bir kanaatti. Sanki yarım kalmış bir işin tamamlanması lazımdı ve günün birinde Kübra herhangi bir yerde bu işi tamamlamak için karşısına çıkacaktı.

Bunların saçma olduğunu bildiği halde kendini düşünmekten alıkoyamıyor ve bazen saatlerce oturduğu yerde dalıp gidiyordu.

Hâlâ Yusuf'a karşı içinde biraz korku besleyen Muazzez, böyle zamanlarda ona sessizce yaklaşır, yanına oturarak kocasının yüzüne merak ve biraz da endişe ile bakardı. Şimdiye kadar içinde neler olup bittiğini asla anlamadığı bu başı, çıldırasıya seviyordu. Kafasının tam ortasında, saçlarının bir daire yaptığı yerden ensesine doğru inen harikulade muntazam bir hat, Muazzez'de hiç durmadan sarılıp öpmek arzusu uyandırıyordu. Kocasının çok geniş olmayan, biraz çizgili alnı, hiç çukur yapmadan bu alınla birleşen burnu ve daima birbirine sımsıkı yapışmış duran dudakları Muazzez'de korkuya benzer hisler uyandırıyor ve bunun için genç kadın çok kere hiç sebep yokken ağlayarak kocasına sarılıyor ve onun yüzünü rastgele ve çılgınca öpmeye başlıyordu.

Yusuf kendine mahsus belli belirsiz tebessümü ile karısını okşuyor ve içinden bir şeyler söylüyormuş gibi, kapalı dudaklarını oynatıyordu.

Böyle ağlama hamlelerinden birinde Muazzez hıçkırıklar arasında:

"Yusuf!.. Yusuf!.. Ben senden korkuyorum!" diye mırıldandı.

Bu sözlerden birdenbire irkilen delikanlı karısını omuzlarından tutarak kendinden uzaklaştırdı. Dikkatle onun yüzüne baktı.

Kapakları birer kelebek kanadı gibi çırpınan bu gözler, bu biraz aşağı sarkarak titreyen dudak ve bu bir çiçek kadar taze yüz ona müthiş bir hüzün verdi. Göğsü daralıyordu. Bilinmeyen bir yerden bir felaketin geleceğinden eminmiş gibi onu kendine çekerek sımsıkı sarıldı. Göğsünde hıçkıran baş ve kollarında titreyen vücut onu tutuşturuyordu. Dudaklarını ısırarak odanın karanlık duvarlarından birine gözlerini dikti ve saatlerce böyle kaldı.

Bir meçhulden korkarak boğulur gibi olduğu bu gecelerin hatırasını bir daha zihninden silemiyor, gitgide daha karanlık, daha konuşmaz oluyordu. Halbuki masum bir çocuk uykusundan sonra sabahleyin gözlerini açan Muazzez, kaygusuz tebessümlerle kocasına bakıyor ve bir kuş gibi evin içinde dört tarafa sekiyordu.

Onun bütün gün hiç durmadan işler icat edip kâh bahçede, kâh içerde meşgul olduğunu görmek, Yusuf'u bir parça oyalıyordu. Artık bu evde bir hanım olduğunu hisseden Muazzez, gitgide bunayan Rumelili hizmetçiye adeta iş bırakmıyor; yemek pişirmeye, çamaşıra bile yardım ediyordu.

Erkenden kalkıyor, kollarını ve boynunu açık bırakan beyaz geceliğiyle aşağıya koşuyor ve Yusuf'a pekmez, tulum peyniri ve ev ekmeğinden ibaret bir kahvaltı getiriyordu. Kalın iki örgü halinde arkasında sallanan kumral saçları, koşarken uçuyor; pembe ve yuvarlak topukları, ökçesiz ve ayağına biraz büyük gelen terliklerinin içinde minimini duruyordu. Uzun geceliğinin altından ayak bilekleri görünüyor ve bir yere oturduğu zaman, sarı, seyrek ve ince tüylerle kaplı muntazam bacaklarının alt kısımları meydana çıkıyordu.

Muazzez odanın sokak tarafı boyunca uzanan sedire bir peşkir seriyor, üzerine, bakır bir tepsi içinde getirdiği kahvaltıyı koyuyor ve Yusuf'u çağırıyordu. O zaman mindere yan oturup ayaklarını aşağı sallayarak karşılıklı yemeğe başlıyorlardı.

Yusuf bu esnada hep karısına dikkat ediyordu. Muazzez beyaz ve zayıf elleriyle ekmeği yakalar, ortasından kırarak yarısını kocasına uzatırdı. Bazen terlikleri ayağından çıkarıp parmaklarına takar ve farkında olmadan oynamaya başlardı. Yusuf onun uzun parmaklı, ince ve sarıya yakın beyaz ayaklarına dalar; senelerden beri türlü köselelerin içine girip çıktığı halde bunların nasıl olup da, bir tüyle bile dokunulmamış kadar ince derili, muntazam ve güzel kaldığına hayret ederdi.

Bu ne kadar güzel bir çocuktu yarabbi ve Yusuf onu ne kadar çok seviyordu.

Kadın dedikleri şey hakkında hiçbir fikri olmayan delikanlı, karısına insanların üstünde bir mahiyet veriyor, kalbinde günden güne kuvvetlenen bir aşkı adeta dini bir his gibi tefsir ediyor ve bütün düşünce ve hareketlerinin bu mihver etrafında dönmesi lazım geldiğini hissediyordu. En uzak devrelerinden beri bir dakikası bile onsuz geçmeyen hayatının, Muazzez olmadan bir hikmeti bulunabileceğini tahmin etmiyordu. Onu kaybetmek tehlikesi beliren zamanları, hatta onu eliyle kendinden uzaklaştırdığı günleri hatırladıkça şaşıyor:

"Ben bunu nasıl yaptım?" diye kendine soruyordu.

Muazzez de Yusuf'u hemen hemen aynı hislerle sevmekteydi. Onun aşkında da esas amil, diğerinin "lüzumlu" bir şey olması, onsuz hayatın tasavvur edilmesine bile imkân bulunmamasıydı.

Bir zamanlar birbirlerinden ayrılmak, birbirlerini kaybetmek ihtimalinin korkusunu çekmiş olmasalar, belki de birbirleri için ne kadar kıymetli olduklarını hâlâ bilmeyeceklerdi. Hayatları o kadar birbirinin içinde kaybolmuş, birleşmişti. Belki o zaman evlenmeyi de düşünemeyeceklerdi; çünkü buna birbirlerini kaçırmamak için en son çare diye müracaat etmişlerdi.

Bunun için; hayatlarının beraberliği dünyanın en tabii, en kendiliğinden anlaşılır, en basit bir işi olduğu için, birbirlerine söyleyecek uzun boylu lafları da yoktu. Aralarında günlerce birer cümlelik mükâlemelerden başka bir şey konuşulmadığı olurdu.

Cuma günleri hep beraber bir ahbabın bağına gidildiği ve erkekler bir tarafa, kadınlar bir tarafa ayrılıp kendi aralarında âlemlere başladıkları zaman ne Yusuf'un, ne de Muazzez'in bulundukları yerle bir alakaları oluyordu. Muazzez söylenen sözlere bir gülümsemeyle mukabele ediyor, Yusuf ise kimsede bir şey söylemeye hal bırakmayacak kadar tutuk oluyordu.

Böyle zamanlarda tarif edilmez bir hasret onları birbirine çekerdi. Etraflarına yabancı olduklarını hissettikleri nispette birbirlerini ararlar, bu kısa müddet esnasında içlerinde günlerce anlatmakta bitmeyecek şeylerin toplanıp biriktiğini sanırlardı. Halbuki ilk fırsatta birbirlerini arayıp bulunca ikisi de eski sükûtlarında devam ederler, yan yana oturarak veya ağaçların altında dolaşarak beraberliklerinin tarif edilmez saadetini duyarlardı.

Konuşmaya ne lüzum vardı? Bütün güzel laflardan ve hoş insanlardan sıkılan bu mahlukları, birbirlerinin sessiz mevcudiyeti, yorgunluk verecek kadar doyuruyordu.

Birbirleri için ne kadar tabii ve lüzumlu iseler, etrafları için o kadar garip ve manasız olduklarını karanlık bir şekilde hissetmiyor değillerdi. Hislerinin şiddeti ve dünyalarının ayrılığı cihetinden yapayalnız olduklarını, birbirlerine söylemeden biliyorlar ve bunun uzun zaman devam etmesinin ne dereceye kadar muhtemel olduğunu korku ile düşünüyorlardı. Hiçbir yerden öğrenilmiş olmayan ve tabiatın henüz kendisine bağlı bulunanlara uyanık tuttuğu bir his onlara, hayatın bütün kalabalığından ve müşterek yürüyüşünden ayrılmanın dehşetini fısıldıyordu. Bunun için, ancak her şeyle alakalarını keserek kendi dünyalarına döndükleri zaman rahat ediyorlar, muhitle temasta bulunmaya mecbur olunca fena hissikablelvukuların altında ezilmeye başlayarak sıkılıyorlar ve kaçmak istiyorlardı.

Yaşlı erkeklerin lafları, şakaları, zevkleri Yusuf'a gülünç ve manasız geliyor, gençlerin sonsuz boşluğu onu yabancılaştırıyordu. Bütün gayretine rağmen, rakıyı içip avaz avaz bağırmakta veya arkadaşlarına bıçak çekmekte bir zevk bulamamış, altmışaltı ve tavla oynamayı bir türlü öğrenememişti.

Muazzez ise bir zamanlar kendini oyaladığını zannettiği şeylerin çocukça bir merak ve tecessüsten başka bir şey olmadığını görüyordu. Arkadaşları onun yanında:

"Rasime'nin düğünü ne diye bahara kalmış?"

"Yavuklusunun orospulardan aldığı çıbanlar daha kapanmamış da ondan!" diye konuştukça, can sıkıntısından içini çekiyor ve zilli bir tef refakatinde ince seslerle söylenen ve günde beş on defa tekrar edilen oyun havaları artık onu eğlendirmiyordu.

Yusuf'un ve Muazzez'in hayattan bir tek istekleri vardı: Beraber olmak...

Şimdilik beraberdiler.

4

Fakat bu ne kadar böyle devam edecekti? Hayatlarında değişmesi icap eden bir şey olduğu muhakkaktı. Hasta babanın ekmeği daha ne kadar yenebilirdi? Şahinde'nin gitgide bir yılan gibi parlamaya başlayan gözlerinin kamçısı hiç Yusuf'un üzerinden eksilmeyecek miydi?

Ne yapmalı?

Son aylarda mütemadiyen kafasını dolduran ve bir türlü cevabı verilmeyen bu sualin gene beyninde zonklamaya başladığını hissediyordu. Bastığı yerin ayaklarının altında sıkı durduğunu hissedememek, hemen yola çıkılacakmış kadar eğreti bir hayat yaşamak ne azaplı şeydi? Şahinde gibi bir kadına: "Kazık kadar herif evde oturup ekmeğime ortak oluyor!" dedirtmek uzun müddet çekilebilir miydi?

Yusuf hayatında bir gün bile kendinden şüphe etmemişti. Dünyada her şeyi yapabileceğine inanıyor, gelecek günlerden korkmuyordu. Onu üzen bugündü. Devam etmemesi icap ettiği halde sürüp giden bu hayat, onun nefsine olan itimadını da kemiriyor ve içinde şüpheler uyandırıyordu. Bazen kendi kendine:

"Niçin ben hiçbir şey değilim?" diye sorar ve buna kandırıcı bir cevap bulup veremezdi.

Kendisinin dünyaya bir iş için geldiğini müphem bir şekilde hissediyor, fakat bu işin ne olduğunu bilmiyor ve etrafında kendisine "Bu benim işim!" dedirtecek bir şey göremiyordu.

Yusuf bunları tahlil edecek seviyede olmamakla beraber, "yerini bulamama"nın azabını bütün teferruatıyla duymakta idi. Bu his herhangi bir işsizliğin verdiği can sıkıntısı veya endişeye benzemiyor, insanı gözle görülür bir şekilde eziyor ve yavaş yavaş, hayatta lüzumsuz olduğu kanaatini uyandırıyordu. Kendinde her şeyi yapabilecek kuvveti görmek, sonra yapılacak hiçbir şey bulamamak... Tükenmek bilmez bir sabırla bir meçhulü beklemek... Nihayet bütün bunları sisli bir havadaki ağaçlar gibi belli belirsiz, karışık bir şekilde hissetmek... Bu, uzun zaman dayanılır şeylerden değildi.

Salâhattin Bey de Yusuf'un ne kadar üzüldüğünü seziyor ve bunun sebeplerini bir dereceye kadar tayin de ediyordu. Alevi köyünde Yusuf'la konuşurken söylediği gibi, bir çift atla bir yaylı araba almayı düşündü. Fakat kızını bir arabacı karısı yapmaya Şahinde'yi razı edemezdi ve bunu kendisi de pek istemiyordu. Birdenbire evin içini saadetiyle dolduruveren, ince vücudu ve pembe yüzüyle babasını kapıdan karşılayarak onu bu yaşlı demlerinde bir gençlik havası içine atan kızını daha münasip bir yaşayış içinde bırakıp gitmek emelinde idi.

Yusuf'u da bir arabacı olarak tasavvur edemiyor, fakat ne kadar uğraşsa başka bir şey olarak tasavvur etmeye de muvaffak olmuyordu. Uzun zaman bu halin devam etmesini doğru bulmadığı için bir gün ani bir karar verdi, damadını kendi yanına, Kaymakamlığa tahrirat kâtibi olarak tayin ettirdi.

Evvela mülazımlık şeklinde olan bu tayini, bir müddet sonra asalete çevirmeyi düşünüyordu. Bir iş bulduğunu Yusuf'a bütün muamele bittikten, Balıkesir'deki mutasarrıflıktan cevap geldikten sonra bildirdi.

Yusuf evvela şaşırdı. Böyle bir şey senelerce düşünse aklına gelmezdi. Babasının kendisine bu yolda bir şaka yapmayacağını bilmese inanmayacaktı.

İlk söylediği söz, teşekkür yerine:

"Ben ne okuma yazma bilirim ki bu işi yaptın?" demek oldu. Babası gülerek cevap verdi:

"Bildiğin yeter, üst tarafını orada öğrenirsin!"

"Sen bilirsin baba... Ben gayret ederim ama..."

"Elinden yazı yazmak geliyor; ilk zamanlar ben söylerim, sen yazarsın, sonra yavaş yavaş alışırsın. Bizim tahrirat kalemindekiler iyi insanlardır, sana yardım ederler."

Yusuf sesini çıkarmadı. Artık hiçbir şey ona yapılamayacak gibi görünmüyordu. Dünyanın en zor ve karışık işi bile bu bekleyişten daha kolay ve aydınlıktı.

Muazzez kocasının hükümete memur olduğu havadisini duyunca sevincinden çıldıracaktı. Yusuf'un boynuna atıldı ve ona saatlerce sualler sordu.

"Ne zaman başlayacaksın?"

"Kimin yanında çalışacaksın?"

"Maaşın ne kadarmış?"

"Ah gelsem de seni kalemde görsem!"

"Akşamüstleri öteki memurlarla beraber dönersin değil mi?"

"Yazacağın şeyleri bana da getirip okur musun?"

Yusuf'un cevap vermesini beklemeden aklına gelen başka bir şeyi soruyor,

"Ha, söylesene!" diye onun çenesini tutup sarsıyor, biraz sonra yerinde hoplayarak:

"Artık hep efendilerle gezip dolaşacaksın ha? Sakın onlarla kavga etme?" diyordu.

Salâhattin Bey hemen ertesi günü Yusuf'u yanına alarak hükümete götürdü. Kendininkine bitişik bir odaya soktu, pencere yanındaki bir masayı gösterdi ve içerde bulunan diğer iki kişi ile onu tanıştırdı.

Bunların ikisi de yaşlı başlı adamlardı. Kaymakamı görünce doğruldular ve diz kapaklarına kadar inen cübbe bozması ceketlerinin önünü kavuşturdular. Birisi teneke çerçeveli gözlüğünü çıkarıp eline aldı ve Yusuf'a işaret ederek:

"Buyur otur, efendi oğlum!" dedi.

Salâhattin Bey gülerek:

"Göreyim seni Hasip Efendi!" dedi. "Bizim damadı az zamanda öyle bir yetiştir ki, kaleminden kan damlasın!.."

"Sayenizde inşallah, Beyefendi!"

"İstidatlı delikanlıdır ha, kalem tutmaya pek alışık değildir ama, bakmayın!"

Eliyle mütemadiyen başındaki kalıpsız, yağlı fesi düzelten öteki ihtiyara döndü:

"Nuri Efendi, sen de himmet et de bizim Yusuf'a acemilik çektirmeyelim!" dedi.

Nuri Efendi ağzının içinde bir şeyler yuvarladı; fakat ne söylediği anlaşılmadı. Yusuf lokanta masasına benzeyen ve dokundukça sallanan masanın başına geçti, Salâhattin Bey ona:

"Bir diyeceğin olursa bana gel Yusuf!" dedi ve çıktı.

Yusuf'un başı döner gibi oldu, gözlerini kapadı, iskemleyi yakaladı ve el yordamıyla oturdu.

Nerdeydi? Buraya ne yapmaya gelmişti? Karşısındakiler

kimdi? Bütün bunların cevabı kafasından uçup gitmişe benziyordu. Gözlerinin önü sisleniyor ve kirpiklerinin arasından önündeki masayı görüyordu.

Fakat bunun üzerinde, güneşli bir havada bir su birikintisinde parlayan yağ lekelerine benzer, bin bir renkli halkalar vardı; hayretle gözlerini açtı ve renkli halkalar hemen kayboldu. Senelerden beri silinmemiş, rendelenmemiş ve yer yer mürekkep lekelerine bulanmış olan masanın üzerinde beyaz ve yuvarlak bir hokka, tuzluğa benzeyen bir rıhdan ve uçları kırılmış iki kamış kalem duruyordu. Yusuf elini uzatıp bunlardan birini aldı ve oynamaya başladı. Birdenbire bu ince kamışın parmakları arasında dağıldığını gördü. Korkuyla etrafına bakındı ve avcundakileri sımsıkı tuttu. Bu odada her şey ona, bilmediği bir dinin mabedine giren bir adam gibi, anlaşılmaz ve korkunç görünüyordu. En ufak bir hareketinin bu mukaddesata bir tecavüz ve hakaret olacağını sanıyor, kamış kalem parçalarının avcunu yaktığını hissediyordu. Hasip Efendi yerinden kalkıp Yusuf'un yanına gelerek masasının üstündeki kamış kalemi aldı, açtı, tırnağına bastırıp denedikten sonra:

"Al evladım, biraz elini alıştır... Bey pederiniz bir şey verirse yazarsınız!" dedi.

Fakat bey peder o gün bir şey vermedi; akşama doğru kapıdan başını uzatıp Yusuf'u çağırdı. Beraber eve döndüler. Salâhattin Bey yolda kendi kendine söyleniyormuş gibi:

"Bu iş sana göre değil ama, ne yapalım?" dedi. "Biliyorum, canın sıkılacak, fakat insan yavaş yavaş alışır. Gördün ya, kimsenin bir iş yaptığı yok. Mesele o odanın içinde beş on saat oturuvermekte... Lüzumsuz gibi görünür ama, bunsuz da dünya dönmüyor. Öyle ya, herhalde böyle boş oturmanın da bir hikmeti var. Bir bakarsın, hükümetteki işlerin hepsini eli kalem tutan iki kişi bile çevirir dersin. Lakin o kalabalık olmasa âlem birbirine girer. Mesele memurların yaptığı işte değil, onların mevcut olmasında. Şimdi sen o tozlu odada oturdukça kendi kendine: "Benim burada ne lüzumum var?" diyeceksin! Yanlış!.. Mademki sen bir kere hükümet kapısından içeri adımını attın, artık lüzumlusun. Sen olmasan muhakkak bir yerde bir aksaklık çıkar... Bunları işkembeden atıyorum sanma, bir zamanlar ben de başka türlü düşünüyordum; her şeyi aklımla halletmeye kalkıyordum. Fakat artık dünyada bir tek şeye inanıyorum: O da tecrübe. Sana söylediğim şeyleri otuz seneye yaklaşan bir hayat bana öğretti. Sen de yavaş yavaş yola gelirsin. Benim şurada üç günlük ömrüm kaldı; aklında bulunsun diye bunları söylüyorum. Hayattan fazla şeyler bekleme. Dünyada her felaketin içinden en az zararla sıyrılmanın yolu hayata uymak, muhite uymak, hiç sivrilmemektir. Geçen gün Ceza Reisi bir kitap verdi. Şöyle karıştırdım. Derin bir şey. İsmi *Âmak-ı Hayal,** senin anlayacağın, hayalin dibi. Orda yazıyor: Bir gün Allah peygamberleri çağırıp sormuş, saadet nedir? demiş. Her biri kendilerine göre cevap vermişler. Musa: Arzı Mev'uda gitmektir; İsa: Bir yanağına vurana ötekini uzatmaktır; Buda: Hayatta hiçbir arzusu olmamaktır, yollu şeyler söylemiş. Sıra bizim Muhammed'e gelince: "Saadet, hayatı olduğu gibi kabul etmektir..." demiş. Ne doğru söz! Hayatı olduğu gibi kabul etmeli ve ona ne bir şey ilave etmeli, ne de ondan bir şey eksiltmeli... Bazı şeyler vardır, canımızı sıkar; "Bu neden böyle? Böyle şeyleri dünyadan kaldırmalı!" deriz. Bazı şeyler de mevcut değildir. İçimizden, bunların olmasını ister, hatta bu uğurda çalışırız. İkisi de saçma ve faydasızdır. İnsan dediğin mahluk hiçbir şeyi değiştiremez. Bunun için, gönlünün rahat olmasını istersen, gördüğün fenalıkların bile bir hikmeti olduğunu düşün ve yeryüzünde olmayan iyilikleri oraya getirmek sevdasına kapılma... Sonra en mühimi: Kendini halinden şikâyet etmeye alıştırma! Ömrünün sonuna kadar dövünsen bu hayatın cefası tükenmez; kendine etmiş olursun. İçkiye de şimdilik pek heves etme. Bazen insan avunmak için başka çare bulamıyor ama, sen nefsine hâkim ol. Biraz daha yaşlandıktan sonra nasıl olsa başlarsın. Hatta o zaman lazımdır da. Akşamdan akşama iki kadehin zararı yoktur. İnsana dünyayı unutturur. Eh, bu dünya da unutulacak dünya zaten..."

Evin önüne gelmişlerdi. Salâhattin Bey istemeyerek lafını kesti. Kapıyı çalarken, sözlerine bir son vermek ister gibi, çok bilmiş bir tavırla başını sallıyor:

"Ya, işte böyle!" diyordu.

* Şehbenderzâde Ahmet Hilmi'nin (1865-1914) yapıtı. Yeni basımı, Tercüman 1001 Temel Eser, 1973.

İçeri girdiler. Babası tulumbada elini yüzünü yıkarken Yusuf yukarı çıkıp odada pencerenin önüne oturdu. Muazzez yoktu, herhalde sofra hazırlıyordu. Yusuf Kaymakam'ın sözlerini düşündü, fakat hiçbirini hatırlayamadı. Halbuki yolda dimağını, bu sözleri bir kelime kaçırmadan dinlemeye ve anlamaya hasretmişti. Şimdi bütün bu hikmetlerin, kafasını saran çelik bir duvarı yaladıktan sonra, uçup gittiklerini görüyordu. Dinlediği sırada kendisine ezberlenecek kadar doğru görünen fikirler, nasıl oluyor da bu kafada barınacak ufak bir yer olsun bulamıyorlardı? Yusuf kendini zorladıkça aklına tek tük kelimeler, cümleler geliyor, fakat bunlar herhangi bir mana ve ruhtan mahrum bulunuyordu.

Aşağıya, yemek yemeye inip Salâhattin Bey'in zayıf ve çökmüş yüzünü, lakayt ve fersiz gözlerini görünce sokaktaki mükâlemeyi derhal ve tamamen hatırladı. Bu karşısında ağır ağır yemek yiyen adam, bütün o sözlerin hulasası idi. Fakat ne kadar doğru olursa olsun, Yusuf kendini o fikirlere tamamen yabancı buldu. Zaten onların doğruluğunu da, babasına inandığı için kabul ediyordu. Hayat bu derece manasız ve insan dünyaya boş durmak için gelmiş olamazdı. Bunların hiçbirinin hakikat olmaması lazımdı. Yusuf ortadaki bakır sahandan kuskus pilavı alıp ağzına atarken, o günkü hayatını gözünün önüne getiriyor ve tozlu bir odada, mürekkep lekeli bir masanın başında mutlak surette boş oturmanın hiçbir suretle müdafaa edilemeyeceğini hissediyordu. O oda, o gözlüklü Hasip Efendi, o somurtkan Nuri Efendi nasıl olur da örnek insan diye ele alınabilirdi? İkisi de akşama kadar masa başında uyumak, öğle ve ikindi namazı kılmak suretiyle vakit geçirmişlerdi. Yusuf onların, omuzlarında havlu ve çıplak ayaklarında nalın ile, kolları sıvalı, aptes almaya gittiklerini ve pembe, çıplak ayaklarıyla kirli bir seccadenin üstünde yatıp kalktıklarını tekrar görür gibi oldu. Kendisi için de böyle bir hayat tasavvur etmek korkunçtu. Hatta şimdi karşısında ağır ağır kuskus pilavı çiğneyen ve eliyle ağzına biber turşusu götüren babasının hayatı da ötekilerden farklı değildi ve o da Yusuf'a bomboş ve korkunç görünüyordu.

İşsizlikten şikâyet etmiş, bir baltaya sap olmak istemiş, eve yük olmaktan kurtulmak için aylardan beri çareler düşünmüştü. İşte şimdi bir iş sahibi idi. Yazık ki bu iş ona boş gezmekten daha az sıkıcı ve daha az manasız gelmiyordu.

Fakat hadiseler birdenbire o kadar süratli bir cereyan aldılar ki, Yusuf değil hayatının ilerisini, birçok kereler, içinde bulunduğu günü düşünmeye bile vakit bulamadı.

5

Memur olduğunun haftası idi. Akşama doğru babası Yusuf'u odasına çağırttı. Yüzü sapsarı olarak uzun zaman ona baktı, sonra önündeki bir telgrafı gözüyle işaret ederek:

"Yusuf, havadisler fena!" dedi.

"Ne var ki?"

"Bugün seferberlik ilan edildi; harp var!"

Yusuf işin ehemmiyetini tam manasıyla kavramamakla beraber, ortada müthiş bir şey olduğunu seziyordu. Birkaç haftadan beri kulağına heyecanlı havadisler çalınmıştı. Babası da evde birkaç kere, ortalığın karışık olduğundan, bir şeyler çıkması ihtimalinden bahsetmişti.

Kaymakam son günlerde pek meşguldü ve geç vakitlere kadar Şube Reisi ile kalıp, çalışıyorlardı. Fakat ailesiyle ciddi şeyler konuşmak âdeti olmadığı için fazla tafsilat vermemişti. Yusuf kahveye filan gitmiyordu, ağızdan duyduğu şeyler de yarım yamalaktı. Edremit'e haftada, on günde bir, o da birkaç meraklıya, üç beş İstanbul gazetesi gelir; dünyanın birçok havadisleri, Balıkesir'den veya İzmir'den gelen arabacılar, pazarcılar ve bir de yerli Rumlar vasıtasıyla etrafa yayılırdı.

Hürriyet ilanının, İtalyan, Balkan harplerinin tesirleri buraya muayyen bir müddet geçtikten sonra gelmiş, askerler sessizce gidip, ölmeyenler yine sessizce dönmüşlerdi. Şehirde oldukça kalabalık bir Rum kütlesi olmasa ve bunlar dünya işlerini pek yakından takip etmeye biraz fazla meyil göstermese, belki bu kasaba dünyanın her hadisesinden uzak, her vak'asına lakayt olarak yaşamakta devam edecekti. Fakat seferberliğin ilanı havadisi, bu defa diğerlerine benzemeyen bir şeyler olacağını halka anlattı. Sanki müşterek bir sezişle, geleceğin dehşetini tasavvura muktedir olmuşlardı.

Yusuf babasıyla beraber eve dönerken sokaklarda davullar,

zurnalar çalınıyor, kahvelerin önünde kalabalık gruplar hararetle bir şeyler konuşuyor, alay halinde insanlar geçiyordu. Çocukları bile bir ciddilik almıştı. Hepsi kaşlarını kaldırıp mütefekkir çehreler takınıyorlar ve kendilerinden bir parça daha az bilgili olanları yakalayınca büyüklerin mükâlemelerinden kapabildikleri ve muhayyilelerinin bol mahsulleri ile süsledikleri havadisleri ve tahminleri onlara anlatıyorlardı.

Yolda Kaymakam, Yusuf'u biraz daha aydınlattı:

"Evladım, bu sefer iş fena!" dedi. "Bakalım sonu ne olacak. Müttefiklerimiz kuvvetli ama, ihtiyarların dediği gibi, yedi düvele karşı koymak var. Bu iş uzun sürmez gibi geliyor bana. Yalnız seferberlik çok geniş tutuluyor... Asker kaçaklığına meydan verilmemesi hakkında telgraf üstüne telgraf geliyor..."

Sonra, ta eve gidinceye kadar, harbin kimlerle ve kimlere karşı yapıldığını ve Kaymakamlığa gelen bir gazetede okuduğu şekilde, harbin sebeplerini anlattı.

* * *

Davul, zurna, ey gaziler, sokaklarda kalabalık... Hem oynayan, hem bağıran, hem de yürüyen coşkun ve genç askerler... Kendilerini nasıl bir akıbetin beklediğini bilmeyen ve "ya gazi, ya şehit!" diye bağırdıkları halde ölümü akıllarına bile getirmeyen zavallılar... Hayatın yeknesaklığı içinde birdenbire beliriveren bu korkunç değişikliği gülerek kabul eden, ona koşan ve ne için, kimin için ölmeye gideceklerini, nerede ve nasıl öldürüleceklerini sormayı asla akıllarına getirmeyen kahramanlar...

Yalnız kadınlar işin fecaatini daha iyi görüyorlardı. Muhayyilelerinin kısırlığı bu korkunç şeyi yalancı cazibelerle süslemelerine mani oluyor ve onlara, gelecek günlerin acılarını şimdiden düşündürüyordu.

Yüzlerini kaplayan şaşkın bir tebessümle karılarına, analarına veda eden erkeklerin arkasından bütün evdekiler dövünüyor, ağlıyor ve nereye gideceklerini düşünüyorlarmış gibi kendilerine metin olmalarını tavsiye eden erkeklerin birdenbire gözleri bağlandı sanarak, onlara karşı, daha ziyade bir çocuk için hissedilen bir merhamet duyuyorlardı.

Mahallede her evde bir kişi gitti denilebilirdi. Yusuf'un çocukluk arkadaşları ilk partide sevk edilenler arasındaydı. Kendisi şimdilik kalıyordu. Babası ona seferberlik ilan edildiğini söylediği zaman derhal ilave etmişti:

"Senin parmak işe yarayacak galiba; Şube Reisi, bu gibi sakatlıkları olanların henüz silah altına alınmadığını söyledi!"

Yusuf sağ elini kaldırıp baş parmağının yerine baktı. Şahadet parmağının yanında hafif bir yuvarlaklık vücuda getiren kemiğin üzerini, hâlâ kırmızılığını muhafaza eden bir deri kaplıyor ve bunun ortasında, içeriye doğru kıvrılmış bir yara izi duruyordu.

Yusuf baş parmaksız elini uzun uzun seyrederken düşünceleri eski ve acı bir hatıraya doğru uçtu.

Senelerden beri aklına getirmek istemediği hadiseleri ve manzaraları bu kadar canlı olarak gözünün önünde görmek, Yusuf'a o zamana kadar duymadığı cinsten bir üzüntü verdi. Yanında giden ve onun yüzünün elemle buruştuğunu gören babası sordu:

"Ne o Yusuf? Kahramanlığın mı tuttu? Askere gidemeyeceğim diye mi üzülüyorsun?"

Yusuf sadece:

"Hayır!" dedi ve yarı kapalı gözleriyle tekrar düşünceye daldı.

Hiç de güzel bir yer olmayan ve arka tarafını ağaçsız, çıplak dağlar saran Kuyucak'tan sanki dün ayrılmıştı. Çamurlu, dar sokaklar; küçük bahçeli evlerinin önündeki hanay; tarlada çalışmaktan yorgun argın dönüp, dinlenmek için etrafına çatan babası; gününün çoğunluğunu alt kattaki toprak zeminli mutfakta bulgur taşını çevirmek, hamur açmak ve ateş yakmakla geçiren annesi, sanki karşısındaydı. Onun ocağa doğru eğilip, bir türlü ateş almayan odunları, gözleri yanarak üflediğini görüyordu.

Sonra vukuat gecesini hatırladı ve bütün kanlı teferruat zihninden bir an içinde geçti. Yüzünün bütün adaleleri gerilmiş ve şakakları ter içinde kalmıştı.

Kaymakam onun bu halini görüyor, fakat demin cevap alamadığı için bir şey sormuyordu. Oğlunun askere gitmek veya gitmemekten daha ehemmiyetli bir şeyle meşgul olduğunu anlamıştı. Onun dikkatini başka yerlere çekmek için:

"E! Nasıl gidiyor işler?" dedi. "Arkadaşlarınla nasılsın? Öyle ya, bir haftayı geçiyor sen işe başlayalı!"

Yusuf başını kaldırıp dalgın gözlerle babasına bakarak:

"Hangi işler?" dedi.

"Dairedeki işler tabii!.."

"Dairede ne iş var?"

"Aman Yusuf, pek acayip mahluksun. Daha geçen gün sana bir kitaplık laf söyledik. İş deyince sen ne anlıyorsun? Senin orda oturman da bir iş. Ben sana neyle vakit geçiriyorsun diyorum. Korkarım bizim ihtiyarlar seni de namaza başlatacaklar..."

Yusuf yine cevap vermedi. Biraz sonra eve geldiler.

Evde Muazzez'den başka kimse yoktu. Ortalık karardıktan sonra Şahinde geldi. Dört kişi sessizce yemeklerini yediler. Biraz sonra kapı çalındı ve karşıki komşu saatçi Rakım Efendi'nin yedi yaşındaki oğlu geldi. Kapıyı açan Muazzez'e:

"Annem, teyzemin işi yoksa bize varıversin diyor!" dedi.

Şahinde dışarı çıkıp sordu:

"Ne var oğlum!"

"Anamın böğrüne yine sancı geldi, bir bakıvereceksin!"

Şahinde başına bir yeldirme aldı, "Şimdi gelirim!" diyerek karşıya geçti.

Rakım Efendi'nin hastalıklı karısı ikide birde böyle komşuları imdadına çağırır ve sancıları birkaç dakika sonra geçince çeneye ve dedikoduya başlardı.

Salâhattin Bey ve evdekiler bunu bildikleri ve Şahinde'nin de dönmek için acele etmeyeceğini tahmin ettikleri için bu "Şimdi gelirim!" sözünü duymadılar bile.

Yatsıya doğru Muazzez yatakları serdi. Babası beyaz entarisiyle yatağın üstüne oturarak, daireden getirdiği bir gazeteyi okumaya başladı. Ayakları yorganın üstünde duruyor ve krem rengi Selanik fanilasının paçaları entarinin eteklerinden dışarda kalarak ayak bileklerine kadar uzanıyordu.

Yusuf mindere oturmuş, bir ayağını altına almış, ötekini dikerek kollarını onun üstüne dayamıştı. Gözlerini, babasının başucunda titreyerek yanan lambanın ışığına dikmişti. Düşünceleri bir yerde durmayarak seneleri ve kilometreleri ileri geri dolaşıyordu.

Muazzez ise odanın boyunca uzanan yüksek sedirde, elinde dikişiyle, uyuklamakta idi. Hafifçe aralanan gözleri ara sıra babasına ve Yusuf'a çevriliyor, fakat onlarda yatmak alametleri görmeyince tekrar kapanıyordu.

Her akşam Salâhattin Bey:

"Hadi! Daha yatmayacak mısınız?" der ve bunlar ondan sonra yukarıya çıkarlardı. Yemeği yer yemez veya babaları söylemeden çekilip gitmeyi ayıp sayıyorlardı.

Fakat Kaymakam bir türlü elindeki gazeteyi bitirmiyor ve Muazzez oturduğu yerden yuvarlanacak gibi önüne eğiliyor, sonra birdenbire kendini toparlıyor ve korkak gözlerle etrafına bakıyordu.

Bir aralık başını yavaşça sol taraftaki pencerenin kenarına dayadı ve derhal kendinden geçti.

Bir müddet sonra garip sesler duyarak uyandı. Oturduğu yerden gözlerini uğarak etrafına bakındı. Gördüğü manzaradan bir şey anlayamadı. Gözleri bir anda yusyuvarlak açılmıştı. Dehşetle:

"Baba!!" diye bağırdı.

Salâhattin Bey yatağın üstünde ayakta duruyor ve sol eliyle arkasındaki duvara tutunuyordu. Sağ eliyle kalbini bastırmakta ve gözleri dışarı fırlayarak, ara sıra öğürmekte idi. Yusuf da yatağa koşmuş, bir eliyle babasını koltuğunun altından yakalamıştı. Öteki elinde bir tas vardı.

Duvarda asılı duran lamba Salâhattin Bey'in arkasında kaldığı için yüzünü görmek güçtü. Yalnız, nefes almak için uğraşırken tamamen açılan ağzında dişleri parlıyordu.

Muazzez: "Baba!" diye bağırdıktan sonra hemen yere atladı ve Yusuf'u kolundan çekerek:

"Yusuf, ne oluyor?.. Babacığım... Ne oluyorsun?" diye yalvarır gibi sordu. Kaymakam başını çevirip ona baktı. Yüzünü birdenbire müthiş bir ıstırap ifadesi kapladı. Konuşamıyor ve gözleri, derdini anlatamayan bir çocuk çırpıntısı ile, kızına koşmak istiyordu. İçleri zaman zaman parlayan ve etrafındaki canlı cansız her şeye, bırakmak istemezmiş gibi sarılan bu gözlerden, şimdi soluk bir renk almış olan yanaklara doğru, birkaç damla yaş süzüldü.

Muazzez babasının boynuna atıldı...

Yusuf onun ellerini çözdü. Gitgide daha güç nefes alan ve öğürme nöbetleri artan Kaymakam, eliyle kızını göğsünden uzaklaştırdı.

Muazzez ağlayarak kocasına döndü:

"Yusuf! Annemi çağıralım. Babama nöbet gelince ne yapılacağını o biliyor!"

Salâhattin Bey kaşlarını kaldırarak "hayır" demek isteyen bir işaret yaptı. Sonra müthiş bir gayret sarf ederek kesik kesik:

"İstemez!.. Bu sefer çok fena... Bir doktor getirin..." dedi.

Yusuf derhal fırladı. Fakat kapıdan geri dönerek:

"Muazzez... Sen korkmazsın değil mi?.." dedi. "Babam bir şey isterse çabuk yetiştir!"

Yusuf dışarda ceketini giyerken Muazzez:

"Babacığım!.. Yusuf, yetiş!" diye bir feryat kopardı.

Yusuf hemen içeri koştu. Salâhattin Bey yatağa, dizlerinin üstüne düşmüştü. Yine bir eliyle duvara dayanıyor ve diğer eliyle de, kendisine doğru koşan Yusuf'a git diye işaret ediyordu.

Yusuf tekrar geri döndü. Bu sırada babasının sesini duydu. Kaymakam hep eliyle işaret ederek:

"Çabuk!.." diyordu.

Yusuf ayakkabılarını acele giyerek dışarı çıktı, koşarak belediye doktoruna gitti.

Babasını koltuklarından tutan Muazzez ağlıyordu. Kapının kapandığını duyunca aklına bir şey gelmiş gibi telaşla başını çevirdi:

"Yusuf!" diye bağırdı. "Yusuf! Anneme uğra! Annemi yolla!" Fakat koşup uzaklaşan adımların sesini duyarak:

"Eyvah!.. İşitmedi!" dedi.

Salâhattin Bey tekrar öğürmeye başladı. Yüzüne hafif bir kan geliyor ve öğürme geçer geçmez derhal kayboluyordu. Muazzez Yusuf'un bıraktığı tası uzattı; fakat babası onu iterek:

"Çabuk... Yukardan lokman ruhunu getir!" dedi.

Muazzez sıçradı. Kapıya geldiği sırada babasının boğuk bir sesle:

"Evlatlarım!" dediğini duydu. Başını çevirince onun yüzükoyun yatağa serilmiş olduğunu gördü. Geri dönecekti. Fakat hafifçe başını kaldıran Kaymakam, gözleriyle: "Gelme!" diyordu.

Muazzez ne yapacağını şaşırmış gibi, eşikte bir an durakladı. Babasının kendisine dikilen ve "git" diyen gözleri aynı zamanda mukavemet edilemeyecek bir şiddetle onu çekiyor, uzaklaşmasına mani oluyordu.

Salâhattin Bey, ağzının içinde kalan kuvvetsiz bir sesle:

"Çabuk getir!" dedi.

O zaman Muazzez deli gibi yukarı fırladı. Babasıyla annesinin yatak odasındaki duvar dolabını açtı. Üzeri yeşil etiketli küçük, beyaz şişeyi tanıyordu. Sinirli parmaklarla onu kavrayarak aşağı koştu. Tahta merdivenler, genç kadının bir an için dokunan adımlarının şiddetiyle, sallanıyor ve çatırdıyordu.

Aşağı inip sokak üstündeki odanın kapısına gelince bir çığlık kopardı. Babası orada, hemen önünde, eşiğin yanında yüzükoyun uzanıyordu. Kollarını, kapıdan gelecek birini kucaklamak ister gibi, ileri uzatmıştı. Başı biraz sağ tarafa çevrilmiş ve ak saçları tahtaların üzerine serilmişti.

Muazzez bu hareketsiz vücudun üzerine atılarak onu sarsmaya ve:

"Babacığım... Babacığım... Bana baksana!" diye bağırmaya başladı. "Babacığım, bak şişeyi getirdim."

Babasının başını eliyle biraz kaldırdı ve mantarını dişiyle çıkardığı şişeyi onun burnuna yaklaştırdı.

Bu sırada elinin üstünde bir yaşlık hissetti. Durdu ve hayretle babasının yüzüne baktı.

Salâhattin Beyin yarı açık gözlerinden yanaklarına doğru yaşlar süzülüyor ve bunlar, henüz sıcaklığını kaybetmeden, kızının eline damlıyordu.

Biraz sonra Yusuf'la beraber gelen ihtiyar doktor hastayı yatağına naklederek dinledi, gözkapaklarını kaldırıp baktı, sonra şahadetparmağının ucuyla onları tekrar kapattı; hüzünlü bir tavırla başını sallayarak arkasına döndü:

"Allah bakilere ömür versin!" dedi.

6

Ertesi sabah Kaymakam'ın evinin önü mahşer gibi kalabalıktı. On seneye yakın bir müddet aynı yerde kalan ve hemen hemen kimseyi kendine düşman etmeyen bu adama karşı Edremit halkı son ve içten bir alaka göstermek için yığın yığın toplanmıştı. Bayramyeri Camii'nin önüne kadar bütün duvar kenarları, çömelip oturanlarla doluydu. Halk, farkında olmadan, bu adamla beraber başka bir şeyin de gömüldüğünü, sessiz Edremit'te senelerden beri devam eden bir sükûnetin artık maziye karıştığını hissediyordu. Dünyadan elini eteğini kesmiş bir kasabanın gene dünya ile pek alakası olmayan bir kaymakamı vardı ve o şimdi burası ile bağlarını büsbütün keserek kasabayı ve halkını, zamanın müthiş bir süratle dönmeye başlayan ve sarsıntıları buralara kadar gelen çarkına terk etmişti.

Yusuf şaşkın ve sapsarı kapının önünde duruyordu. İçerden gelen feryatları duydukça dişlerini sıkıyor, fakat bir türlü oradan ayrılamıyordu. Hayatta bir insanı bu kadar üzecek bir hadisenin mevcut olabileceğine o zamana kadar ihtimal vermemişti. Hiçbir şeye inanamıyor ve kendini hep korkulu bir rüyada sanıyordu. Yüzü o kadar değişmişti ki, o civarda bulunanlardan hiçbiri ona yaklaşmaya cesaret edemiyordu.

Mutat merasimle meşgul olan ve eve girip çıkan ihtiyar Hasip Efendi'nin gözleri bir aralık ona ilişti. Derhal durdu. Kendisi ağlamıştı. Fakat Yusuf'un ağlamamış olması onu daha çok korkuttu. Omzundan tutarak:

"Haydi evlat, git biraz dolaş!" dedi.

Bu Hasip Efendi sabahtan beri dört tarafa koşmaktan harap olmuştu. Bir kenarda bir dakika dinlenmek imkânı bulursa derhal gözlüğünü alnına kaldırıp ağlamaya başlıyor ve yaşlar ak sakallarından süzülerek mintanına damlıyordu. Fakat o olmasa Kaymakam'ın cenazesi kaldırılamayacaktı. Kadınlar yukarda baygın bir halde yatıyor ve başlarında dört beş komşu bekliyordu. Lif ve sabun tedarikinden müezzine haber vermeye kadar her şeye Hasip Efendi koşuyor, bir taraftan da kadınları susturmaya uğraşıyordu.

Yusuf'un Muazzez'i bile görecek hali yoktu. Asıl ondan,

onunla karşı karşıya gelmekten korkuyordu. Kaybettikleri şeyin büyüklüğünü o zaman daha çok anlayacaklarını ve buna tahammül edemeyeceklerini sanıyordu. Zaten mahallenin birçok kadınlarının arasında Muazzez'le karşı karşıya gelmek manasız ve üzücü bir şeydi.

İki ayak taş merdiveni inerek sola kıvrıldı. Kenarda dizilip, gözleriyle kendini takip eden birçok insanın önünden geçerek meydandaki caminin yanına kadar geldi. Daha gitmek, belki de şehrin dışına çıkmak istiyordu. Birdenbire durdu. Başını kaldırarak yukarıya, minarenin şerefesine baktı. Oradan bütün kasabaya dalga dalga yayılan bir ses Yusuf'u olduğu yere mıhladı. Sarı Hafız en yakıcı sesiyle salâ veriyordu.

Yusuf'un camiyle, namazla, din ve imanla pek alışverişi yoktu. Hele babası, Şahinde'nin tabiriyle "kızıl gâvur"du. Fakat minareden kopup bütün o meydanlardaki insanların yüreklerine bir kanca gibi takılan bu feryat onu kendinden geçirdi. Bu sesle dinin bir alakası yoktu. Böyle olmasa Sarı Hafız da, pek dini bütün olmadığını bildiği ve camide ancak bayramdan bayrama gördüğü Salâhattin Bey için, bu kadar candan haykıramazdı. Burada Allah filan da yoktu; ölen bir insana, ölümü bütün dehşetiyle duyan bir insanın hitabı vardı. Ara sıra yeisle incelip titreyen, bazen tevekkül ve teslimiyetle ağırlaşan ve pesleşen bu sesleri, şimdi evinin bahçesinde dimdik uzanan Kaymakam muhakkak işitiyor ve anlıyordu. Yusuf bundan emindi. İhtimal cevap da veriyor ve Sarı Hafız bunun için ara sıra böyle daha ateşli, daha manalı haykırıyordu. Yusuf yanı başındaki kavak ağacının kütüğüne dayandı. Her tarafı titriyor ve şu anda ölüm karşısında ürperen bütün dirilerin tercümanı olan Sarı Hafız'la, bahçedeki ölü arasında cereyan eden mükâlemeyi dinleyerek dehşete düşüyordu.

Yusuf bazı sabahlar erken kalkınca gene Sarı Hafız'ın salâ verdiğini ve ezan okuduğunu duymuştu. Fakat bunlar onun üzerinde güzel bir sesin yapacağı tesirden başka bir intiba bırakmamışlardı. Halbuki şimdi dinlediği şey, büsbütün başka idi. Burada sesin hiç rolü yoktu. Burada mühim olan, ifade edilen şeylerdi ve bunlar, insanı yerlere kapanıp yüzünü topraklara gömerek düşünmeye sürükleyecek kadar büyük, umumi ve bilhassa "insanca" idi. Bir müddet sonra etrafındakilerin yerlerinden kalktıklarını, camiye doğru yürüdüklerini gören Yusuf doğruldu. Cenaze namazına iştirak etti. Sessiz bir kafilenin içinde ve başı önünde mezarlığa kadar gitti.

* * *

Fakat o gün ve ondan sonra, günlerce, hep o rüya hali devam etti. İlk zamanlar Yusuf'tan teselli bekleyen Muazzez, birkaç gün sonra onun halinden korkmaya başladı.

"Kendini topla Yusuf! Sen böyle yaparsan bizim halimiz ne olur?" dedi.

O zaman Yusuf, Muazzez'in farkında olmadan yaptığı bu ihtarın manasını düşünmeye başladı.

Artık hayatta tek başına idi. Daha doğrusu tek başına ayakta durmaya ve kendinden başka iki kişiyi de tutmaya mecburdu. Dayanacak kimsesi yoktu.

Artık: "Hayatımı nasıl bir düzene koymalıyım?" yahut, "Bu işler benim işim mi, değil mi?" diye düşünemezdi. Hayatının iç ve dış şeklini bundan sonra tesadüfler, icaplar tanzim edecekti. Belki bundan evvel de böyle idi; fakat o içinde: "İstediğim gün hayatımı değiştirebilirim!" diye bir kanaat beslemiş ve bu ona cesaret ve emniyet vermişti.

Şimdi bu emniyetin birdenbire uçup gittiğini, önünde, ne olacağını bilmediği günlerin, bir uçurum gibi uzanıp esnediğini görüyor, teslimiyetle başını eğiyordu. Fakat kafasının bir köşesinde hâlâ bu baş eğmenin muvakkat olduğuna, bir gün "kendi istediği gibi" hareket etmek imkânlarının tekrar doğacağına dair bir ümit yaşıyordu. Babasının ölümünden birkaç gün sonra tekrar gidip gelmeye başladığı tozlu odanın kendisi için son ve daimi bir sığınak olduğuna inanmaktan onu alıkoyan, işte bu müphem ümitti.

Üç hafta kadar hiçbir şey değişmedi. Yusuf hayatın bu kadar ezici günleri olduğunu gördükçe daha ileriyi düşünmekten vazgeçiyor ve kafasını bomboş bırakabilmek için çalışıyordu. Akşamları eve gelip yıkandıktan sonra sokak üstündeki odaya oturuyor, Muazzez'in sofra hazırlamasına bakıyordu. Birdenbire bütün canlılığı, bütün neşesini kaybeden genç kadın, kocasıyla göz göze gelmek istemiyordu. Çünkü bakışları ne zaman karşılaşsa ilk akıllarına gelen şey, müşterek felaketleri oluyor ve ikisinin de gözleri yaşarıyordu.

Başı daima çatkılı ve gözleri daima kızarmış olan Şahinde sofraya gelip birkaç yudum alır, sonra bahçe tarafındaki odasına geçerek mindere uzanır ve "of, aman!" diye inlemeye başlardı. Hakikaten harap ve perişan bir haldeydi. Günde en aşağı üç dört komşuya gidiyor; Muazzez'den dinlediği ölüm tasvirini, ilaveler yaparak, eve her gelen misafire ve her gittiği komşuya birer kere anlatıyor; sonra onların da iştirakiyle sesli sesli ağlamaya başlıyordu. Mamafih bu burada âdetti. Evinden ölü çıkan her kadın bu merasime riayete kendini mecbur görürdü. Komşular da bu işte pek dikkatli idiler. "Acılı"nın ağlamaktaki en ufak kusurunu bile gözden kaçırmazlar ve mateme fiilen iştirakle hiçbir zaman tekâsül göstermezlerdi.

Bunun için yorgun argın ve geç vakit eve dönen ve komşuların yaptığı ikramlar sayesinde canı hiçbir şey yemek istemeyen Şahinde, felaketine layık bir iştahsızlık ve perişanlık ile, çocuklarına bir vefakârlık misali vermekte idi.

Muazzez, Yusuf'u fazla üzmemek için kendine hâkim olmaya çalışıyor ve şimdi birçok huylarını babasına benzetmeye başladığı kocasına daha çok sarılıyordu. Gündüzleri o ve annesi evde yokken biraz içini boşaltabiliyor, babasının, bir bohça içinde yüke kaldırılan elbiselerini ortaya çıkararak onları kokluyor ve gözyaşlarıyla ıslatıyordu.

Akşamüzerleri yalnız başına evde otururken, sokaktan her geçenin ayak sesiyle yerinden hoplar, kapının çalınmasını ve sofuk yüzüyle babasının içeri girmesini beklerdi. İnanamıyordu. Onun bir daha kapıyı hiç çalmayacağına, tulumbada Muazzez'e su çektirip yıkanmayacağına, uzun entarisi ve beyaz saçlarıyla bu evin içinde bir daha dolaşmayacağına inanamıyordu. Bir gün yine gelmesi lazımdı. Muhakkak lazımdı.

Fakat kapı sahiden çalınıp Yusuf içeri girince kalbi hem bir sükûtu hayal, hem bir sevinçle burkuluyor, yüzü ağlamakla gülmek arasında bir ifade alıyordu.

Birbirlerini pek güzel anlıyorlar ve Şahinde içerde inlerken babalarından bahsetmeyi ve onun için gözyaşı dökmeyi istemiyorlardı. Buna rağmen her ikisinin de gözleri karşı mindere, Salâhattin Bey'in her akşam yemekten sonra oturup eski kitapları karıştırdığı köşeye gidince, ikisi de başlarını önlerine eğerek dakikalarca susuyorlardı.

Meğer kendisine 46 yaşında ihtiyarlamış gözüyle bakılan hasta Salâhattin Bey, bu evi ne kadar çok dolduruyormuş? Dört odalı ahşap bina sanki birdenbire tamamen boşalıvermişti. Gelininin yanından hâlâ dönmeyen ve döneceğe de benzemeyen Rumelili hizmetçi de olmadığı için, üç kişiden ibaret kalan bu aile sanki bir odanın ancak bir köşesini işgal ediyor ve diğer taraflar bomboş, hayır, ölünün hayali ile dolu olarak duruyordu.

Şahinde kavga etmediği zamanlar konuşmazdı. Muazzez lafa karışmaya korkar ve Yusuf daima susardı. Bu evde konuşan, şaka yapan, soran, hatta fırsat düştükçe, üç dört kelime ile de olsa, anlatan ve havadis veren hep Salâhattin Bey'di. O gittikten sonra ev halkını, uzun zaman bir değirmende bulunan insanlara çarklar birdenbire durunca gelen bir şaşkınlık sarmıştı. Kulaklarında hâlâ uğultular devam ediyordu.

Yusuf ve Muazzez gibi iki insanın uzun zaman bu teessürlerden kendilerini kurtaramamaları beklenirdi, fakat, evvelce de söylediğimiz gibi, hadiseler birbirini çok çabuk kovaladı ve zihinleri uzun zaman bir nokta üzerinde kalmaktan menetti.

7

Salâhattin Bey'in ölümünden sonra kaymakamlık işlerine on beş gün kadar, en kıdemli memur olan tapu müdürü vekâlet etti. Sonra İzzet Bey isminde, oldukça genç bir kaymakam geldi. Başlar başlamaz ilk işi evvela şehrin ileri gelenlerini hükümete çağırıp onlarla konuşmak, kendileriyle işbirliği etmek oldu. Bu toplantıda söylediği sözlere nazaran memleket çok mühim anlar yaşamakta idi. Yarın öbür gün düşman zırhlılarının Edremit Körfezi'ne girmesi ve belki de kasabayı bombardıman etmesi mümkündü. Ne çetin bir devirde yaşadıklarını anlamak için Edremitliler bu dakikayı beklememeli, şimdiden gözlerini açıp hükümetle el birliği etmeli idiler. Ve daha birçok şeyler.

Toplantıya çağırılanlar arasında memleket eşrafı da vardı. Zaten yeni kaymakam sözlerini asıl onlara tevcih etmişti. Kendini diğer memurların hepsinden büyük gördüğü için, konuşurken hatta Ceza Reisi ile Müftü'nün ve Kadı'nın bile yüzüne bakmamıştı. Herhalde, bu harp vaziyetinde, bir mülkiye amirinin geniş salâhiyetini onlara hissettirmek niyetindeydi.

Geldiğinin ikinci gecesi Çınarlı Han'daki odasında eşraftan birkaçıyla oturup kafayı çektiği kasabaya yayılınca, diğer tecrübeli memurlar:

"Tamam, Edremit'e malın gözünü göndermişler... Yükünü tutmadan gitmez!" diye söylendiler.

Fakat İzzet Bey, yükünü tutacağa da pek benzemiyordu. Eli pek açık ve eğlenceye biraz fazla düşkündü.

Küçük kasabanın şimdilik en mühim işini, yeni kaymakamlarıyla meşgul olmak teşkil ettiği için, onun günlük hayatı, en küçük teferruat bile unutulmamak şartıyla, kulaktan kulağa anlatılıyor, türlü türlü tefsirlere uğruyordu.

Yusuf yeni kaymakamı daha ilk geldiği günlerde gördü. Odasındaki tahta masanın başında oturuyor, kamış kalemlerden biriyle oynuyordu. Birdenbire kapı açıldı. Evvela sarışın bir baş, sonra sıska bir vücut içeri girdi.

İzzet Bey'in kirli sarı saçları, biraz daha koyu bıyıkları ve kaşları vardı. Otuz beş sularında görünüyordu. Donuk mavi gözlerini süratle etrafında gezdiriyor ve sözünü müteakip, sanki izah ediyormuş gibi, uzun ve zayıf kollarıyla işaretler yapıyordu. Odadakilerin her birine adlarını sordu, sonra Yusuf'un masasına gelip ellerini dayadı.

"Sen ne iş yaparsın?" dedi.

"Kâtiplik yaparım efendim!"

"Canım, vazifeni değil, yaptığın işi soruyorum!"

"Ne iş verirlerse onu yaparım!" dedi.

Kaymakam'ın yanında ve elleri bağlı olarak gezen bir memur izahat verdi:

"Merhum Salâhattin Bey'in damadıdır efendim!"

İzzet Bey başını çevirerek manalı bir tavırla:

"Bu midir o?" dedi.

"Evet efendim!"

Yusuf masanın başında ayakta duruyor ve gözlerini Kaymakam'ın ellerinden ayıramıyordu. Sarı tüylü ve iri kemikli parmaklarının tırnakları kısa, yassı ve öne doğru kıvrıktı. Ömründe bu kadar çirkin el görmeyen Yusuf, hayretle onların hareketlerini takip ediyordu. Kaymakam sual sorarken bir elini kaldırıp işaretler yapıyor, öbür elinin parmakları ile de masayı tıkırdatıyordu.

Dilinde biraz Rumeli şivesi vardı, fakat bunu belli etmemeye çalışıyordu. Yusuf da evvela fark etmemişti. Fakat kulağı evdeki hizmetçinin sözleriyle dolu olduğu için, Kaymakam "Bu midir o?" deyince derhal anladı.

Yeni Kaymakam gözlerini odanın duvarlarında gezdirdikten, kenarda dayalı duran birkaç büyük ve eski deftere şöyle baktıktan sonra:

"Haydi bakalım, oturun yerlerinize!" diyerek çıktı gitti.

Kaymakam'ın bu ziyareti Yusuf üzerinde hiç hoş olmayan bir tesir bırakmıştı. Onun, baktığı yeri kirletiyormuş hissini veren yapışkan mavi gözleri ve masanın üzerine yerleşip bir müddet orada kımıldayan korkunç derecede çirkin elleri, bir türlü zihninden çıkmıyordu.

Ne kadar küstahça, ne kadar istihfafla soruyordu.

"Adın nedir?" yahut:

"Ne iş yapıyorsun?" derken, sanki dudaklarının arasından:

"Sen de adam mısın?" diyen ikinci bir cümle sessizce dökülüyor ve muhatabının dimağına varıyordu. İhtiyar Hasip ve Nuri Efendilere karşı merhametle karışık görünen bu istihfaf ifadesi, Yusuf'a gelince daha keskinleşmişti. Hele gözü Yusuf'un kalem tutan baş parmaksız sağ eline ilişince bu kadar komik bir manzaraya tahammül edilemeyeceğini belli eden bir gülüşle yüzü yayılmış, sarı fakat muntazam dişleri meydana çıkmıştı.

Yusuf, İzzet Bey'in kendisi hakkında:

"Bu midir o?" demesinden de kuşkulanmıştı. Demek bu herife kendisinden bahsedilmişti! Neden acaba? Sonra kim bahsetmişti? Yusuf bunları düşünürken burada, eski kaymakamın oğlu veya damadı sıfatıyla, ne kadar münasebetsiz bir vaziyette olduğunu hissetti. Babası sağken bile memurların manalı fakat çekingen tavırlarından sinirlendiği halde, şimdi onların, sarih bir ehemmiyet vermeyiş ve küçük görüş halini alan, hatta bazen alay etmek derecelerine varan muamelelerine tahammül etmeye mecbur kalıyordu.

Hasip Efendi bir aralık başını Yusuf'a çevirerek:

"Ne düşünüyorsun evlat?" dedi.

"Hiç, beybaba!"

"Beğendin mi bu adamı?"

Yusuf omuzlarını silkti.

Bunu menfi bir cevap telakki eden Hasip Efendi esefle başını sallayarak:

"Benim de gözüm tutmadı," dedi.

Nuri Efendi bulunduğu köşeden, gene o asık suratıyla, mütemadiyen mırıldandığı duaları keserek, lafa karıştı:

"Her akşam beylerden biriyle içiyormuş!" dedi.

Hasip Efendi cevap verdi:

"Merhumun bu heriflerle karşı karşıya oturup eğlenmesine imkân mı vardı? Kimsenin aklına bir fenalık gelmeyeceğini bildiği halde, bir eşraf davetine bile gitmezdi. Hem de on sene burada oturup kendini tanıttığı, herkesin de ne mal olduğunu öğrendiği halde!"

Bir müddet durdu, sonra tekrar başladı:

"Daha geleli üç gün olmadı. Nereden de tanışıp işrete başlarlar. Kendini kurnaz zannediyor ama, üç günde kafese girer. Biz Salâhattin Bey'den evvel buna benzer kaymakamlar gördük, bu kasabada benden akıllısı yoktur diye dolaplar çevirmeye kalktılar da, defolup giderlerken halk arkalarından teneke çaldı. Bilmem ama, bunun da sonu odur!"

Nuri Efendi gene okumayı keserek:

"Yusuf Efendi oğlum!" dedi. "Dün akşam Hilmi Bey'le beraber içmişler. Evvela Çınarlı Han'da bir sofra kurdurmuşlar, sonra Hilmi Bey'in evine gitmişler."

Yusuf bir an düşündü. "Ne çıkar bundan?" dedi. Fakat birdenbire aklına Kaymakam'a kendisinden bahsedenin Hilmi Bey olması ihtimali geldi. "Acaba bu herifler benden daha ne isteyecekler?" diye söylendi.

Nuri Efendi'ye daha sormak, bir şeyler konuşmak istiyordu. Bugün nedense her zamanki gibi sessizce oturamayacaktı. Fena halde sıkılıyordu. Fakat o sırada her iki ihtiyar çoraplarını çıkarıp ayaklarına nalın giymişler ve teneke ibrikleriyle, aptes almaya gitmişlerdi.

Bir müddet sonra Hasip Efendi önde, Nuri Efendi arkada döndüler. Dualar mırıldanarak kurulandılar ve odanın ortasına serdikleri eski seccadenin üzerinde yan yana namaza durdular.

Yusuf akşamı zor etti. Daireden çıktıktan sonra hızlı adımlarla evin yolunu tuttu. Yukarıçarşı'dan geçerken, Avukat Hulusi Bey, yazıhanesinin penceresinden başını uzatıp onu çağırdı.

Yusuf babasının ölümünden beri Hulusi Bey'i görmemiş; cenaze günü ise, ancak bir iki kelime konuşmuştu. O zaman Hulusi Bey:

"Oğlum, babanla aramızdaki hukuku bilirsin, bir derdin, bir ihtiyacın olursa hemen bana gel!" demişti. Fakat Yusuf o sırada bir şey dinleyip anlayacak halde olmadığı için Hulusi Bey'in o sözlerini ancak şimdi hatırlıyordu.

Küçük ve basık yazıhaneye girdi. Burası alelade bir dükkândı. Yalnız içerisi beyaz badana edilmiş ve birkaç kanepe, koltukla döşenmişti. Yerde güzelce bir halı, kenarda, avukatın önünde, geniş ve üzeri deri kâğıtlar, kahverengi zarflarla dolu bir masa duruyordu. Duvarlara güzel hatlarla yazılmış birçok levhalar asılmıştı. Hulusi Bey'in tepesindeki büyücek levhada usta bir sülüs ile yazılmış:

Ayinedir bu âlem, her şey hak ile kaim
*Mir'atı Muhammedden Allâh görünür daim.**

ibaresi vardı. Onun biraz solunda, dükkânın içine doğru yan yana asılmış duran daha küçükçe levhalarda: "Bir işte kasıt ne ise hüküm ona göredir!", "Şek ile yakîn zail olmaz!",** "Zararı âmmı def için zararı has ihtiyar olunur!"*** gibi mecellelerden

* Her şeyin Allah sayesinde ayakta durduğu bu âlem bir aynadır, Muhammed'in aynasında daima Allah görünür.

** Kuşku gerçeği ortadan kaldırmaz.

*** Kamunun yararı bireyin yararından üstündür.

alınmış cümleler vardı. Hulusi Bey'in tam karşısında, bir ihtar gibi, fevkalade güzel bir talik ile yazılmış:

Gariki bahri isyanım
*Dahilek yâ Resulullah.**

Levhası duruyordu.

Hulusi Bey, Yusuf'u içeri çağırdıktan sonra iskemlesini biraz kenara, üzerinde düstur ve mecelle ciltleri bulunan bir rafa doğru çekti, Yusuf'a da karşısındaki kanepeyi gösterdi, sonra havadan bahseder gibi sordu:

"Oğlum, hiç uğramıyorsun! Nasılsın bakalım!"

"İyiyim efendim!"

"Hanım kızım nasıldır?"

"İyiler efendim!"

"Bir kahve içersin değil mi?"

"Teşekkür ederim efendim, hacet yok!"

"Olmaz! Ne demek! Bir kahve içmeden gidilir mi?" Sonra dışarıya doğru seslenerek karşı sıradaki kahveciye:

"Bize iki şekerli getir!" dedi.

Yusuf etrafına bakmıyordu. Hulusi Bey'in masasının ayakları tornalanmıştı ve yukardan aşağı doğru inceliyordu. Yusuf bir gözünü hafif kapayarak bu ayaklardaki torna halkalarını seyrediyor ve bir taraftan da Hulusi Bey'in kendisini buraya neden çağırdığını merak ediyordu. İçinde buradan bir an evvel çıkıp eve gitmek ihtiyacı vardı.

Kahveler geldikten sonra avukat sordu:

"Yusuf Efendi, evladım, Edremit'te yerleşip kalmak niyetinde misiniz?"

Yusuf hiç beklemediği bu sual karşısında bir müddet durakladı, sonra:

"Bilmem ki?" dedi.

Sahiden de bilmiyordu. Bu sualin cevabını verebilmek için, aylardan beri kafasının içinde dolaşıp duran birçok diğer suallerin halledilmesi lazımdı. Hayatının ne şekil alacağını bilmeden ve bu hususta bir karar vermeden karşısındakine ne söyleyebilirdi?

* İsyan denizinde boğuluyorum, ey Hazreti Muhammed sana sığınıyorum.

Bir kere daha mırıldandı:

"Bilmem!.."

Hulusi Bey biraz düşündü:

"Burada sizin ne malınız var?" dedi.

"Elli ağaç zeytinimiz, on dönüm kadar tarlamız var!"

"Sizi geçindirmez!.. Sonra bunlarla uğraşacak adam lazım, sen halbuki artık boş değilsin!"

Bir müddet sustular. Hulusi Bey tekrar sordu:

"Annenizin kimsesi yok mu?"

"Yok!.. Anası öleli çok oluyor, babası da üç sene evvel ölmüştü galiba. Nazilli'de reji memuru idi. Bir şey bırakmamış..."

"Senin kimsen yok mu?"

Yusuf gözlerini karşısındakinin yüzüne dikerek uzun müddet baktı. Bir şey düşünmüyor, sadece kafasının içinden birdenbire hızla geçmeye başlayan bir hatıralar şeridinin durmasını bekliyordu. Nihayet yavaşça:

"Benim de kimsem yok!" dedi.

O zaman Hulusi Bey, çaresiz bir vaziyette kalmış gibi iki elini açarak:

"Öyle ise yapacak bir şey yok!.." dedi. "Burada kalacaksınız. Fakat beni dinle evladım! Her şeyi açıkça konuşalım. Siz benim canım kadar sevdiğim bir arkadaşımın yadigârlarısınız. Sözlerime gücenme. Bir kere artık babanızın sağ olmadığını unutmayın. Bu lafımın sana bir ilişiği yok, daha ziyade valide hanım için söylüyorum. Ne diye saklamalı, siz artık fakir bir aile sayılırsınız. Kendi âleminizde yaşamalısınız. Sonra bilirsin ki bu kasabada herkes senin dostun değildir. Başından türlü işler geçti. Onun için de tetik ol. Bulunduğun işe dört elle sarıl. Şimdi karışık zamanlar. Kendi kendine bir iş yapamazsın. Ticarete atılayım desen hem sermaye ister, hem tehlikeli iş. Bak, iki haftadır pazarcıları eşkıyalar soyuyor. At araba alsan, yarın hükümet bir emir verir, askeriye için zapt ederler, eline de bir senet verirler, ezip suyunu içersin. Yeni kaymakamın gözü sendedir. Hiç kimse kendinden evvelkinin adamlarını yerinde bırakmak istemez. Hatta üç dört gündür ne diye sana bir şey olmadı diye hayret ediyorum. Çünkü henüz daireye mülazım olarak devam ediyorsun. Çıkarmak kolaydır. Fakat kimbilir, belki vicdanlı bir adamdır. Ben daha görmedim. Hakkında söylenenler pek iyi değil ama, doğrusu ancak Allah'a malumdur. Bak! En mühim şeyi unutuyordum. Senin Şakir'le ve Hilmi Bey'le aranda bir geçmiş vardır. Bunu da unut. Dayanacak kimsen yok, içinde onlara karşı en küçük bir düşmanlık sakladığını fark ederlerse seni ezerler. Yeni kaymakam ile de hemen arayı doğrultmuşlar... Doğrultmasalar bile, paraları var efendim, paraya karşı kimin gücü yeter ki!.."

Yusuf ses çıkarmadan dinledi. Hulusi Bey'in onu buraya çağırışının sebebi herhalde yalnız bu nasihatleri vermek değildi. Yusuf onun evvela başka bir şey söylemeye hazırlandığını sezmişti. Fakat Edremit'i bırakıp gitmelerine imkân olmadığını söyleyince Hulusi Bey fikrini değiştirmiş, sözü başka taraftan açmıştı. Yusuf bunu pek güzel hissediyor ve dayanılmaz bir tecessüsle, Hulusi Bey'den asıl söylemeye hazırlandığı şeyi sormak istiyordu.

Fakat buna cesaret edemedi, daha doğrusu bu arzusunu ifade edecek kelimeler bulmaya ve cümleler tertip etmeye muktedir olamadı.

"Sen başka bir şey söyleyecektin; haydi onu da diyiver!" demek olmazdı. Başka yollardan yürümeli idi; fakat böyle ustalıklı sözleri Yusuf zihninin sükûnetle çalıştığı zamanlarda bile yapamazdı. Halbuki şimdi mütemadi bir ihtimal ve sual zinciri kafasının içinde uğultular yaparak dolaşmakta idi.

Yavaşça doğruldu. Avukatın elini öptükten sonra:

"Sözünüzden çıkmam Hulusi Bey amca!" diyerek ayrıldı.

8

Ertesi sabah Yusuf daireye gider gitmez bir odacı:

"Yusuf Efendi, sizi Kaymakam Bey istedi!" dedi.

Genç adam odasına girince Hasip Efendi ona doğru koşarak:

"Evladım. Bu herif seni arattı. Pek meraktayız, çabuk gir çık da bize haber ver. İnşallah melunun fena bir niyeti yoktur!" dedi.

Yusuf'a bir fenalık yapılması ihtimali bile, bu iki ihtiyarın kafalarında Kaymakam'ın aleyhinde toplanmaya başlayan şüphelerin kuvvetlenip kanaat haline gelmesine ve adamın kısaca "melun" diye adlandırılmasına kifayet etmişti.

Yusuf elindeki öğle yemeği çıkınını masanın üstüne bıraktı. Önünü ilikleyip yanı başlarındaki odaya gitti.

Kaymakam bir müddet masanın üzerindeki kâğıtlarla meşgul olarak onun girdiğini fark etmemiş göründü, sonra yavaşça başını kaldırarak:

"Sen misin?" dedi.

Tekrar birkaç kâğıdı okuyup imzaladı ve bazı yerlerini değiştirdi, belki on dakika daha Yusuf'u bekletti ve birdenbire yerinden kalkarak ona doğru yürüdü. Yüzü hayırhah bir tebessümle gerilmişti. Yusuf bu tebessümden memnun olacağı yerde korktu, hatta biraz da tiksindi. Bu insan başkasına, hatta bir iyilik yapacak olsa bile bunu böyle bir tebessümle evvelden haber vermeye hiç lüzum yoktu. Halbuki Yusuf karşısındakinin kendisine ara sıra fırlattığı kaçak ve ani bakışlardan asla iyi manalar çıkaramıyordu.

Öteki kaşlarını kaldırıp, mühim bir nutka başlıyormuş gibi yaptı:

"Bak evladım!" dedi. "Sen benim merhum selefimin damadısın. Pederin merhuma gıyabi hürmetlerim vardır. Emin ol! Seni de onun devlete bir emaneti sayarım. Baktım, tetkik ettim, bu kâtiplik işi sana göre değil."

Yusuf'un bu sözleri anlayıp kafasına yerleştirmesini bekliyormuş gibi birkaç saniye sustu. Yusuf içinden: "Ulan, bizi kapı dışarı edeceksin, lafı ne diye uzatıyorsun?" dedi. Kaymakam tekrar söze başladı:

"Bak oğlum, sağ elinde bir parmak noksan. Geçmiş olsun. Fakat bu vaziyette ne kadar çalışsan güzel bir yazı sahibi olamazsın. Eh, senin memuriyetinde de adamı gösteren yazıdır. Mutasarrıfa giden bir tahrirat evvela onun gözünü yazısı ile kamaştırmalıdır. Neyse... Duyduğuma göre sen biraz da serbest tabiatlı imişsin. Ben sana tam gönlüne göre bir iş buldum."

Kaymakam tekrar durdu. Karşısındakinin merakla sözün arkasını beklediğini görüyor ve memnun bir gülüşle ona bakıyordu:

"Anladın mı evladım, tam sana göre bir iş. Sen hemen beş on kuruş tedarik edersin; elbet birkaç paranız vardır! Güzel bir at satın alırsın. Ben seni tahsildar yapacağım, süvari tahsildarı. Malmüdürü ile konuştum. Buradaki maaşını vererek seni oraya geçireceğiz. Ayrıca hayvanın için yem parası da vereceğiz. Köylerden devletin alacağını, vergisini tahsil edeceksin. Fevkalade iş! Öyle değil mi? Odada oturup sıkılmak yok. At üstünde köyleri gez. Hem para da arttırırsın!"

Yusuf biraz şaşkın bir tavırla başını sallıyordu. Kaymakam sözünü bitirince:

"Siz nasıl buyurursanız öyle olsun!" dedi.

Kaymakam elini Yusuf'un omzuna koyarak:

"Eski kaymakam babandı, ben de ağabeyin sayılırım. Bir derdin olursa bana gel. Haydi bakalım, odana git de emrimi bekle!" dedi.

Yusuf çıktı. Kafası karmakarışıktı. Bu adamın kendisine bir fenalık yapacağını düşünerek içeri girmiş, içerde bu kanaati büsbütün kuvvetlenmişti. Halbuki teklif edilen iş hiç de fena değildi. Ne tarafından düşünülürse düşünülsün, tahsildarlık herhalde bu Allah'ın belası tahrirat kâtipliğine tercih edilirdi.

Odada kendisini bekleyen Hasip Efendi ile Nuri Efendi'ye meseleyi anlattı. Onlar da bunda bir fenalık görmediler. Sadece:

"Belki herif seni civarında bulundurmak istemiyor? Ne kadar olsa biraz tuhaf kaçacak. Fakat bulduğu iş de hiç fena değil. Gençsin. Dayanıklısın. Karda kışta köyleri dolaşmak biraz güçtür ama, sana koymaz. Allah hayırlısı neyse öyle yapsın!" dediler.

Nuri Efendi:

"Bu kaymakam sütü temiz bir insana benzemez ama, bu sefer bir iyi tarafına rast geldi herhalde!" diyerek başını salladı.

Yusuf eve dönerken avukat Hulusi Bey'e uğradı ve Kaymakam'ın kendisine söylediği şeyleri anlattı.

Hulusi Bey'in bu havadisten memnun olacağını tahmin etmişti, halbuki o sadece düşünceli düşünceli başını salladı, tıpkı Hasip ve Nuri Efendiler gibi:

"İnşallah hakkında hayırlısı budur!" dedi.

Yusuf yemekten sonra Muazzez'e yeni vazifesini söylediği

zaman, genç kadının ilk sözü, mahzun bir tavırla başını yana eğip dudaklarını büzerek:

"İyi ama, Yusuf, sen köylere gidip günlerce kalırsan, ben burada ne yaparım?" demek oldu.

O zaman Yusuf'un da çehresi değişti; birdenbire düşünceli bir hal aldı. Bu cihet onun da aklına gelmemişti. Şimdi buna hayret ediyordu: Nasıl olmuş da bunu hiç düşünmemişti.

Birdenbire aklına babasının bir lafı geldi: Kızılbaş köyünde, Yusuf Ayvalık'ta arabacılık yapmaktan bahsederken, Salâhattin Bey: "Sen çalışmaya gidersen karın ne yapar?" demişti. İşte şimdi Yusuf çalışmaya gidecek ve karısı yalnız kalacaktı. Acı acı gülerek: "Keşke yalnız kalsa!" diye mırıldandı. Köylere gidip belki de haftalarca evden uzaklaşınca, karısı, Şahinde ile beraber kalacaktı. Bunun Muazzez için yalnızlıktan bile feci olduğunu Yusuf gayet iyi anlıyordu.

Muazzez yavaş bir sesle:

"Yusufçuğum!" dedi. "Artık keyfimizin istediğini yapamayacağımızı biliyorum. Fakat senden böyle ikide birde ayrılıvermek de hoş değil. Sen de bilirsin, annem beni rahat bırakmayacak, hiç sevmediğimin insanlara beni zorla götürecek, evi onlarla dolduracak. Sen kendisine bir şey söyleme! Nasıl olsa o bildiğini okur... Bari evde dırıltı olmasın. Ben onunla başa çıkmaya çalışırım; yalnız çok sıkılacağım. Bak şimdiden bir tuhaf oldum. Canım yukarı kata, odamıza gitmek istemiyor. Sanki sen yokmuşsun da orada seni arayacakmışım gibi oluyorum. Ah Yarabbi... Ne fena şey!.."

Genç kadının gözleri yaşardı. Yusuf acı acı yutkundu, sonra karar vermiş bir tavırla:

"Üzülme canım!" dedi. "Kaymakam git dedi ise zorla gönderecek değil ya! Hükümet işinden çıkarım..."

Muazzez hemen onun sözünü kesti ve ancak bir kadının düşünebileceği kadar ince düşünerek:

"Deli misin sen Yusuf!" dedi. "Hükümetten çıkarsın da ne iş yaparsın? Tutacağın iş sanki seni hiç benden ayırmayacak mı? Bu karışık zamanda insan bulunduğu yeri bırakır mı? Babamdan bir şey kalmadı ki, onunla geçinelim. Sen bu vazifende kalırsan zeytinlikle tarlanın işlerine de bakarsın, biraz halimize yardımı olur."

Yusuf henüz çocuk addettiği karısından bu sözleri duyunca azıcık hayret etti. Fakat bu, onu karısına hak vermekten alıkoymadı.

Babalarının cebinde çıkan beş on sarı lira ile Yusuf'taki paralar cenaze masrafına, imama, müezzine gitmiş, Yusuf'un elinde birkaç mecidiyeden başka bir şey kalmamıştı. Aybaşına on gün vardı. Önleri kış olduğu için birçok masraflar daha yapılacaktı. Bunları gözünün önüne getirince Yusuf: "Hükümetteki işi bırakırım!" demenin manasız, hatta gülünç olduğunu fark etti.

Hadiseleri olduğu gibi karşılamaya, kendiliğinden bir şey yapmamaya karar vererek yattı. Pek sakin olmayan bir geceden sonra uyanınca hayatı biraz daha tatlı buldu. Hadiseler, gece vakti ve bir idare kandilinin ışığında konuşulduğu kadar ümitsiz ve korkunç değildi. Dışarda ağaçların yapraklarını oynatarak esen bir sonbahar rüzgârı, bu ölüme mahkûm yaprakları henüz koparamıyordu. Bu minimini yeşil mevcudiyetler bile içlerinde bu kadar kuvvetli bir mücadele ve mukavemet kabiliyeti taşırlarken, kendisinin karanlık düşüncelere dalması doğru olamazdı.

Yavaşça yataktan sıyrılarak pencereye gitti. Güneş ağaçların arkasından yükseliyor ve evlerin geniş bahçelerindeki otları nemli bir ışığa boğuyordu. Yusuf böyle bir sabahta atla kırları dolaşmanın asla bir felaket telakki edilemeyeceğini düşündü. Başını çevirerek Muazzez'i çağırmak, dışarısını onunla birlikte seyretmek istedi; fakat genç kadın başını yastığa gömmüş, sağ elini yanağının altına koymuş, bir çocuk gibi mışıl mışıl uyuyordu.

Yusuf onu uyandırmaya kıyamadı. Ayaklarının ucuna basarak yatağın kenarına gidip oturdu ve karısına uzun zaman baktı.

Muazzez'in saçları iki örgü halinde beyaz yastığın üzerinde uzanıyordu. Örgülerin uçları biraz çözülmüş ve kumral saçlar bir sırma püskül gibi dağılmıştı. Şakaklarındaki saçların bazıları da yanaklarına kadar uzanıyor ve genç kadının yüzünü ince, ipek bir tül gibi sarıyordu. Ağzı biraz aralıktı ve nefes aldıkça beyaz dişleri parlıyordu. Gözkapaklarında kıl gibi ince mavi damarlar dolaşıyor, biraz dağınık olan kaşları ara sıra hafifçe ürperiyordu.

Genç kadın kımıldadı. Başını yukarı çevirdi ve bir kolunu yorganın üstüne atarak daha geniş, daha rahat nefeslerle uykusuna devam etti. Yusuf gözlerini karısının göğsüne dikti. Yakası kapalı beyaz entarisinin altında kabaran göğsü muntazam nefeslerle şişiyor ve yorganın kenarını yükseltiyordu. Mavi yüzlü yorganın üzerinde uzanan beyaz eli hareketsizdi. Biraz içeri doğru kıvrılmış olan parmakları yorganın kıvrımlarından birini yakalamış gibi duruyordu.

Yusuf yarım saat kadar onu seyretti, sonra güneşin yükseldiğini görerek giyinmek için kalktı. Bu esnada Muazzez gözlerini açtı. Başucunda kocasını görünce gülerek doğruldu ve pencereye vuran güneşe bakarak:

"Aman Yusuf, ne uyumuşum, ne uyumuşum!" dedi.

"Yok canım, o kadar geç değil!"

"Dur sana kahvaltı getireyim!"

Hemen yerinden fırladı, terliklerini ayağına geçirerek aşağı koştu.

Sabahları kalktığı zaman kendisine böyle kahvaltı hazırlayacak veya sadece kolunu mavi yorganın üzerine uzatıp uyuyacak bir kadın yerine, herhangi bir köy odasının isli kalaslı tavanını görmek Yusuf'a bir an için pek acı geldi. Sonra bu gibi düşünceleri kafasından uzaklaştırmanın lüzumunu kendine telkin ederek doğruldu ve giyindi.

* * *

Hemen o gün Kaymakam, Yusuf'u Malmüdürü'ne gönderip tahsildarlığa başlattı. Orta yaşlı bir mümeyyiz, önüne beş on makbuz koçanı alarak, Yusuf'a bunlar üzerinde adeta uzunca bir ders verdi ve delikanlı akşama kadar bunları bellemek için temrinler yapmakla vakit geçirdi.

Şimdi bir at satın almak icap ediyordu. Akşamüzeri Aşağıçarşı'dan geçerken uzun zamandan beri görmediği Hacı Rifat'ın İhsan'a rastladı ve ondan akıl sordu. İhsan, onu yanına alıp Soğuktulumba yolundaki bir hana götürdü, yarım saat içinde pazarlığını filan yaparak beş buçuk altına güzel ve beyaz bir at aldı. Parası ayda birer altından verilecekti. Peşin olarak verilmesi icap eden parayı İhsan kendisi verdi ve at yedeklerinde, beraberce kasabaya döndüler.

Ali'nin ölümünden beri adamakıllı bir şey konuşmamışlardı. İhsan, Yusuf'un bu kadar uzun zamandan sonra kendisine eski bir arkadaştır diye başvurmasından büyük bir iftihar duyuyor ve ona arkadaşlığına layık olduğunu ispata çalışıyordu. Yusuf ise, bütün insanlardan ümidini kestiği bu sıralarda karşısına böyle bir dostun çıkışını biraz hayret, fakat daha çok sevinç ve teşekkürle karşılıyordu.

Yolda ikisi de hep eski günlerden, beraber yaptıkları gezmelerden, kâğıt kebabı ve irmik helvası ziyafetlerinden bahsettiler. Sözleri Ali'ye ait hatıralara temas edince sustular. Yusuf bir aralık yan gözle İhsan'a bakınca onun gözlerinin de kendininkiler gibi yaşarmış olduğunu gördü. Bir müddet söyleyecek laf bulamadılar. Nihayet İhsan:

"İşte böyle Yusuf, ömür bu, geçip gidiyor!" diye mırıldandı. İhtiyarlara mahsus bir eda ile söylenen bu sözler Yusuf'u güldüreceği yerde düşündürdü. Çayiçi'nden Bayramyeri'ne sapan yolun köşesine gelince durup birbirlerinin yüzüne baktılar ve ayrıldılar. İkisinin içinde de hem uzun zaman sonra tekrar görüşmenin verdiği bir memnuniyet, hem de belki bir daha görüşmeyeceklerini sezmekten doğan bir hüzün vardı. Hayat, birbirinden ayırdıklarını, kısa bir müddet için tekrar yaklaştırır gibi olsa bile, uzun zaman yan yana bırakmıyordu. Geçen günleri bir daha geri getirmek mümkün değildi ve sadece hatıralar, iki insanı birbirine bağlayacak kadar kuvvetli değildi.

Fakat Yusuf, yanından uzaklaşan İhsan'la birlikte, yalnız beş, on sene evveline ait çocukluk hatıralarının değil, bu şehirle olan bütün bağlarının da sürüklenip gittiğini zannetti. İhsan'a karşı şu anda duyduğu yabancılık, ona, artık kendisini Edremit'e bağlayan bir şey bulunmadığını da hatırlattı. Bir müddet daha düşününce dünyada da hiçbir yere bağlı olmadığını hissetti ve içten içe bu kadar yabancı olduğu bu hayatta kendisini birçok kayıtların kuşatmasına, ondan, istediği gibi hareket imkânlarını almasına müthiş içerledi.

9

Oldukça serin bir teşrinievvel günü akşamı, dört günlük bir ayrılıktan sonra, eve dönen Yusuf atını bağlamak için arka tarafa dolaştı. Burada evin bahçe duvarına bir kapı açtırmış ve bahçedeki dut ağacının yanına ahır kılıklı bir yer yaptırmıştı. Hayvanın eyerini alıp yem torbasını ağzına taktıktan sonra içeri girerken kendisine kimsenin karşı çıkmadığına hayret etti. Fakat vakit daha erkendi ve evdekiler herhalde komşuya gitmişlerdi.

Yukarı çıkarak soyundu. Kollarını ve başını sabunla yıkadı. Fena halde karnı acıkmıştı. Mutfağa giderek teldolabı karıştırdı. Bir bakır sahanın dibinde bir parçacık kıymadan başka bir şey yoktu. Taşlıktaki yeşil sandığı açtı, buradan biraz ekmek ve tulum peyniri alacaktı, fakat kurumuş bir kabuktan başka bir şey bulamadı. Boş torbalar bir kenara yığılmış duruyor, sadece bir bulgur torbası, yarı açık, ortada kabarıyordu.

Yusuf tekrar mutfağa dönünce ocağın kenarında bir tencere bulgur pilavı durduğunu gördü. Orada asılı duran kaşık torbasından bir tahta kaşık alarak soğuk tencerenin başına oturdu.

Karnını doyurduktan sonra yukarı çıkarak odadaki mindere uzandı. Ortalık kararmıştı. Karısını merak etmeye başladı. Yakın komşularda olsalar muhakkak Yusuf'un geldiğini mahalle çocuklarından duyup gelirlerdi. Herhalde Aşağıçarşı'daki memur ailelerinden birine gitmiş olacaklardı.

Kapıda bir anahtarın döndüğünü duydu, pencereye koşarak aşağı baktı, yüreği sevinçle hopladı. "Geldiler!" dedi.

Kendini zapt etmese aşağı koşup karısını kucaklayacaktı. Şimdi onun sesini duyuyordu. Muazzez hayret dolu bir sesle:

"A!.. Anne, Yusuf gelmiş, baksana, hayvanı bahçede..." dedi.

Sonra:

"Yusuf!" diye bağırarak yukarı koştu:

Kendisini merdiven başında bekleyen kocasının boynuna atılarak:

"Biz seni bugün beklemiyorduk ama, benim içime doğmuş herhalde... Gittiğimiz yerde hep; haydi anne, gidelim artık, geç oldu! dedim, durdum. Demek sen beni çekiyormuşsun!"

Yeldirmesini çıkardı. Yusuf'a dönerek:

"Karnın açtır, ben gidip sofrayı kurayım!" dedi; sonra Yusuf'un bir şey söylemesine meydan vermeden yavaşça, başı önünde, ilave etti:

"Bir şey getirdin mi Yusuf? Evde yiyecek bir şey yoktu..."

Yusuf şaşkın bir halde doğruldu:

"Evde yiyecek bir şey yok mu?" diye sordu.

"Hayır Yusuf, var tabii, biraz bulgur pilavı var, sen yoldan geldin de, belki doymazsın, canın başka şey ister diye sordum. Ama, gelirken bir şey getirmedinse artık istemez... Bir daha dışarı çıkma!.. Biraz turşu koyarım, pilavla birlikte çok güzel gider. Sen otur, ben seni çağırırım, olmaz mı?"

Koşarak gitti. Yusuf olduğu yerde, mıhlanmış gibi kaldı. Köylerde ekmek, peynir, yoğurt, yumurta gibi şeylerle karın doyurmaya alıştığı için, biraz evvel aşağıda yediği bulgur pilavı ona hiçbir şey düşündürmemişti. Fakat şimdi, Salâhattin Bey'in evinde olduğunu hatırlayınca, sade bulgur pilavının, yanında hiçbir şey olmadan, veya birkaç biber turşusu ile, bu evde eskiden pek yenmediğini acı acı hatırladı. Demek, o korktuğu günler başlamıştı? Demek gülünç bir tahsildar maaşına kalan bu aile, sade bulgur pilavıyla karın doyuranlar arasına girecekti!

Boş teldolap, boş torbaların yığıldığı yeşil sandık gözünün önüne geldi: "Ah, nasıl oldu? Nasıl olur?" diye dişlerinin arasından mırıldandı.

Yumrukları imkânsızlıkla sıkıldı. Hiçbir çare yoktu; hayatları belki daha kötüleşecek, fakat asla daha iyi olmayacaktı. Yusuf, sırtında ne büyük bir mesuliyet taşıdığını şimdi yavaş yavaş anlamaya başlıyor ve bunun altında eziliyordu.

Aşağıdan doğru mırıltılar duydu. Şahinde'nin perde perde yükselen sesinin yanında Muazzez'in yalvarmaya benzeyen sözleri duyuluyordu. Fakat konuşulanlardan bir şey anlamaya imkân yoktu. Yusuf kapıya yaklaşınca Muazzez'in:

"Anneciğim, Allah aşkına sus!" dediğini işitti. Eliyle kapıya sarılarak dişlerini sıktı: "Ah bu kadın!.." dedi. Sonra ona kızmaya hakkı olmadığını, Şahinde'nin böyle yapmakta büsbütün haksız sayılmayacağını düşündü. Kadın, damadının evi doyurmasını pek tabii olarak ister ve kızını böyle bir kocaya verdiği için elbette üzülürdü. Alıştığı hayatı yaşatabileceğini aklı kesmeden bir kaymakam kızını, hem de kaçırmak suretiyle alan erkek, kaynanasının her türlü iğnelemesine layıktı.

Yusuf: "Ne yapmalı?" diye düşündü.

Bu sefer bu "ne yapmalı?" suali bir bardak zehir gibi kafasından vücuduna doğru döküldü. Bir müddet evvel gene onu işgal eden düşünceler bugünkü dertlerinden çok farklıydı. Bugün ilerisini, hayatının alacağı istikameti, mesleğinin kendine uygun olup olmadığını düşünmüyordu. Bugün çaresi bulunması icap eden şeyin bir gün beklemeye bile tahammülü yoktu.

Fakat ortada yapılacak bir şey de yoktu.

Yusuf bütün vücudunun demir çemberlerle sarıldığını zannederek kımıldadı. Yüzü, pis bir şeyin üzerine tükürüyormuş gibi, tiksinen bir ifade almıştı. Bütün bu sıkıntıları kendine layık bulmuyordu. Sanki içinde ayrıca yaşayan bir başka Yusuf vardı ve o, bu ekmek parası için çırpınan, fakir köylülerden vergi almak için bağırıp çağıran zavallıya istihfafla bakıyor ve ondan iğreniyordu.

Gitgide artan ve gitgide maddileşen bir bulantıyı geçirmek için Yusuf tekrar geriye, odaya döndü ve pencerelerden birini açtı.

Bu aralık aşağıdan Muazzez'in sesi duyuldu:

"Yusuf, sofraya gel!"

Ağır ağır merdivenleri indi. Havalar serinlediği için, iki yerde ateş yanmasın diye yemeği mutfakta yiyorlardı. Bakır sininin ortasında bulgur pilavı tenceresi duruyordu. Herkesin önüne birer parça kuru ev ekmeği konmuştu. Yusuf:

"Ben geldiğim zaman birkaç kaşık pilav yemiştim, iştahım kapanmış!" dedi.

Şahinde garip bir gülüşle:

"Aç olsan da, bugünkü yemeklerimiz iştah açacak gibi değil!" dedi.

Muazzez gözlerini sitemli, fakat keskin bir bakışla annesine çevirdi.

Şahinde gene aynı garip tebessümü muhafaza ederek:

"Bugün geleceğini bilmiyorduk da, bir şey hazırlayamadık!" dedi.

Muazzez: "Buna da lüzum yoktu, her şeyi biliyor!" demek isteyerek tekrar annesine baktı.

Yusuf gözlerini önüne dikmişti. Bir kaşık pilav alıyor, sonra dakikalarca elindeki kaşığı süzüyordu.

Sofranın yanına, alçak bir iskemlenin üzerine konan lamba, Muazzez'in ince ellerini sapsarı gösteriyordu. Yusuf'un gözleri bunlara ilişince, içini bir korku kapladı. Yavaşça başını kaldırarak Muazzez'e baktı.

Bakışları karşılaştı. Muazzez'in yüzünü tatlı, fakat yorgun bir gülümseme kapladı. Yusuf kaşığını önüne bırakarak:

"Yarabbi şükür!" dedi.

Karşısındakilerin ikisi de, azaplarının sona ermesi için bu işareti bekliyorlarmış gibi, süratle kaşıklarını ellerinden atarak:

"Yarabbi şükür!" dediler.

10

Zeytin mevsimine daha vakit vardı. Yusuf mahsulü şimdiden satmak için kime başvurduysa, ret cevabı aldı. Hiç kimse, ağaçları ve üzerindeki mahsulü yakından görmeden bir alışverişe girmek istemiyordu.

Muazzez'in ve Yusuf'un satacak başka malları da yoktu. Babasının bir zamanlar aldığı birkaç mücevher Şahinde'nin çekmecesinde kapalı duruyor ve ne Yusuf, ne de Muazzez bunu istemeye cesaret edemiyordu. Vaziyetleri ne kadar sıkışırsa sıkışsın, Şahinde ile alenı bir münakaşaya meydan verecek böyle bir talep ikisinin de elinden gelmiyordu.

Yusuf bir arkadaşından bulduğu iki mecidiyeyi Muazzez'e bırakarak tekrar köylere çıkmış ve on günden beri gelmemişti. Bu kırk kuruştan bir şey kalmadığı için, Muazzez, Yusuf'un dönmesini üzüntü içinde bekliyor, fakat o geldikten sonra da vaziyetin düzelmeyeceğini düşünerek bu bekleyişine acı acı gülüyordu.

Şahinde ise eve akşamdan akşama uğruyor ve zamanını daha ziyade komşularda ve ahbaplarda geçiriyordu.

Kızıyla hemen hemen hiç konuşmuyor, onun süzgün ve altları çürümüş gözlerle evin içinde bir hayalet gibi dolaşmasını, çok bilmiş bakışlarla takip ediyordu. Şahinde'nin hali, bir şey bekliyormuş hissini veriyordu. Üşenmeden ve sabırla bekliyor, hiç acele etmiyordu.

Elbet kızı inadını kıracak ve anasına gelip yalvaracaktı. Şahinde'nin de istediği buydu. Bu evde kendisine sorulmadan yapılan işlerin neticesi olan bu sıkıntılardan dolayı kendini asla suçlu tutmuyor ve suçlu olanların ona gelip yalvaracakları günü bekliyordu.

Yusuf'u aklına getirdiği bile yoktu. Fakat kızını bu hayattan kurtarmak isteyeceği tabiiydi. Nasıl? Bunu hiç düşünmemişti, fakat herhalde bir kolayını bulacaktı.

Bu evde ikinci planda kalmaktan bıkmış, çocukların kendisine hiç ehemmiyet vermeyen tavırlarından sinirlenir olmuştu: Bu sıkıntılı ve feci hallerinde bile kendisine gelip danışmayı, hiç olmazsa onunla bir çare düşünmeyi akıl edemeyişlerine büsbütün kızıyordu.

Kendisi bu işin sonunun buraya varacağını çoktan söylemişti. Daha Yusuf bu eve getirildiği gün, onunla birlikte bir felaketin de geleceğini sezmişti. Oğlan evvela velinimetinin kızına göz koymaktan işe başlamış, rahmetli de bunlara hep göz yummuş, hep müsaade etmişti. Ah kabahatin çoğu da ondaydı ya!..

"Nur içinde yatsın, kendini bu Yusuf'a pek kaptırmıştı!.." diye söyleniyor ve kendisinden çok Yusuf'a bağlanan kocasına adamakıllı kızıyordu.

Yusuf'un gittiğinin onuncu günü akşamıydı. Şahinde aşağıda oturup, bir entarisinin sökülen eteğini dikiyor, Muazzez yukarda mindere uzanmış, yavaş sesle şarkılar mırıldanıyordu.

Kulakları kaç günden beri sokaktaydı. Yusuf hiç bu kadar uzun müddet ondan ayrılmış değildi. Onu müthiş göreceği geldiğini hissediyordu.

Fakat akşam olduğu, yemek hazırlamak icap ettiği aklına gelince yüzü buruştu. Boş sofranın başına, kendisine nispet verir gibi alaycı gözlerle bakan annesinin karşısına tekrar oturmak ona pek acı geldi. Bu kadına karşı son günlerde adeta kine benzeyen hisler duymaya başlamıştı. Artık ölse ona açılamaz, ona dert yanamaz sanıyordu.

Aynı evde, yan yana ve birbirine tamamen yabancı olarak yaşamak, feci bir şeydi. Halbuki bu yabancı onun anasıydı.

Bir aralık düşünceleri istikametini değiştirdi. Anasına bu kadar hücum etmekte, onu bu kadar haksız görmekte biraz ileri gitmiş olmaktan korktu. Öyle ya, kendisi Yusuf'u seviyor ve onun için her sıkıntıya tahammül ediyordu, fakat hayatında oldukça iyi günler görmüş olan anasının şimdi hiç sebepsiz bu kadar mahrumiyete katlanması onu biraz kızdırabilirdi.

Sonra dertlerine anasının ortak olmayışında da bütün kabahat onda mıydı? Onu adam yerine koyup bir derdini söylemiş miydi? Hele Yusuf, o soğuk ve çatık kaşlı tavrıyla, bu evde sanki bir de Şahinde yaşadığını bilmemezlikten geliyor, kati bir lüzum olmadıkça ona bir kelime ile olsun hitap etmiyordu. Halbuki bu kadın ne de olsa büyükleri ve analarıydı. Aralarındaki buzun çözülmesi için ilk adımı çocukların atması lazımdı.

Yusuf gelince bunu söylemeye karar verdi. Bu evin içindeki maddi ve manevi sıkıntıyı bölüşecek bir insana muhtaçtı ve bu günlerce süren mutlak yalnızlık onu neredeyse boğacaktı.

Bu sırada merdivenlerde bir ayak sesi duydu. Elbiseleri hışırdayarak annesi geliyordu. Yüreği hopladı. Manasını anlamadığı bir heyecan duydu.

Şahinde odaya girince Muazzez hemen doğruldu. Kadın:

"Yat kızım, rahatına bak!" diyerek onun yanına oturuverdi.

Bir müddet konuşmadan bekleştiler. Sonra Şahinde sükûtu bozarak:

"Kocan kaç gündür nerede kaldı ki?" dedi.

"Vallahi bilmem, anneciğim! Ben de merak etmeye başladım!"

"Yok... Merak edecek bir şey değil. Onların işleri böyledir. Yalnız bu sefer biraz fazla uzadı!"

Muazzez cevap vermedi. Uzun bir sükûttan sonra Şahinde tekrar:

"O kadar söylüyorum, benimle hiç komşuya bile gitmiyor, evde kapanıyorsun! Bu hep böyle devam ederse senin halin ne olur? Alimallah perili olursun!" dedi.

"Ne yapayım anne?"

"Benimle gel... Birkaç insan yüzü görüp derdini avut!"

"Sıkılıyorum!"

"Burada pek mi eğleniyorsun?"

Hakikaten burada pek mi eğleniyordu? Mütemadiyen gülen ve şarkı söyleyen arkadaşların yanı bu sessiz ve soğuk evden daha mı sıkıcıydı!

Bu düşünce bir anda Muazzez'in zihninden geçti. Anasına verecek bir cevap bulamayarak:

"Ne bileyim ben, anneciğim, yapamıyorum işte!" dedi.

Şahinde eliyle yavaş yavaş onun dizine vurarak ve sallanarak:

"Beni dinle, kızım!" dedi. "Bak, daha yaşın on beş, diri diri mezara girdin. Senin bu halini gördükçe benim yüreğim kan oluyor. Nedir bu körpe yaşta kızımın tecellisi diyorum. Ben de anayım!" Şahinde ağlamaya başladı. Muazzez'in de gözleri yaşarmıştı. Elini annesinin boynuna sardı. Şahinde titrek bir sesle devam etti: "Ben evde durmayıp gidiyorum ama, keyfime mi gidiyorum sanıyorsun? Evde kalıp senin halini görmeye yüreğim dayanmıyor da ondan. Bir şeydir başımıza gelmiş, kader böyleymiş deyip çekeceğiz, herhalde sonunda bir hayır vardır. Ama insan derdinin üstüne kapanıp oturursa deli olur. Gelip şu kadın benim anamdır deyip bana içini açmıyorsun... Böyle evlatlık olur mu? Herkes inkâr edilir, ana inkâr edilmezmiş. Ben seni dokuz ay karnımda taşıdım. Sen bana elden beter muamele edersen Allah razı olur mu?"

Muazzez büsbütün ağlamaya başlamıştı. Kollarıyla anasının boynuna sarılıyor, onun boyalı yanaklarını ıslatıyordu. Şahinde de adamakıllı heyecanlıydı. Uzun senelerin, içinde biriktirdiği dertleri döktüğünü sanıyor ve şu anda göğsünde hıçkıran kızına karşı müthiş bir sevgi ve merhamet duyuyordu.

"Kızım, aklını başına topla!" diye tekrar söze başladı. "Gençsin. İnsan içine çıkmaktan kaçarsan kendine yazık edersin. Eski ahbaplar her gidişimde seni sorar dururlar. Böyle zamanlarında insana insandan fayda vardır. Halimizi görüyorsun. Bir tatlı söz duymak bile gönlümüze ferahlık verir. Sen böyle kendini evlere kapayıp, aman biz fakir düştük, aman ekmeğimiz kalmadı, aman kocam gelmedi, derken, kocan olacak herif ne yapıyor dersin? Yumurtayı, tavuğu, manda kaymağını yiyip at üstünde safa sürüyor. Karım ne yapıyor, ne ile karnını doyuruyor diye tasa ettiği var mı?.."

Şahinde fırsat bulduğu için Yusuf hakkında aklına geleni söyleyecek, bütün içindeki zehirleri dökecekti. Muazzez eliyle onun ağzını kapadı:

"Sus anneciğim!" diye hıçkırdı. "Bana Yusuf hakkında fena şeyler söyleme, çok üzülüyorum zaten..."

Şahinde kızını bağrına basarak:

"Dilerim Allah'tan, seni üzenler iflah olmasınlar inşallah!" dedi.

Muazzez tekrar onun ağzını kapattı:

"Anne, Allah aşkına böyle lafları bırak, her dediğini yapacağım, istediğin yere gideceğim... Yalnız sen Yusuf'a karşı daha iyi ol. Ona düşman gibi bakma... O, benden çok üzülüyor!"

"Üzülecek adam evvelden düşünmeliydi, evladım. İnsanı kaçırmak marifet değil, doyurmak marifet... Ah cahil kız!"

Muazzez bağırdı:

"Anne!.."

"Sustum kızım, sustum. Haydi aşağı inelim. Bir iki lokma bir şey yiyelim. O da varsa..."

Muazzez annesinin bütün sözlerinin böyle iğneli ve acı olmasına çocukluğundan beri alışıktı. Bunun için, artık cevap vermedi. Gözlerini silerek aşağıya indi. Yeşil tahta sandığın bir köşesinde duran sofra bezini, yarım ekmeği, ocağın yanında asılı duran torbadan kaşıkları aldı, içini çekerek sofrayı hazırlamaya başladı.

11

Bundan sonra her şey o kadar çabuk ve kolay oldu ki, Muazzez de farkına varmadı. İlk günlerde eski tanıdıklarına, mahalle komşularına kadar uzanan ziyaretler genişledi. Hilmi Beyler bile tekrar ve sık sık gidilen yerler arasına girdi ve onların sık sık vaki olan ziyaretleri memnuniyetle karşılandı. Haftada birkaç gün onlarda akşam yemeğine kalınıyor ve geç vakit eve dönülüyordu. Bir müddet sonra bu ziyaretler yalnız kadınlar arasında kalmaktan çıktı; evvela Hilmi Bey, sonra Şakir, akşam yemeklerini hanımın davetlisi olan bu ana-kızla birlikte yemeğe başladılar. Birkaç kere hep beraber Şahindelere gelip geç vakte kadar kaldılar ve evlerinden getirttikleri gramofonu çalarak eğlendiler. İlk günlerde biraz şaşıran Muazzez, yavaş yavaş kör bir gevşekliğin içine kendini bırakıyordu. Yusuf haftada, on beş günde bir, yorgun ve harap bir halde geliyor; bir gece kaldıktan sonra, sabah ezanıyla beraber tekrar yola düzülüyordu. Zeytin zamanıydı. Mahsulünü götürü satan köylüden tahsilat yapmanın tam sırasıydı. Malmüdürü ve Kaymakam, kendisine mütemadiyen yeni emirler verip yeni yeni köylere yolluyorlardı.

Birkaç aydan beri devam eden bu hal, Muazzez'i adeta sersemletmişti. Yusuf'u unutmaya başlıyor, fakat bazen, o da geceleri odasında yalnızken, kocasını pek görmek istediği oluyordu. Ziyaretlere başladığı zaman Yusuf'a, annesinin tavsiyesine uyarak hiçbir şey söylememiş olması, şimdi onu, daha sıkı bir ketumiyete ve hatta bazen mufassal yalanlar icadına sevk ediyordu.

Bir cihetten rahattı: Yiyecek, içecek sıkıntıları azalmıştı. Annesi bu hususta ona bir şey söylemiyor, o da Yusuf'a söylemek mecburiyetinden kurtuluyordu. Yusuf'u üzmemek, onu imkânsızlık içinde kıvrandırmamak Muazzez'i sevindiriyor ve hareketlerinin bir kısmını böylece kendine mazur gösteriyordu.

Bu yolda ileri attığı her adım, mazereti ile beraber geliyordu. Annesi de onu mütemadiyen sözleriyle kolluyor, genç kadında herhangi başka bir şey düşünmek imkânı yavaş yavaş azalıyordu.

Zaten sarhoş gibiydi. Yüzüne çocukça ve daimi bir tebessüm ârız olmuştu. Biraz da şaşkınlık ifade eden bu tebessüm ona daha esrarlı bir güzellik veriyordu. Ara sıra düşünecek olsa da, hareketlerinde pek büyük bir fenalık görmüyordu. Bir kere, mademki annesi onunla beraberdi ve o her şeyi muvafık görüyor, hatta tertip ediyordu, artık kendisine söz düşmezdi. Sonra ortada kimseye bir kötülük yapıldığı da yoktu. Birkaç ahbaba gidip gelmek, onların erkekleriyle oturup kalkmak, büyük bir cinayet değildi. Halbuki bu yüzden evlerinde o yıpratıcı üzüntüler görülmez olmuş, Yusuf Şahinde'nin manalı ve Muazzez'in mahzun bakışlarından kurtulmuştu. Hatta yorgun argın eve geldiği akşamlar, Şahinde'den, o zamana kadar alışmadığı bir ihtimam ve alaka görüyor, Muazzez tarafından en ateşli bir muhabbetle karşılanıyordu.

Yorgunluktan bir şey düşünecek halde olmayan Yusuf, bu fevkalade muamelelerin sebebini aramadan uyuyor ve ertesi gün tekrar gidiyordu. Fakat giderken memnun ve güler yüzlüydü. Bıraktığı birkaç mecidiye ile evin bu kadar sıkıntısız geçinmesine hayret etmiyor, daha doğrusu hiçbir şeyin farkına varmıyordu. Bir tek derdi Muazzez'di. Ondan ayrılmak olmasa, işinden memnun olmaya bile başlayacaktı. Her gittiği yerde karısının güler yüzlü, cıvıldayan çocuk sesi onu takip ediyor ve yüzünü, rüya görenlere mahsus tatlı bir gülümseme kaplıyordu.

Karısı her zamankinden güzel ve iyiydi. Ona bu iyiliği veren, son günlerde azalan maddi sıkıntılardı. Sonra kocasının haberi olmadan yaptığı şeylerin hiç de fena bir şey olmadığına dair beslediği kuvvetli kanaat ve bunu kocasından saklaması sebebinin sırf onunla manasız münakaşalara meydan vermemek olduğu düşüncesi Muazzez'e tam bir vicdan sükûnu veriyor ve onu kocasının karşısına, kendini daha çok güzelleştiren bir cesaret ve neşe ile çıkarıyordu.

Yaptığı şeylerin memnu olmadığı esasını bir kere kabul ettikten sonra, farkında olmadan, daha ileri gitti. Daha doğrusu, götürüldü.

Annesinin de iştirakiyle oturduğu sofralarda, rakı da görünmeye başlamıştı. Şakir'in ve Muazzez'in anneleri de bunu içiyorlardı. Muazzez bir müddet ısrarla reddettikten sonra bir gün bu beyaz ve yakıcı mayiden tattı. Hafif ve tatlı bir baş dönmesini kahkahalar takip etti.

Başka akşamlar bu kadehler arttı. Böyle gecelerde Şakir'in annesi ile Şahinde Hanım çok kere birbiri arkasına odadan çıkıyorlar ve uzun müddet görünmüyorlardı. Bir kere Şakir, babasına gözleriyle çıkanları gösterip manalı manalı gülerken Muazzez bu bakışı yakaladı, fakat bir şey anlamadı. Şahinde ile bu kadın arasındaki münasebetin şekli onu hayrete düşürüyordu.

Muazzez, içinde bulunduğu hali hep kendine tabii göstermeye çalıştı. Yusuf'a bir şey belli etmiyor ve bundan biraz da korkuyordu.

Fakat bir akşam, Şakir Beyler yanlarında uzun boylu, sarışın bir adamla birlikte geldiler. Annesi, bu yeni misafire çok itibar etti. Eliyle mezeler hazırladı. Edremit, harbin ilk mahrumiyetlerini duymaya başlarken, Şahindelerin evinde eskisinden daha güzel ve bol yemek yeniyordu. Muazzez ancak sofra başında ve birkaç kadeh içtikten sonra, bu misafirin yeni kaymakam olduğunu öğrendi. Şaşkın şaşkın onun yüzüne baktı. Demek babasının yerine bu çıyan suratlı adam gelmişti?

Bu çıyan suratlı adam bir müddet sonra sarı dişlerini gösterip sırıtarak Muazzez'in yanağını sıktı. Başı dönen ve alnını avcuna dayayarak uyuklar gibi sallanan genç kadın başını kaldırıp yanındakine baktı ve sinek kovalar gibi elini salladı. Sonra tekrar daldı.

Gitgide coşan Kaymakam, onu oturduğu yerden çekip kucağına almak istedi. O zaman Muazzez ayağa kalkarak, odadakilerin yüzüne aptal gözlerle baktı, sallana sallana dışarı çıkıp odasına gitti ve yatağına serildi.

* * *

Fakat bu mukavemet de uzun sürmedi. Muazzez'in kollarında şimdi birkaç altın bilezik vardı. Bir akşam Yusuf bunların nereden geldiğini sordu. Muazzez'in aklına birdenbire, bir zamanlar Yusuf'un Hilmi Beylerin hediyesi bir bileziği nasıl eğri-büğrü yapıp attığı geldi ve şaşırır gibi oldu. Sonra:

"Annem verdi. Eskiden kalma şeylermiş. Çekmecede duracağına kolunda dursun dedi!" diyerek işin içinden sıyrıldı.

Bu nevi yalanları daha kolay uydurmaya başlamıştı. Yusuf'a karşı yalan söylemekte bir mahzur görmüyor, onu adeta bir çocuk gibi avutmak, oyalamak icap ettiğini zannediyordu. Bu düşünceler onu Yusuf'u biraz da küçük görmeye alıştırmıştı. Şimdi içinde yaşamaya başladığı âleme nazaran Yusuf pek basit ve biraz sıkıcıydı. Sonra, aman Yarabbi, her şeye ne kadar çabuk inanıyordu? Alt katta, sokak üstündeki odada yeni peyda olduğunu gördüğü bir masanın ne olduğunu sormuş, Şahinde de:

"Telgraf Müdürlerinin! Yeni taşındıkları evlerinde koyacak yer yokmuş da, dursun diye bize bıraktılar!" deyince dudak büküp yürümüştü. Halbuki bu esnada Muazzez ne büyük heyecanlar geçirmişti! Yusuf'un odaya girerek dolapları açacağını, orada gene son günlerde peyda olan peçete ve çatal bıçak takımlarını göreceğini sanmış; onun müthiş hiddetini ve kendisinin her şeyi ağlayarak itiraf edeceği ve af dileyeceği anı beklemişti. Ona bir parça da kızıyor ve bu kadar vurdumduymaz olmasına şaşıyordu. Bazen yatakta doğruluyor, idare kandilini kenardan alarak kocasının sükûn içinde uyuyan yüzüne tutuyor ve avaz avaz bağırmak istiyordu:

"Yusuf! Kalk, yakala beni!.. Yusuf! Ben nereye gidiyorum!"

Fakat yavaşça idareyi yerine bırakarak yorganı üstüne çekiyor, kocasının sakin uykusuna katışmaya çalışıyordu.

Daha her şey kaybolmamıştı, fakat Muazzez kendisini dayanılmaz bir cazibenin çektiğini, kendi iradesinin onu bu yoldan döndürmeye kâfi gelmeyeceğini anlıyordu, ara sıra beliren bir hissin sevkiyle, kendini daha kuvvetli bir insana sürükletmek, buradan uzaklaşmak istiyordu. Bu insan Yusuf'tan başka kim olabilirdi? Halbuki o her şeyden habersiz, atını tımar ediyor, köylere gidiyor; ayrılırken de, alay eder gibi, karısının avcuna birkaç gümüş mecidiye sıkıştırarak:

"Al karıcığım, idare etmeye çalış!" diyordu.

Nasıl olur, Yarabbi, nasıl olur da Yusuf hiçbir şeyi sezmez, yavaş yavaş bütün Edremit'te çalkanmaya başlayan dedikoduların bir parçasını olsun duymazdı. Namuslu tanınan komşular ve ahbaplar bunlarla münasebeti kesmişlerdi. Eğer mahalleli müştereken bir harekete geçmiyorsa, bunun sebebi; işe Kaymakam'ın da karışmış olmasında, fakat daha ziyade, bu gibi şeylere önayak olacak kimselerin askere alınmış bulunmasındaydı. Geride kalan ihtiyarlar veya sakatlar, üstlerine yıkılan maişet derdinden gözlerini açacak halde değillerdi.

Muazzez bazı günler deli gibi çırpınıyor, "Yusuf! Yusuf!" diye bağırıyordu. Onun her şeyi haber almasını, eve gelip kendisini dövmesini, hatta bıçaklanmasını, ortalığın altını üstüne getirmesini istiyor, ancak o zaman bu işlerden sıyrılabileceğini seziyordu. Yoksa kendisi asla ona gidip her şeyi söyleyemez veya annesinin arzularına mukavemet edip başka bir yaşayış şekline dönemezdi. Zaten bu daha feci olurdu. Evdeki hayatın bu sefer tersine bir değişmeye uğradığını fark eden Yusuf, artık nasıl olsa her şeyi anlar ve Muazzez'in korktuğu ve beklediği kıyamet gene kopardı. Hem, annesine karşı bir harp açıp kazanması icap eden bu yolu tutarsa, bunun arkasından gelecek olan sarsıntıları karşılayabilecek kadar kuvveti içinde saklayabilir miydi?

Hayır, o hiçbir şeyi kendisi değiştiremeyecekti. Her geçen gün onu bu balçık yolda biraz daha ileri, biraz daha derinlere götürüyordu. Arkasına bıraktığı sahilin gitgide erişilmez olduğunu fark ediyor, artık oradan kendisine elini uzatacak birinin bile onu kurtaramayacağını sanıyordu.

Şimdi akşamın olmasını, sofranın kurulmasını, yahut bir yere gitmelerini biraz isteyerek bekliyor, rakı kadehlerini daha az yüz buruşturarak içiyor ve koluna gümüş bir bilezik takan bir erkeğin kucağına oturmaktan eskisi kadar nefret etmiyordu.

Geceleri tertip edilen bu âlemlere şimdi Kaymakam'ın bulup getirdiği birkaç çalgıcı ile candarma bölük kumandanı Kadri Efendi de iştirake başlamıştı. Buna mukabil Şakir'in annesi son zamanlarda hiç gelmiyor, ihtimal ki Şahindelerin evinin son zamanlarda aldığı şöhreti şerefiyle mütenasip bulmuyordu. Ne de olsa Edremit'in yerlisiydi ve ailesinin itibarını düşünürdü. Şahsına ait eğlenceler için de, Şahinde gibi hizmete hazır, diğer memur hanımları bulmak güç değildi.

Yeni kaymakam ise daimi misafirler arasına girmişti. Yavaş yavaş vahşiliği azalan Muazzez'e, uzun aşk konferansları veriyor; onu, maaşının yarısını yutan hediyelere boğuyordu. Şakir bu hallere garip bir hazla bakıyordu. İçinde bu anda hâkim olan his, Muazzez'e karşı duyduğu istek değil, Yusuf'a karşı duyduğu kindi. Bir kere başkasının olan bu kızı nasıl olsa elinde farz ediyor, fakat onun kucaktan kucağa dolaşmasının Yusuf için ne acı bir talih olduğunu düşünerek gülüyordu. İşte, eninde sonunda bu yabanın Yusuf'undan yediği yumruğun acısını çıkarmıştı. Bu kıza bir zamanlar yan bakmasına müsaade edilmemişti ve bugün onu saatlerce hırpalıyor, kucağına alıyordu. Zamanı gelsin daha ileriye de gidecek, hatta kendisine verilmeyen bu kızın ortaya düştüğünü de görecekti.

Muazzez'in sarhoş halinde bile kendini Kaymakam'ın batıcı buselerinden kurtarmaya uğraştığını gördükçe, bir zamanlar hakikaten sevmiş olduğu bu kıza karşı bir parça merhamet duyar gibi oluyor; fakat arka arkaya gelip onu bir hayli üzmüş olan hadiselerin hatırası, içinde yerleşen bir hiddet ve artık her şeyin bitmiş ve tamir edilecek halden çıkmış olduğu düşüncesi, onu derhal soğuk ve lakayt haline döndürüyordu.

Şahinde işlerin bu kadar ileri gitmiş olmasından biraz şaşırmıştı. Yaşayışları evvelkinden daha mükemmel olduğu, daha çok takıp takıştırdığı halde, eski ahbapların kendisine lüzumu kadar itibar göstermediklerini, hatta uzaklaşmaya başladıklarını görünce canı sıkılıyor, kendi kendine:

"Bunlara da ne oldu, ayol?"

diyordu. Halbuki onlara ne olduğunu ve birçok dostları bu evden uzaklaştıran sebebi bilmiyor değildi. Yalnız bunu kendine itiraf etmek istemiyor, belki bundan biraz utanıyordu. İçinde, ona vicdan sükûneti teminine yarayan bir kanaat vardı ki, asla sarsılmıyordu: Bu yaptıkları, kızının rahatı ve sefaletten kurtulması içindi. Eğer fena bir şey yapıyorlarsa bunun mesuliyeti daha ziyade Yusuf'a, hatta merhum kocasına aitti. Hiç olmazsa mesuliyetin büyük bir kısmı! Onlar bu evin istikbalini düşünmüş, akıllıca hareket etmiş olsalardı, şimdi Şahinde ile kızı, elin heriflerine dalkavukluk edip onları eğlendirmeye mecbur kalmazlardı. Hele Yusuf haylazlık edeceğine senelerden beri bir baltaya sap olmuş olsa, veya Muazzez'e göz koymayıp kızı Şakir'e verseydi, vaziyetleri herhalde başka türlü olurdu. Bunları düşünmeyen Yusuf'un şimdi herhangi bir şekilde müdahale etmeye, kızmaya hakkı yoktu ve Şahinde, damadına karşı fena hareket ettiğine asla kâni değildi.

12

Yusuf bir gün öğleye doğru eve geldi. Soğuktan donmuş gibiydi. Kapıyı uzun müddet çaldı. Kimse açmıyordu. Neden sonra içerden bir ayak sesi geldi. Tahtaların üstünde sürüklenen terlikler kapıya yaklaştı.

Yusuf içeri girince Şahinde'nin şiş gözlü suratıyla karşılaştı.

"Uyuyor musunuz daha yahu?" dedi.

"Akşam geç yattık da ondan..."

Sonra dudaklarını büküp ilave etti:

"Misafir vardı da..."

"Mangal yakmadınız mı?"

"Hayır, sen şu odaya gir, ben yakıp getiririm."

Yusuf gocuğunu çıkarmadan odadaki mindere oturdu. Ellerini hohlayarak ısıtmaya çalıştı. Sonra dışarı doğru bağırdı:

"Muazzez daha kalkmadı mı?"

Şahinde taşlıktan cevap verdi:

"Bilmem, kalkmadı herhalde. Senin geldiğini duysa aşağı inerdi!"

Yusuf doğruldu:

"Gideyim bakayım!" dedi.

Yün çoraplarının ucuna basarak merdivenleri gıcırdatmadan yukarı çıktı. Odalarının aralık duran kapısını eliyle itti.

Karısı sol tarafına yatmış uyuyordu.

Yusuf olduğu yerde durakladı. Önünde yatana hayretle gözlerini dikti, sonra daha yaklaşarak onu yakından süzdü.

Aman Yarabbi! Bu onun karısı mıydı?

Muazzez'in yüzü yağlı yağlı parlıyordu. Saçları pösteki gibi dolaşmış ve yer yer terli yüzüne yapışmıştı. Burun delikleri genişlemiş gibi duruyor ve nefes aldıkça kanatları oynuyordu. Ağzı sırıtmaya benzeyen bir şekilde yarı açıktı. Gözlerinin etrafı çürük ve yorgundu. Kaşları hafif çatılmıştı. Fakat Yusuf'u asıl korkutan, bu çehrenin kirli sarıya benzeyen rengi idi. Yanaklarının eski pembeliği hiç kalmamıştı. Dudakları kabuk kabuktu. Ara sıra sağ yanağı hafifçe oynuyor ve bu ürperme kadının yüzündeki sırıtma ifadesini arttırıyordu. Kaşlarının çatıklığı ile garip bir tezat teşkil eden bu gülüş, Yusuf'a tamamen yabancı geldi. Daha çok eğildi, fakat Muazzez'in ağzından yayılan bir koku onu geri itti.

Bu kokunun ne olduğunu anlayamadı. Yalnız her zaman karısının nefesiyle beraber yüzüne vuran koku olmadığını hissetti. Beyni zonklamaya başladı. Ellerini uzatıp önündeki bu mahluku sarsmak:

"Ne oldun sen! Ne oldun sen!" diye bağırmak istedi. Sonra bunu yapamayacağını anladı. Karısının uyandığı zaman kendisine müthiş şeyler söyleyeceğinden korkuyordu. Son günlerin birçok hadiseleri gürültülü bir hızla kafasından geçti. Olduğu yere düşecekti. Gene yavaş adımlarla dışarı çıktı, merdiven başında çöküp oturdu...

İki ay... Tam iki aydır karısına dikkatle bakmamıştı. Tahsildarlığa ilk başladığı günün sabahını hatırladı. O zaman da Muazzez'i uyurken seyretmişti. Şimdi aradan iki ay değil, seneler geçtiğini sanıyordu. Ne olmuştu onun karısına? Onu bu hale getiren neydi?

Hatıralar, dikkat edilmemiş küçük hadiseler, birbirine bağlı olmayan fikirler kafasının içinde dört tarafa koşup duruyordu. Kâh on sene evvel Muazzez'e söylediği bir sözü, kâh birkaç gün evvel, evden giderken, Şahinde'nin kendisine karşı aldığı tavırları düşünüyor; bilhassa son zamanlara ait birtakım küçük ve ehemmiyetsiz vak'aları, hayret verecek bir vuzuhla hatırlıyordu.

Şimdi bu ehemmiyetsiz hadiselerin her biri korkunç bir mana almıştı... Kendisine karşı bilhassa Şahinde tarafından gösterilen ihtimam, fevkalade şüpheli görünüyor, Muazzez'in hem ürkek, hem sokulgan; hem neşeli, hem pek meyus halleri, birdenbire, inanılmayacak şeyler ifade etmeye başlıyordu.

Yumruklarını şakaklarına bastırdı. Çenesi gırtlağındaki adaleleri gererek oynuyor ve alnı yanıyor, zonkluyordu.

Birdenbire olduğu yerden kalktı, aşağı koştu, sokak üstündeki odada yatağını toplayan Şahinde'yi kolundan tutup çekerek:

"Ne yaptınız benim karımı?.. Muazzez'e ne olmuş!.." diye bağırdı...

Şahinde Yusuf'un yüzüne bakınca korktu, kolunu onun elinden kurtararak:

"Bırak beni! Ne olmuş?" dedi.

Sonra birdenbire cesaretlendi. Neden korkacaktı? Olan olmuştu ve sebep bu aylakçı herif, bu haddini bilmez edepsizdi. Şimdi karşısına geçip utanmadan bağırıyordu. Fakat Şahinde de susmayacak, iki misli bağıracak ve ondan aşağı kalmayacaktı.

Lakin Yusuf bağırmadı, elleri titreyerek minderin kenarına oturdu, yüzü sapsarıydı. Biraz boğuk, fakat sakin bir sesle:

"Ana, gel şuraya otur. Kapıyı kapa da gel..." dedi.

Şahinde Yusuf'un bu halinden daha çok telaşa düştü, fakat itaat etti.

O zaman Yusuf gene o kısık, fakat sakin sesiyle:

"Bana hiçbir şey anlatmaya kalkma!" dedi. "Dinleyecek halim yok... Yukardakinin yüzünü görmek bana yetti. Benim karım bu halde değildi. Uzun konuşmayalım! Yalnız sana birkaç sözüm var. Bak, bu kadar yıldır bir evde oturuyoruz, karşı karşıya geçip iki laf etmemişizdir. Şimdi icap etti. Ortada neler olup döndüğünü bilmiyorum. İnşallah sandığım kadar ileri gitmemişsinizdir. Fakat ben seni bilirim, başının doğrusuna giden bir insansın! Babam sağ iken söz bana düşmez diye ağzımı açmazdım, sen de bizim gözümüzü bağlayıp arkamızdan dolap çevirmeye kalkardın. Ana olacaksın, o zaman bile kızını senden korumak bize düşerdi. Şimdi babam yok. Bu evin namusu benden sorulur. Bunu bir tarafa bırak, fakat Muazzez'i yoldan çıkarırsan çok kötü olur."

Bir müddet durdu. Aklına doğru dürüst bir cümle gelmiyor ve perişan kelimeler dudaklarından teker teker dökülüyordu. Uzun uzun önüne baktıktan sonra birdenbire ve sert bir sesle tekrar başladı:

"Ana, neler oldu bu evde? Çok fena şeyler oldu mu? Bana söyleyemeyecek kadar ileri gittiniz mi?.. Şunu kafana koy! Ne olursa olsun, hiçbir şeyde Muazzez'in kabahati yoktur. On beş yaşındaki kızın ne kabahati olur ki?"

Tekrar sözünü değiştirdi ve bağırdı:

"Söyle! Akşam evdeki misafirler kimdi?"

Şahinde sinirli ve küstah bir ifade ile onu süzerek:

"Pek mi öğrenmek istiyorsun? Söyleyeyim öyleyse... Kaymakam İzzet Bey vardı. Âmirin, velinimetin İzzet Bey... Merhum babanın geride bıraktığı aile aç mıdır, tok mudur, diye sormaya gelmiş..."

Yusuf yerinden kalkar gibi oldu, tekrar kendine hâkim olarak:

"Gece yarılarına kadar mı oturup hatır sordu?"

"İki lokma yemek çıkardık adamcağıza, bize ettiği iyiliğe karşı yaptığımız az bile!.."

"Ne iyiliği?"

"Evimizde iki lokma yiyecek buluyorsak, senin bıraktığın bir mecidiye ile mi oluyor bu dersin?.."

Yusuf kıpkırmızı bir yüzle, boğulacakmış gibi boynunu oynatarak sordu:

"Ya neyle oluyor?"

"İzzet Bey, bir kaymakam ailesinin sürünmesini kaymakamlık şerefine yakıştıramadığı için, bize hükümetten yardım ettirdi."

"Benim neden haberim yok?"

"Muazzez söylemedi mi? Herhalde unutmuştur."

"Yalan söylüyorsun?.."

"Sen bilirsin..."

"Bana Kaymakam da bir şey söylemedi!"

"Sana ne diye söylesin?.. Senin aileni ben besliyorum mu desin... Adam hatır, gönül tanır elbette!"

"Ben şimdi gider, başkasının işine ne diye karıştığını ondan sorarım!"

"Sen mi? Ne yüzle? Ayda aldığın iki buçuk lirayla bu ev geçinir mi sanıyorsun? Seni bu cahilliğinle memurlukta tutan adama ne yüzle çatacaksın?.. İnsan olsan gidip elini öpersin!.."

Şahinde her söylediği söze, ağzından çıkar çıkmaz, inanıyor ve bu ona cesaret veriyordu.

Yusuf susmuştu, bu işlerde bir sakatlık olduğunu hissediyor, fakat kaynanasına verecek bir cevap bulamıyordu. Zaten münakaşaya alışık değildi. En kuvvetli sandığı bir sözüne verilen rasgele bir cevap, onu susturmaya yeterdi. Yalnız, bir müddet sonra, kafasının içinde yeniden azaplı şüpheler uyanır ve onu kıvrandırmaya başlardı.

Bu sefer de Şahinde'nin sözleri onda aynı neviden hisler doğurmuştu. Bir bakıma Şahinde'nin söyledikleri doğru olabilir, İzzet Bey sırf iyilik etmek düşüncesiyle bu eve devam etmiş bulunabilirdi. Fakat bunun böyle olmadığına Yusuf emindi. Neden? Bunu kendisi de bilmiyordu.

Yerinden fırladı, taşlığa çıkıp çizmelerini giydi ve hiçbir şey söylemeden sokağa çıktı.

Dışarıda rutubetli bir soğuk vardı. Evin içinde de gocuğunu çıkarmamış olan Yusuf, kemiklerine kadar üşüdü. Hızlı hızlı yürümeye başladı. Biraz dolaşmak, kendi kendine düşünmek istiyordu.

Nedense evde kalmak ona birdenbire manasız gelmiş; Şahinde'nin yanında oturmak, inanamadığı, fakat itiraz da edemediği sözler dinlemek onu boğacak kadar sıkmıştı... Şimdi çamurlu yollarda, etrafa kirli sular sıçratarak yürürken, nereye gittiğini, niçin gittiğini düşündü. Buna da cevap veremedi. Şehrin kenarına gelince durdu ve etrafına baktı. Keskin ve nemli bir rüzgâr esiyor, insanın yüzüne ara sıra ince damlalar savuruyordu. Kuru ağaç dalları ıslık çalıyor ve dört tarafa eğiliyordu.

Yusuf Muazzez'in yüzünü hatırladı. Yumrukları sıkılarak:

"Yalan... Bütün söyledikleri yalan!.. Ben ona gösteririm!" diye homurdandı.

Gerisin geriye koşmaya başladı. Eve ne kadar çabuk geldiğine hayret etti. Kapıyı Şahinde açtı ve damadına: "Yine mi sen?" demek isteyen bir göz attıktan sonra döndü, Yusuf onu kolundan çekerek oraya, pabuçların durduğu yere çöktürdü.

Ne söyleyeceğini bilmiyordu. Yolda da bir şey düşünmemişti. Bir müddet öyle durduktan sonra kesik kesik:

"Anacığım..." dedi. Sesi titriyordu. "Anacığım, söyleyecek şeylerim çok, bir araya toplayamıyorum. Beni belki düşünmezsin, kızını düşün. İstersen ellerini öpüp yalvarayım. Bize kötülük etme... Bizi birbirimizin yüzüne bakamayacak hale getirme. Ben her şeye dayanırım ama, böyle bir şey yapanların ettiklerini yanlarına komam. Ana, bak sana açıkça söylüyorum, şu iş şöyledir, bu da böyledir demiyorum, ama dikkat et, bir kepazelik olursa hepinizi yakarım. Demin de söyledim, Muazzez'e kabahat bulmam, ben onu bilirim. Eğer o da size uyarsa gene sizden bilirim. Parmak kadar çocuğu benim yokluğumda kötü yollara saptıranların kökünü kazırım. Sen, benim dediğimi yapacağımı bilirsin. Söylemedi deme... Kendi kendine ne halt edersen et, kızına elini uzatma. Onun gönlünü benden ayırmaya uğraşırsan..."

Söyleyecek kelime bulamayarak dişlerini gıcırdattı. Şahinde soğuktan titreyerek Yusuf'un yüzüne bakıyor, o da bir şey söylemiyordu.

Yusuf:

"Bak, görüyor musun?" dedi. "Gün doğmadan kalkan karım öğlelere kadar gözünü açamıyor. Bana başka şeyler anlatma... Belki de senin dediğin doğrudur, ama söylediklerime dikkat et! Kıza yazık ederseniz ben dayanamam. Anası olacaksın, onu da, beni de dünyaya rüsva etme... Ne istersen yapayım, bu eve her gün sırtımla taş taşıyayım, fakat gönlüm rahat olsun. Gittiğim yerde burasını düşünmeyeyim..."

Boğulur gibi oldu. Tekrar Edremit'ten ayrılıp köylere gideceğini ve oralarda gecelerin bundan sonra ne kadar korkunç geçeceğini tasavvur ediyormuş gibi içi ezildi.

Yavaşça doğruldu. Sabahleyin geldiği zaman oraya, duvarın kenarına bırakmış olduğu defterleri alarak hükümete gitti.

13

Yusuf bir hafta kadar şehirde kaldı ve lüzumundan fazla şeyler öğrendi. Gerçi hiç kimse ona açıktan açığa bir şey söylemiyordu, fakat Hasip ve Nuri Efendilerin kendisine karşı takınmaya başladıkları tavır, avukat Hulusi Bey'in birçok şeyler söylemek isteyip bir türlü söyleyemeyen hali, Yusuf'un birdenbire gözüne batmaya başlamıştı. Hele Hulusi Bey'in ağzından kaçırdığı imalı bir laftan, evdekilerin Hilmi Beylerle tekrar münasebete geçtiklerini ve onlara gidip geldiklerini anlayınca büsbütün şaşırdı.

Nasıl olup da bu kadar sakin kaldığına kendisi de hayret ediyordu. Bugün öğrendiği şeylerin onda birinin onu çıldırtmaya kâfi gelmesi lazımdı. Halbuki Yusuf kendine, biraz güçlükle de olsa hâkim oluyor ve kafasını çatlatırcasına çareler düşünüyordu.

Belki ona bu kadar sükûnet veren, henüz her şeyin kaybolmadığına, henüz birçok şeylerin kurtarılabileceğine olan inanışı idi.

Muazzez'e hiçbir şey söylemiyor, sadece onun dalgın, perişan halini kalbi parçalanarak seyrediyordu. Muazzez Yusuf'un vaziyetinden herhangi bir mana çıkarabilecek halde bile değildi, yoksa kocasının bakışları ve mustarip hali genç kadının muhakkak gözüne çarpar ve onu telaşa düşürürdü. Muazzez'in etrafıyla bu kadar az alakadar olmaya başlaması ve rüyada yaşar gibi süzgün duruşları Yusuf'un elini kolunu bağlıyor ve herhangi bir şey konuşmak, şüphelerini ve dertlerini karısına açmak cesaretini ondan alıyordu.

Genç adam iki birbirine zıt düşüncenin altında kıvranıyordu. Duyduğu şeyler, tahminler ve Muazzez'in hali bu evde bir şeyler olduğunu ona anlatıyor, fakat gene Muazzez'e bir kere bakmak, bu kızcağızın dünyanın en masum insanı olduğundan şüphe etmeyi bile imkânsız kılıyordu.

Başka türlü olsa kendini bu kadar kaybetmez, dalgın gözleri, zaman zaman kocasına iliştikçe böyle çırpınmaz ve Yusuf'a sarılan kolları bu kadar hummalı titremezdi.

Ona bu vaziyette daha başka şeyler söyleyerek, daha başka şeyler sorarak zavallı kızı büsbütün işkenceye sokmak Yusuf'un elinden gelmeyecekti.

Fakat bir şey yapmak icap ettiği muhakkaktı. Bu böyle devam edemezdi. Muazzez'in kolları Yusuf'un kaburgalarını kıracak gibi sıkar ve kumral başı kocasının göğsüne, bir tehlikeden kaçar gibi, sığınmaya çalışırken, Yusuf'un gözleri ileriye dikiliyor ve görünmeyen bir düşmanı arar gibi parlıyordu.

Kendisini hiç düşünmeyecekti, fakat bu kıza ne kadar azap çektiriyorlardı? Onu bu hale getirmeye acımıyorlar mıydı acaba? Ne yapıyorlardı bu kıza?

Yusuf bu evde olanları bütün teferruatıyla öğrenmek için yanıyordu. Fakat kime sorabilirdi? Şahinde'ye mi? Dinleyeceği şeyler belli idi. Ne kadar gayret etse bunlara inanamayacaktı. Muazzez'e mi? Herkesin yaptığı yetmiyormuş gibi bu kızı şimdi de kendisi mi üzmeliydi? Muazzez'in hâlâ temiz olduğu ve kendisini sevdiği hakkındaki kanaati kâfi değil miydi?

* * *

Fakat bu ne zamana kadar devam edebilirdi? Muazzez'e bugün hâkim olan dalgınlık ve dünyaya yabancılık onun yavaş yavaş Yusuf'tan da uzaklaşmasının bir başlangıcı olamaz mıydı?

Bunu düşünmek ona fevkalade acı geliyordu. Eğer hâlâ ses çıkarmadan bekliyor ve içinde kaynayıp köpüren çılgınlıklara hâkim olmaya çalışıyorsa, bunu, Muazzez'in kendisine bağlılığından emin olduğu için yapıyordu. Herhangi manasız veya yersiz bir hareketin onu kendisinden büsbütün alıp götüreceğinden korkuyordu. Karısını tekrar eski haline getireceğinden hâlâ ümidini kesmemişti.

Fakat nasıl? Dairede Malmüdürü'ne hesap verirken, sokakta, evde hep bunu düşünüyor ve düşündükçe aczini daha çok anlıyordu. Ne yapabilirdi? Buradan kalkıp başka bir yere gitmek bile imkânsızdı. Hangi para ile? Nereye?

Evdekilere hâkim olmak, Şahinde'yi tehdit etmek faydasızdı. O gene bildiğini okuyacak ve Yusuf'un uzun süren yokluğu ona hareketlerinde daima serbestlik verecekti.

Muazzez'e bir şey söyleyebilir miydi? Bütün bu korkunç işlerin olmasında karısının iradesinin bir alakası var mıydı ki, olmamasında da bu iradeye müracaat etsin.

O anasının ve başkalarının bir oyuncağı idi. O bir çocuktu. Onu kurtarmak için kendisine haber vermekten ne çıkacaktı? İçine düştüğü çukurun derinliğini haber vermek belki onu daha çok korkutacak ve meyus edecek; fakat bir işe yaramayacaktı.

Diğerlerine, Kaymakam'a, Hilmi Beylere, Şakir'e karşı vaziyet almak büsbütün imkânsızdı. Derhal işinden atılır ve bu sefer tamamıyla onların elinde kalırdı. Bu hallere, aldığı paranın azlığı ve fakirlik sebep olmuştu, daha büyük bir sefalet neler doğurmazdı?

Evet, gidip o asker kaçağını, o Şakir olacak herifi, hatta Kaymakamı ve daha birçoklarını haklamak vardı; fakat böyle yaptıktan sonra kendisi ya hapse atılarak veya ölerek ortadan kalkarsa, Muazzez için daha iyi mi olurdu?

Böyle yapmakla neyi kurtarırdı? O zaman karısı adamakıllı ortaya düşer ve herhalde Yusuf'a dua etmezdi.

Fakat bir şey yapmak, muhakkak bir şey yapmak lazımdı.

Deli olacağını sanıyordu. Yağmurun altında şehrin kıyılarında dolaşıyor ve düşünüyordu.

Kafasından hatıralar birbirini kovalayarak geçmekte idi.

Bütün hayatında kendine göre bir iş bile yaptığını hatırlamıyor, bu ömrü başka birinin yaşadığını sanıyordu. Çocukluğu, delikanlılığı, etrafıyla olan münasebetleri hep yabancı bir dünya ile yapılan temaslara benziyordu. Şimdi o, kendisine bu kadar uzak bulduğu bu dünyada, ne kadar müthiş azaplar çekiyordu! Bunlara ne lüzum vardı? Neden böyle korkunç çemberler onu sımsıkı bağlıyor, neden ona yavaş yavaş, sindire sindire en öldürücü işkenceler yapılıyordu? Ne için, kim için?

Bu manasız ve yabancı hayatta bir tek şeye hakikaten sarılmış, hakikaten inanır gibi olmuştu. Bu da karısı idi. Muazzez'in varlığı Yusuf için büyük, boşlukları dolduracak mahiyette bir şey değildi, fakat onun yokluğu müthişti. Onun bu kadar sebepsiz yere, bu kadar insafsızca Yusuf'un hayatından koparılması çıldırtacak kadar acı idi. Hayatında asıl aradığı şeyin Muazzez olmadığını biliyordu, fakat Muazzez olmadan bunu aramaya muktedir olamayacağını sanıyordu.

Etrafı çevrilmiş bir geyik gibi kin ve yeis ile çırpınan ve bir çıkar yol arayan kafası mütemadiyen ağrıyordu. Bir aralık aklına Muazzez'i kaçırdığı gün, öğleyin eve gelirken çocukların kovaladıkları arı geldi. Bu anda kendini ona o kadar benzetti ki, gözleri yaşardı.

Tıpkı o arı gibi hem kuvvetli, hem zayıftı. Tıpkı onun gibi etrafını insafsız kimseler sarmıştı. Zehirini akıtmasına imkân vermeden onu kıskıvrak yakalıyorlar ve müdafaa vasıtalarını elinden alıyorlardı.

Önüne bir lokma ekmek tutuluyor ve bunun geri alınması tehdidiyle en olmayacak şeyler yapılıyordu. İstihfaf ettiği, kendisinden zayıf bulduğu mahlukların mahkûmu olmak çok harap edici bir şeydi.

14

Malmüdürü, Yusuf'un hesaplarını tetkik ettikten sonra onun birkaç gün şehirde kalmasına müsaade etmişti. Kış kıyamette at üstünde dolaşmak kolay değildi ve arada bir sıcak evde istirahat lazımdı.

Fakat Yusuf'un Edremit'e gelişinin haftasında Kaymakam, Malmüdürü'ne, bu tahsildarın ne diye böyle boş gezdiğini sordu. Kırk senelik memur olan müdür derhal önünü ilikleyerek:

"Biraz yorulmuştu da, beyefendi, iki üç gün kalmak için rica etti, bendeniz de ses çıkarmadım! Mamafih, bugün yola çıkmasını tebliğ edeceğim!"

Kaymakam dudaklarını büktü:

"Ehemmiyeti yok canım, sordum yalnız!" dedi.

Fakat Yusuf derhal o gün köylere gitmek emrini aldı. Malmüdürü onu yanına çağırıp:

"Evladım, bir haftadır buradasın!" dedi. "Galiba Kaymakam Bey seni görmüş, ne diye uzun zaman kalıyor? diye sordu. Sen bugün yollan. İnşallah şu zeytin mevsimi geçsin, ben sana bir ay izin alırım. Beş on gün sonra da gene gelir, birkaç gün kalırsın."

Yusuf, başüstüne! deyip çıktı. Defterleri, koçanları yüklenip eve geldi. Bunları heybesine yerleştirdikten sonra atını hazırladı. Bu esnada Muazzez, sessiz bakışlarla kocasının hareketlerini takip ediyordu. Yusuf hayvanı bahçe kapısından dışarı çıkarıp oradaki halkaya bağladıktan sonra, tekrar içeri girdi. Çizmelerini giydi. Gocuğunu sırtına aldı ve bahçeye çıktı. Sonra karısına dönerek:

"Annen evde yok mu?" dedi.

"Yok, Yusuf!"

Biraz sonra ilave etti:

"Galiba komşuya gitti. Bilmem. Giderken bana söylemedi!"

Yusuf bir müddet durdu. Sonra karısına gözlerini dikerek:

"Bana allahaısmarladık, Muazzez!" dedi.

Muazzez önüne bakarak mırıldandı:

"Ne zaman gelirsin, Yusuf?"

"Belli olmaz, belki haftaya gelirim!"

Bir türlü gidemiyordu. Dudaklarını ısırarak kâh önüne, kâh Muazzez'e bakıyor, sağ ayağının burnuyla bahçenin toprağını eşiyordu.

Sükûtu ilk bozan Muazzez oldu:

"Hep böyle gidip duracak mısın, Yusuf?"

Kocası "Ne demek istedin?" der gibi ona baktı. Muazzez şaşırarak:

"Ne bileyim Yusuf! Sensiz canım sıkılıyor... Bazen on beş gün gelmediğin oluyor. Seni çok arıyorum, çok göreceğim geliyor!"

"Bu kadar mı, Muazzez?"

Yusuf, bu sözün nasıl ağzından çıktığına şaştı. Bununla ne kastettiğini pek vazıh bilmiyordu. Yalnız Muazzez'in çehresi birdenbire değişmişti. Evvela bir korku, sonra müthiş bir acı onun çocuk yüzünü kapladı. Nefes alır gibi hafif bir sesle:

"Bu kadar değil, Yusuf!" dedi ve hıçkırmaya başladı.

Yusuf onun kolunu tuttu:

"Ne var öyleyse Muazzez?" dedi. "Daha başka neler var?"

Genç kadın büsbütün boşanan gözyaşı tufanı ile cevap verdi. Yusuf'un gözleri kararıyordu. Karısını kucaklayıp okşamak ve teselli vererek onu susturmak, birçok şeyler bildiğini, fakat onu mahkûm etmediğini söyleyerek, aralarındaki buzdan duvarı çözmek istiyordu. Lakin bir el onu olduğu yerde dimdik tutuyor, parıltısız gözlerle karısına baktırıyordu. Yavaş bir sesle, sadece:

"Sus, Muazzez, çabuk dönerim!.." dedi.

Gitmek için bir hareket yaptıktan sonra tekrar başını karısına çevirdi, bir sır tevdi ediyormuş gibi ilave etti:

"Belki her şeyi düzeltiriz."

Bu söz üzerine Muazzez'in vücudundan bir ürperme geçti. Yaşların altında parlayan ve birdenbire büyüyen gözlerle:

"Yusuf... Ah, Yusuf... Her şey düzelir mi!"

"Bilmem... Belki... Sen kendini kaybetme de beni bekle..."

Bu sefer Muazzez onun koluna yapıştı:

"Buralardan gidelim Yusuf!" dedi.

"Gidelim!"

"Sen gelir gelmez gidelim, olmaz mı?"

"Öyle birdenbire nasıl olur? Hele ben döneyim de, beraber oturup düşünürüz!"

Genç kadın tekrar eski haline döndü. Gözleri dalarak:

"Bilmem... Çabuk gelirim dedin, değil mi? Hep seni bekleyeceğim..."

Yusuf, elini karısının omzuna koydu:

"Üzülme... Kendini topla... Çocukluk etme!.." dedi ve bahçe kapısından çıkıp, atına atladı.

* * *

Bunu takip eden günleri Yusuf, ömrünün sonuna kadar unutamadı ve her hatırlayışında içini kâh nihayetsiz bir kin ve hiddet, kâh günlerce süren bir teessür ve hüzün kapladı.

Evden ayrıldığı zaman hava açık ve soğuktu. Şehrin dışında büsbütün kendini belli eden bir poyraz, ovayı kıvrıla kıvrıla dolaşıyor, kavakları, ıslıklar çalarak birbirleriyle kucaklaşmaya mecbur ediyordu.

Beyaz at, kulaklarını bazen ileri, bazen geri uzatarak ilerliyor ve uzun kuyruğu rüzgârda sol tarafa doğru bir bayrak gibi uçuyordu.

Yusuf'un göğsü hızlı hızlı inip kalkıyordu. Bakışları yolun çakıl taşlarına çevrilmişti. Kafasının içinde onu sersem edecek kadar çok şey vardı. Bunlar, yerine göre, yüzünde bir kırmızılık, bir sarılık ve gözlerine türlü türlü parlayışlar veriyordu.

Yusuf'u en çok üzen, kendi kendine sorduğu şu sualdi:

"Niçin onu bıraktım?.."

Bu düşünce içini bir kurt gibi kemiriyor ve genç adam, dizginlere asılarak gerisin geriye dönmemek için, nefsiyle müthiş bir mücadelede bulunuyordu.

Göğsünden boğazına doğru yayılan bir ateş, gözlerinden yaş getirdi. Gocuğunun önünü açtı, göğsünü rüzgâra vererek biraz serinledi.

Yavaş yavaş bütün vücuduna bir hissizlik, bir donukluk yayılıyordu. Kafasındaki düşünceler şimdi tamamen sislenmişti. Kulakları çınlıyor, gözleri yanıyordu. Hayvanı sürdü ve biraz sonra Zeytinli köyüne geldi. Burası Edremit'le Akçay arasında, ova üzerinde bir köydü. Ahalisinin çoğu doksan üç muhacirleri idi. Yusuf tanıdıklarından birinin evine indi. Hayvandan atlayıp ayaklarını yere basınca bütün vücuduna iğneler batar gibi oldu. Ağır gocuğun altında gerinmek istedi, fakat halsizlikten bunu da yapamadı. İçeri girince hemen bir yatak serdirip uzandı.

Tam dört gün yerinden kalkamadı. İlk geceler kendini bilmeyecek kadar ateşi yükselmişti, boğazı yanıyor ve yutkunamıyordu. Ev sahibinin iki karısından biri ona biraz ıhlamur çiçeği kaynatıp içirdi, diğeri tuğla ısıtıp karnına koydu.

Yusuf mütemadiyen terliyor, titriyordu. Birdenbire görülmemiş derecede inkişaf eden muhayyilesinin, önüne sıraladığı çeşit çeşit manzaralar, hayaller onu yatakta mütemadiyen kımıldamaya ve yüzünü ıstırap ile buruşturmaya sevk ediyordu. Yanan gözkapakları, sanki beynindeki hayalleri boyuna değiştiren acayip levhalar idi; üzerlerinde bazen daha ziyade mora benzeyen renk kavisleri beliriyor, sonra, gayet vazıh şekilde, birtakım tanıdık şahıslar ve yerler gelip geçmeye başlıyordu. Bazen bunları seyrede ede yorulan ve uykuya benzer bir dalgınlığa düşen Yusuf, bir aralık şiddetle sarsılıyor ve yumruklarını sıkıyordu.

Hele geceleri büsbütün boğulur gibi oluyor ve yorganın altında hırsla dizlerini yumrukluyordu. Karşısındaki ocağın üstüne konan bir yağ kandili ile, ocakta çıtırdayarak ağır ağır yanan bir kütüğün alevleri, toprak zeminin ancak bir kısmını örten hasırı kırmızıya boyuyor ve mor yüzlü yorganın üstünde gölgeler uçuruyordu.

Yusuf o zamana kadar duymadığı bir pişmanlıkta ve: "Ne diye geldim? Ne diye yola çıktım? Ne diye onu yalnız bıraktım?" deyip üzülmekte idi. Derhal geri dönmek istiyor, kendisini buraya bağlayan hastalığa lanet ediyordu. Her saat geçtikçe bu hissi artıyor, sanki Muazzez bir tehlikede imiş de Yusuf onu kurtarmaya derhal koşmuyormuş gibi, yeisle dudaklarını ısırıyordu.

Birkaç kere olduğu yerde doğrulmak istedi, fakat muktedir olamadı. Görünmeyen ağır zincirler ondan kımıldamak imkânlarını alıyordu. Arkaüstü yatarken zannettiği gibi kuvvetli olmadığını, iradesinin ve isteklerinin vaziyetinde bir değişiklik yapamayacağını anlayınca, nefretle dudaklarını buruşturup tekrar sükûnetine döndü.

Uyumaktan ve daha ziyade uykudan evvelki o yarı uyanıklıktan korkuyordu. Hangi kuvvetten emir aldığını bilemediği muhayyilesi o zaman faaliyetini büsbütün arttırıyor ve bazı ihtimallerin levhalarını, Yusuf'u bitap bir hale getirinceye kadar, onun gözlerinin önünden çekmiyordu.

Yusuf tamamıyla karar vermişti. Biraz iyileşir iyileşmez derhal Edremit'e dönecek ve Muazzez'i alarak herhangi bir yere gidecekti. Şahinde'ye hiç haber vermeyecek, bu sefer nikâhlı karısını kaçıracaktı. Salâhattin Bey'in hatırı için Edremit'e dönmüş ve o zamandan beri buna kâfi derecede pişman olmuştu. Bu Allah'ın belası yere dönmese ve tesadüfe tabi olarak hayatını bir kere başlamış olduğu şekilde devam ettirse idi, bu felaketlerin hiçbiri onun başına çökmeyecekti. Buna emindi. Ne tahrirat kâtipliği, ne tahsildarlık yapmaya mecbur kalmayacak, kaymakamların önünde korkudan titremeyecek, karısını arkada bırakıp: "Şu anda kimlerle beraber acaba?" diye terler içinde sayıklamayacaktı.

Fakat bu hatayı, tamamen iş işten geçmeden düzeltmek lazımdı. Bir dakika bile beklemeden düzeltmek... Hemen gidip Muazzez'i evden almak, kimseye bir şey söylemeden, bilmediği bir tarafa gitmek istiyordu. Onu ilk kaçırdığı gün nereye gideceklerini, ne yapacaklarını, neyle geçineceklerini pek mi düşünmüştü? O halde bunlarla zihin yormaya şimdi de hiç hacet yoktu.

Fakat bu melun hastalık onu beklemeye, hem de en azaplı bir vaziyette beklemeye mecbur ediyordu. Kendi kendine:

"Ülen domuzun Yusuf'u, tam zamanında başı yastığa vurursun ha!" diye söyleniyor ve hiç durmadan iki tarafına dönüyordu.

Köye gidip yattığının ancak dördüncü günü boğazı biraz düzelir gibi oldu. Şimdi daha rahat yutkunabiliyordu. Fakat halsizliği, baş ağrıları henüz geçmemişti. Birkaç kere kalkıp odada aşağı yukarı dolaştı, başı dönerek tekrar yatağa uzanmaya mecbur oldu.

O gün biraz tarhana çorbasıyla bir kâse yoğurt yiyebildi. Böyle iyileşir gibi olduğunu hissettikçe hiç yerinde duramıyordu. Ev sahibi onu akşama kadar güçlükle zapt etti ve Yusuf Edremit'e ertesi gün gitmeye razı oldu. Fakat ortalık kararıp da yastığa dayanan başında hayallerin o korkunç oyunu tekrar belirmeye başlayınca, Yusuf yerinden fırladı, pantolonu ayağına, ceketi sırtına geçirip dışarı çıktı.

Bu hali gören ev sahibi artık itiraz etmedi; yalnız Yusuf'u odaya sokarak:

"Azıcık ısın, ben hayvanı eyerleyeyim!" dedi.

Biraz sonra, gocuğuna sıkıca sarılan Yusuf, atını dörtnala kaldırmış, Edremit'e dönüyordu. Hava birkaç gün evvelkine göre adamakıllı soğumuştu. Hatta buralarda pek nadir görülen hafif bir kar serpiştiriyordu. Yolun iki tarafındaki zeytinlikler taş kesilmiş gibi hareketsizdi. Hayvan ince ayaklarıyla çakıllarda kıvılcımlar saçıyor ve hızlı hızlı soluyordu. Yusuf'un nefesi de, yorgunluk verecek kadar hızlanmıştı. Vücudunu soğuk bir terin kapladığını ve boğazının acımaya başladığını hissediyordu. Tekrar hastalanmaktan adamakıllı korktu. Eve gidip yatağa uzanacak olduktan sonra bu dönüşün manası kalmayacaktı. Fakat ölüm halinde bile olsa aklına koyduğu şeyi yapmaya niyet etti. Muazzez'i alıp gidecek, ondan sonra hastalansa da düşünmeyecekti. Bir dağ başında, uzak bir köyde, başlarını koyacak bir yer bulurlardı elbette.

Kendini de hayrete düşürecek kadar kısa bir zamanda kasabaya vardı. Bozuk kaldırımlı dar sokaklardan aynı hızla geçti. Kahvelerde oturanlar bu vakitte bu hızla geçen atlıyı görebilmek için başlarını buğulu camlara yapıştırıyorlardı.

Karanlık sokaklarda rastladığı birkaç kadın korku ile "Ay!" diye bağırıştılar ve çocuklarını kollarından tutup kenara çektiler. Yusuf Bayramyeri'ni geçtikten sonra hayvanı yavaşlattı, eve yaklaştığı zaman alt katta, sokak üstündeki odada ışık yandığını gördü. Hayvandan indi, dizginleri eline alarak arka tarafa dolaştı. Anahtarı yanında olan bahçe kapısından içeri girdi.

Kendisini kimse karşılamıyordu. Bahçeden taşlığa açılan kapı kapalı olduğu için buna hayret etmedi. Herhalde duymamışlardı.

Kolanı gevşetmek için elini atın karnına götürürken durdu: "Neden çözüyorum?" dedi. Karısını alıp hemen gitmeyecek miydi?

Bunu hakikaten yapıp yapamayacağını bir an kendi kendine sordu. Şahinde'nin halini düşündü. Muazzez'in ne cevap vereceğini, bu teklifi nasıl karşılayacağını merak ediyordu. Onu çırçıplak alıp götüremezdi. Fakat genç kadın sırtına bir şey giyinceye kadar Şahinde'nin mahalleyi ayağa kaldırması da mümkündü.

"Ne olursa olsun!" dedi. Hayatını berbat eden şeyin bu duraklamalar, bu boyun eğmeler olduğunu zannederek, artık aklına estiği gibi hareket etmeye karar verdi. Çizmelerini ve gocuğunu çıkarmadan eve doğru yürüdü. Penceresi bahçeye bakan mutfak kapkaranlıktı. Yusuf birkaç saniye bekledikten sonra taşlık kapısını açtı.

15

Bundan sonra anlatacağımız şeyler, iki dakikadan daha az bir zaman içinde oldu.

Yusuf bahçeden taşlığa geçilen kapıyı açar açmaz, yüzüne ılık bir hava ile beraber hafiften gelen bir ud sesi çarptı. Bunun ne olduğunu hiç düşünmeden, sokak üstündeki odaya doğru yürüdü. Kapı parmak kadar aralıktı ve buradan dışarıya turuncu bir ışık çizgisi uzanıyordu.

Bir saniye kadar duraladıktan sonra eliyle kapıyı itti. Gördüğü manzara onu hiç şaşırtmadı. Kendini dört günden beri, farkında olmadan bu sahneye hazırlamış olduğunu anladı. Ortada, son günlerde evde peyda olan masa vardı ve onun etrafında Hilmi Bey, Kaymakam İzzet Bey, Şahinde oturuyorlardı. Masadan biraz açık duran bir iskemleye Yusuf'un şahsen tanıdığı fakat kim olduğunu bilmediği kır saçlı bir adam oturmuş ud çalıyordu. Sokak üstündeki sedirin bir kenarında Şakir ile Hacı Etem kulak kulağa bir şeyler konuşuyorlardı. Diğer kenarda, kendini bilmeyecek kadar sarhoş olan Muazzez, yastıklara dayanmış duruyor ve öpmek için üzerine eğilen candarma bölük kumandanı Kadri Bey'e karşı kendini müdafaaya çabalıyordu. Kalpağı arkaya kaçmış ve saçları yüzüne dökülmüş olan Kadri Bey ter içinde idi. Resmi ceketinin açık duran yakasından kıllı göğsü görünüyordu.

Yusuf kapıyı itip eşikte belirince bütün odadakiler evvela hareketsizce birbirlerine baktılar. Kaymakam boynunu sağa sola ve öne doğru kımıldatarak ayılmaya çalıştı. Hacı Etem ile Şakir birbirlerine göz kırptılar. Şahinde titreyerek iskemleye sarıldı ve faltaşı gibi açılan gözlerini Yusuf'a dikti. Ud çalan adam çalgısını yanı başına bırakarak kapıyı gözlemeye başladı.

Muazzez'i bırakan candarma zabiti bir eliyle kalpağını düzeltiyor, öbür eliyle de yakasının çengelini takıyordu.

Muazzez oturduğu yerde doğrulmuştu. Evvela ne olduğunu anlamayarak gözlerini odada gezdirdi. Kadri Bey'in taarruzdan vazgeçmesi ve odayı birdenbire bir sükûtun kaplayışı ona fevkalade geliyordu.

Gözü, kapıda duran Yusuf'a ilişince, bütün vücudu sarsıldı. Bir hayali kovmak ister gibi elini yüzünde dolaştırdı. Kocasıyla arasındaki mesafeyi sislendiren bulutlar yavaş yavaş kayboldular ve Yusuf karşısında her zamankinden daha büyük ve daha vazıh olarak durdu.

Sarhoşluğu da geçmeye başlamıştı. Etrafındaki her şeyi gayet iyi görüyordu. İçinde hiç korku yoktu. Bilakis hayatında o zamana kadar hiç hissetmediği bir rahatlık ve genişlik duyuyor, uzun ve yorucu bir yolculuktan sonra dinlenmek imkânı bulan bir insan gibi, uyanık bir gevşekliğe düşüyordu. Yüzüne tatlı ve keskin bir tebessüm gelmişti.

Yusuf gözlerini odada şöyle bir gezdirdikten sonra içeri doğru bir adım attı. Kaymakam korku ile iskemlesini çekti, fakat Yusuf birdenbire kolunu havaya kaldırdı, elinde tuttuğu meşin kamçıyı İzzet Bey'in suratına yapıştırdı, ondan sonra bu kamçı müthiş bir çabuklukla inip kalkmaya ve masanın etrafındakilere rastgele vurmaya başladı. Fakat bu sırada, Yusuf kolunu tekrar havaya kaldırdığı zaman, kamçı, kenarda ve konsolun üzerinde duran lambaya çarptı ve onun şişesini düşürdü. Bunun rüzgârında birkaç kere yükselip alçalan isli bir alev hemen kayboldu ve oda tam bir karanlığa gömüldü.

Yusuf lambanın sönmeden evvel verdiği dalgalı ve kırmızı aydınlıkta, karşı sedirde oturan Şakir'in cebinden tabancasını çıkardığını görmüş ve kendisi de kamçıyı bir kenara fırlatarak gocuğunun cebinden Nagant'ını çekmişti. Daha kendini toparlamaya vakit bulamadan karşısında bir alevin parladığını gördü ve sağ kulağının dibinden vınlayarak geçen kurşun arkasındaki duvara saplandı.

O zaman Yusuf da ateş etmeye başladı. Evvela karşısına doğru iki el sıktı ve sedirden aşağı bir şeyin yuvarlandığını duydu. Fakat bu ona emniyet vermedi. Bu karanlık odanın her köşesinde bir ölüm saklı olduğunu ve buradan çıkmak için her şeyin yok edilmesi icap ettiğini sanıyordu. Zaten artık kafası herhangi bir şey düşünecek halde değildi. Uzun senelerden beri nefsine karşı yaptığı tahakkümlerin acısı çıkıyor, içinde boşandığını hissettiği bir çarkı artık durduramayacağını anlıyordu. Bu anda bütün hayatıyla, bütün muhitiyle, bütün dünya ile hesap kesiyor ve bu hesaplaşma, şimdiye kadar her şeye baş eğdiği nispette korkunç oluyordu.

En ufak bir kımıldama olduğunu zannettiği köşeye ateş ediyordu. Silahında kurşun kalmadığını anlayınca bir an durdu. Karanlık odada en küçük bir hareket bile yoktu. Ya herkes ölmüş, yahut korkudan bir köşeye büzülmüştü. Pantolon cebinden aldığı fişekleri el yordamıyla tabancasına yerleştirdi. Odanın rastgele iki köşesine birer kurşun daha sıktı. Sonra tabancayı cebine yerleştirerek başını sol tarafa çevirdi, hafif bir sesle:

"Muazzez!" dedi.

Yusuf'a asırlar kadar uzun gelen bir saniyeden sonra, yanı başından ve yerden doğru, bir fısıltı duyuldu:

"Yusuf!"

O tarafa eğildi ve elleriyle bir kumaş yığınına dokundu. Tekrar sordu:

" Muazzez!"

Aynı mırıltı cevap verdi:

"Yusuf!"

"Gel, gidelim!"

"Götür beni Yusuf!.."

Karısını kucaklayıp kaldırdı. Kollarının üstünde dışarı götürdü. Bahçe kapısından taşlığa gecenin kurşuni aydınlığı vuruyordu. Bahçeye çıktı. Beyaz at sahibini görünce başını merakla o tarafa çevirmişti. Yusuf sağ koluyla Muazzez'i belinden yakaladı ve henüz teri kurumayan atın üstüne oturttu. Kendisi de atlayarak karısını kucağına aldı, üşümesin diye sımsıkı sardı, açık duran bahçe kapısından başını eğerek geçti ve hayvanı, iki dakika evvel geldiği gibi dörtnala kaldırdı.

* * *

Bu sefer atını Balıkesir tarafına sürüyordu. Soğuktulumba'yı geçtikten sonra zeytinliklerin arasındaki şosede büsbütün hızlandı. Biraz evvelki dondurucu rüzgâr hep devam ediyordu. Kendisini yine şaşırtacak kadar kısa bir zamanda Havran'a geldi ve şehre girmeden, mezarlığın kenarından dolaşarak, çayın öbür yakasına geçti. Hiçbir şey düşünmüyor, sadece kaçmak, hayatının en korkunç devirlerini geçirdiği bu yerlerden mümkün olduğu kadar çabuk uzaklaşmak istiyordu. Nereye olursa olsun! Dağbaşlarına, kimsesiz ormanlara veya kalabalık şehirlere!.. Yalnız adamakıllı uzak ve kimsenin onu bulamayacağı bir yere!..

Palamutluk taraflarına yaklaşınca rüzgâr azaldı, fakat akşamdan beri serpiştiren kar arttı. Gocuğunun siyah tüylerinde minimini noktalar yapışıp kalıyordu. Muazzez'i göğsüne doğru çekti ve gocuğuna daha sıkı sardı. Sonra başını onun saçlarına yaklaştırarak sordu:

"Muazzez, üşüyor musun?"

Genç kadın cevap vermedi, Yusuf sualini tekrar edince göğsündeki vücut biraz titredi, hırıltıya benzeyen birtakım sesler çıkardı. Yusuf korkuyla onu sarstı:

"Nen var Muazzez?"

İnce, zayıf bir ses cevap verdi:

"Yusuf!.."

"Söyle, Muazzez!.."

"Ben yaralıyım galiba, Yusuf!.."

Genç adam dizginleri elinden attı. Hayvan büsbütün hızlandı. Yusuf'un gözlerine ve ağzına karlar doluyordu:

"Ne diyorsun Muazzez!" diye haykırdı. "Nerenden yaralısın?.. Kim vurdu seni?"

Genç kadın cevap vermedi, kocasına sarılan kolları onu sıkmaya çalıştı. Yusuf tekrar sordu:

"Yaran nerede? Bir yerde durup bağlayalım!"

"Bilmem Yusuf... Nasıl istersen... Yaramın nerede olduğunu bilmiyorum. Yalnız bir yerlerim acıyor. Çok acıyor... Sonra canım çekilir gibi oluyor... Ama durmayalım... Çabuk gidelim!"

Yusuf şaşkın gibi:

"Nereye gidelim?" dedi. Muazzez ancak duyulabilir bir sesle:

"Nereye istersen götür Yusuf... Gidelim!" diye fısıldadı.

Yusuf onu kollarıyla büsbütün sardı. Başıboş kalan at deli gibi koşuyordu. Gitgide artan kar, Yusuf'un kalpağına, saçlarına hatta kirpiklerine yapışıyor ve tatlı bir soğukluk veriyordu.

Gece aydınlıktı. Yavaş yavaş zeytin ağaçları azalmış ve yolun kenarında tek tük çınarlar belirmeye başlamıştı. At birdenbire sola saptı. Yusuf köpürerek akan bir derenin üstünden geçen bir tahta köprüye geldiklerini gördü. Hayvan köprünün gevşek kalaslarını yerinden fırlatarak karşı tarafa geçti ve orada birdenbire yavaşladı... Çabuk çabuk soluyor ve başını silkiyordu.

Zeytinli köyünden hareket ettiklerinden beri hep koşmuş olan at, kan ter içindeydi. Köprüyü geçtikten sonra önlerine çıkan yokuşta da birkaç dakika yürüdükten sonra durdu.

Yusuf hayvanın daha ileri gidemeyeceğini anlamıştı. Elleriyle Muazzez'i tutarak yere atladı. Sonra karısını da aşağı çekti. Muazzez'in vücudu bir çocuk kadar hafif ve ince idi. Onu tekrar gocuğuna sardı. Kenardaki ağaçların altına doğru yürüdü. Beyaz at dizginlerini yerde sürüyerek arkalarından geliyordu. Yusuf ağzını Muazzez'in yüzüne yaklaştırdı. Yarasının nerede olduğunu sormak ve hemen bir yerinden bir bez yırtarak onu sarmak istiyordu.

Karısının muntazam nefesi yüzüne çarpınca durdu. Her tarafı örten karların verdiği bir ışıkta, kucağındaki kadının yüzüne baktı. İçi bir saadet hissiyle ürperdi. Kısa ve belirsiz nefesler alarak uyuyan bu çehre, yine eski Muazzez'in çehresiydi.

Bir müddet evvel yatakta uzandığını gördüğü harap ve yorgun insanla bunun hiçbir alakası yoktu. Karların yıkadığı yanaklar mat bir beyazlıkla parlıyor, nemli saçlar etrafa bir bahar kokusu neşrediyordu. Cildi şeffaf denecek bir hal almıştı. Bunun altından sanki bir çocuk ruhunun aydınlığı dışarı vuruyordu.

Yusuf yavaşça gocuğundan sıyrıldı, karısının her tarafını sardı ve onu bir ağacın altına yatırdı. Kendisi de sırtını aynı ağaca verip oturdu. Gözlerini geldikleri yola dikerek zihnini toplamaya çalıştı.

Bulundukları yer iki dağın arasında, oldukça yüksek bir geçitti. Karşıya bakılınca sarp kayalardan ibaret bir dağ görünüyor ve arkalarında, geldikleri yolun hizasında, Edremit ovası uzanıyordu.

Fakat Yusuf'un bu tarafta bir şey gördüğü yoktu. Kar ve sis her şeyi beyaz bir vuzuhsuzluğa gömmüştü. Yusuf gözlerini bu tarafa çevirince, üzerine bulutlar çökmüş bir deniz görür gibi oldu.

Bu sırada muhayyilesi onu başka bir geceye, şimdi kendisine asırlarca uzak gelen bir zamana götürdü. Ilık bir yaz gecesinde, çıngıraklarının sesi ağustosböceği feryatlarına karışan bir yaylı ile yaptıkları yolculuğu hatırladı. Yarabbi, o gece ile bu gece arasında ne müthiş fark vardı. O zaman geniş ve açık olan tabiat bile şimdi böyle iki kaya arasına sıkışmış ve o zaman uçsuz bucaksız, büyük görünen gökyüzü, şimdi beyaz ve yumuşak bir örtü halinde üzerlerine çökmüştü.

Aradan geçen zaman Yusuf'un ruhunda da birçok değişiklikler yapmışa benziyordu. Muazzez'in orada, yanı başında ve tamamen kendisine terk edilmiş olarak yatması ona istediği kadar saadet vermiyor, hatta içini korkuya benzer bir nevi ürpermelerle dolduruyordu. Hatıraları Muazzez'e doğru kayınca aklına başka bir gece, hiç de tatlı olmayan bir gece geldi. Muazzez o akşam, bilinmez bir hissin tesiri altında, kocasının boynuna sarılarak: "Yusuf, ben senden korkuyorum!" demişti.

Karısının o sözleri söylerken farkında olmadan bu akşamı kastetmiş olduğu düşüncesi birdenbire zihninde belirdi; yerinden fırlayarak:

"Neden? Neden?" diye bağırdı. "Neden benden korkuyorsun? Ne yaptım ben sana?"

Gidip onu kaldıracak ve soracaktı. Fakat önünde uzanan ve siyah tiftik gocuğun içinde hiç kımıldamayan bu vücuda dokunmaktan korktu. Bir daha yerine de oturmadı. Sabaha kadar hep orada, karısının etrafında dolaştı.

Ortalık aydınlanmaya başlayınca derin bir nefes aldı. Yollarına devam etmek ve hiç olmazsa oralardaki bir köye kadar gitmek istiyordu. Bayır tarafındaki çalılıklara doğru yürüyerek atını aradı. Hayvan bir kayanın dibine sığınmıştı.

Yusuf kendi kendine:

"Eyvah, çulunu örtmemişim, hastalanmasın sakın!" dedi. Dizginleri eline alarak karısının yattığı yere geldi.

Muazzez hâlâ uyanmamıştı. Yusuf yavaşça ona sokuldu, eliyle dokunarak:

"Hadi Muazzez, yola çıkalım!" dedi.

Önündeki vücudun kımıldamadığını görünce gocuğun kenarını kaldırdı ve hiçbir şey söylemeden, büyümüş gözlerle uzun müddet oraya baktı...

Genç kadının yüzü bembeyazdı. Hafifçe aralık duran ağzı ile, uyuyor ve gülümsüyor gibiydi. Yalnız, gözlerinin bir kısmını meydanda bırakan gözkapakları, bu sakin uyku manzarasına korkunç bir mahiyet veriyordu.

Yusuf eğilerek karısını omuzlarından yakaladı. Kucağında arkaya doğru kayan ve kumral saçları yerlere kadar uzanan bu başa yüzünü yaklaştırarak koklamaya, onun donmuş yanaklarını titrek parmaklarla okşamaya başladı. Kendi yüzü de sapsarı idi.

Dudaklarını kanatırcasına ısırdı ve Muazzez'i yavaşça yere bıraktı. Hayvanın terkisinde duran heybeye elini soktu. Burada hâlâ birtakım defterler ve makbuz koçanları duruyordu. Hepsini çıkarıp yere fırlattı. Heybenin ta dibinden büyükçe bir bıçak aldı ve onunla toprağı kazmaya başladı.

Güneş oldukça yükseldiği için karlar eriyor ve toprağı yumuşatıyordu. Öğleye doğru oldukça derin bir çukur hazırladı. Karısını sarılı olduğu gocukla beraber kollarına alarak oraya getirdi. Hafif bir rüzgâr Muazzez'in saçlarını uçuruyordu. Bu sırada onun sırtında pembe saten entarisi olduğunu fark etti. Arkasına bir bıçak yemiş gibi sallandı. Bir eliyle yanı başındaki ağaca tutunmasa düşecekti. İlk kaçırdığı akşam da Muazzez'in sırtında bu entari vardı.

Kazdığı çukurun başına çömelerek kucağındaki ölüyü koklamaya başladı. Yüzü korkunç bir hal alıyor, kuru gözleri patlayacak kadar dışarı fırlıyor ve çamur içindeki elleri asabi hareketlerle Muazzez'in soğuk vücuduna sarılıyordu.

Bu sırada gocuk kaydı ve genç kadının vücudu meydana çıktı. Sol omzunda, boğazına yakın bir yerde kan pıhtıları birikmiş ve elbisesini, ta aşağılara kadar boyamıştı.

Yusuf gözlerini bu yaraya dikti ve belki yarım saat, hiç kımıldamadan baktı. Orada, o kanlı çukurda, şimdiye kadar geçen bütün hayatını görüyor gibiydi.

Bir müddet sonra derin bir nefes aldı; karısını tekrar gocuğa sararak, incitmekten korkuyormuş gibi ihtimamla, çukura yerleştirdi ve yumuşak toprakları avuçlarıyla çabuk çabuk onun üzerine attı.

Bütün bunları gayet sükûnetle, adeta bir diriye hizmet edermiş kadar itina ile yapıyordu. Yalnız önünde sarı ve rutubetli topraktan küçük bir tümsek belirince gözlerini ona dikti, gırtlağı yırtılır gibi bir kere:

"Ah!!" diye bağırdıktan sonra, yumruklarını karısının üstünü örten topraklara soktu.

Sonra ağır ağır doğruldu. Mezarın yanında ayakta durdu ve gözlerini ovaya çevirdi. Güneşin altında pırıl pırıl yanan zeytin ağaçlarının sonunda beyaz minareleriyle Edremit görünüyordu.

Yusuf bir oraya, bir de önündeki toprak yığınına baktı. Dişlerini ve yumruklarını sıktı, dudaklarını ısırdı; buna rağmen gözlerinden yanaklarına doğru iri damlalar yuvarlanmaya başladı. Bu yaşlar bütün manzarayı örtüvermişlerdi. Kollarının yeni ile gözlerini sildi. Hayvanına atladı. Bir kere daha dönüp geriye baktıktan ve ömrünün en korkunç senelerinin geçtiği bu kasabaya yumruğunu uzatıp tehdit eder gibi salladıktan sonra, atını ileriye, dağlara doğru sürdü.

İçindeki bütün yıkıntılara, bütün kederlere rağmen başını yere eğmek istemiyordu. Matemini ortaya vurmadan tek başına yüklenecek ve yeni bir hayata doğru yürüyecekti.

Bir Yetimin Romanı

Ahmet Oktay

Her yazınsal metin, kendini kuşatan daha önceki metinlerin ortamına doğuyor. O metinlerle sürdürdüğü *diyalojik* ilişkilerle biçimleniyor, *güdüm kurgusu* da (text strategy) içerik, biçim ve biçem düzeylerinde sürüp giden bu gerilimli ilişkiler çerçevesinde netlik kazanıyor. *Öteki metin,* neredeyse ontolojik bir zorunluluk. Yazar, sürekli biçimde öteki metinlerle hesaplaşıyor, yaklaşıyor ve kaçıyor onlardan. Yazınsal kanon son kertede kabul, red ve uzlaşma pratiklerinin sonucunda süreklilik ve belirginlik kazanıyor.

Kuyucaklı Yusuf'un yayım yılı 1937. O tarihe kadar *öykücü* olarak bilinen Sabahattin Ali'nin bu ilk romanı, hangi romanlarla kuşatılmıştı, hangi yazınsal pratikler ve geleneklerle çevrilmişti acaba? Bazı adları anımsayalım: *Vurun Kahpeye* (H. Edip Adıvar-1926), *Çulluk* (M. Yesari-1927), *Acımak* ve *Yeşil Gece* (R. Nuri Güntekin-1928), *Kolkotlar Mektebi* ve *Ben Deli miyim?* (H. Rahmi Gürpınar-1928), *9. Hariciye Koğuşu* (P. Sefa-1930), *Yaprak Dökümü* (R.N. Güntekin-1930), *Fatih-Harbiye* (P. Safa-1931), *Çıkrıklar Durunca* (S. Ertem-1931), *Kızılcık Dalları* (R. N. Güntekin-1932), *Yaban* (Y. Kadri Karaosmanoğlu-1932), *Kanun Namına* (Reşat Enis-1932), *Bir Tereddüdün Romanı* (P. Safa-1933), *Tipi Dindi* (M. Yesari-1933), *Utanmaz Adam* (H. R. Gürpınar-1934), *Ankara* (Y.K. Karaosmanoğlu-1934), *Ayaşlı ve Kiracıları* (M.Ş. Esendal-1934), *Sinekli Bakkal* (H. E. Adıvar-1936).

Türk edebiyatının en önemli, köşe taşı sayılan romanları vardır bu kısa toplamın içinde. Savaş alanından hastane koğuşuna, dokuma tezgâhından koltuk meyhanesine, konak ve apartman yaşamından bireysel ve kültürel bunalıma, geniş bir toplumsal ve düşünsel coğrafyaya açılmış bir roman vardır ortada. Bu romanlarda İstanbul, söylemek gerekir ki, uzamsal bir ağırlığa sahiptir. Kuşkusuz, taşraya ve taşra sorunlarına da açılmıştır romancılarımız ama, çelişkilerin, daha da ötesinde toplumsal anomalinin ve gündelik patolojilerin daha görünür biçimde hissedilebildiği *büyük kent*, yani İstanbul merkezî konumdadır. Önemle belirtilmesi gereken bir nokta da şu olmalıdır elbet: Romancılarımız gündelik yaşama, yerel sorunlara, bireyler arası çatışmalara karşı duyarlıdırlar ama Türkiye'nin geçirmekte olduğu toplumsal/kültürel *değişim/dönüşüm* dolayısıyla Doğu/Batı sorunsalından kaynaklanan ya da o sorunsal çerçevesinde oluşan sorunlara karşı daha da duyarlıdırlar.

Türk romanının izleksel (tematik) zenginlik gösterdiği böyle bir zamanda yayımlanır *Kuyucaklı Yusuf*. Daha romanın ilk cümlesinde farklı bir doğal ve toplumsal coğrafyayla karşılaşacağını anlar okur: "1903 senesi sonbaharında ve yağmurlu bir gecede, Aydın'ın Nazilli kazâsına yakın Kuyucak köyünü eşkıyalar bastılar ve bir karı kocayı öldürdüler". Anlatımın yalınlığı ve katılığı, roman dünyasının olaylarının nasıl bir acımasızlık içereceğini sezinletir. Farklı *iktidar* ilişkileriyle yüz yüze gelecektir okur. Bu coğrafyada insanal ilişkiler, ister istemez, egemen toplumsal kesimlerin, yani eşraf ve mütegallibenin ekonomik gücünden olduğu kadar bu güç sayesinde edinilmiş bireysel gücün baskıcı uygulamalarından da etkilenir. İyi ile kötü arasındaki savaş, bütün bireysel ve rastlantısal görünümlerine rağmen, son kertede, bu iktidar ve sınıf ilişkileri çerçevesinde meydana gelir. Söylemek gerekir: Arabesk şarkının sözlerinde olduğu gibi, "doğarken ölmüştür" Kuyucaklı. Dokuz yaşındayken anası babası eşkıya baskınında öldürülmüş, Kaymakam Salâhattin Bey tarafından evlatlık edinilmiştir. Nazilli'den Edremit'e atanan Salâhattin Bey, Yusuf'u okula gönderir, kızı Muazzez'den ayırt etmez. Ama Yusuf benliğinin derinlerindeki o yetimlik, dahası *evlatlık* duygusunu hiç unutmaz. Alttan alta özgür olmadığını sezinler, yaşamını denetleyen, onda hak sahibi olan başkalarıdır: Salâhattin Bey'dir, fabrikatör Hilmi, avukat Hulusi ve hatta analığı durumundaki Şahinde'dir. İçten içe sevdiği Muazzez'i bile *özgürce* isteyemez, olayların *zorlamasıyla* kaçırınca Salâhattin Bey tarafından evlendirilir onunla. Yusuf, baskısız, eziyetsiz bir dünyayı arzular içten içe, olayların nedenleri üzerinde derinlemesine düşünmemesine rağmen, son kertede *özgür* olmak ve dilediğince davranmak ister. Ama hep bağımlı olduğunu görür, başkalarının gücünü üstünde hisseder. Olup bitenler alabildiğine *rastlantısaldır* ama bu rastlantısallığın altında derin bir *nedensellik* olduğunu sezinler Yusuf. Fabrikatör Hilmi Bey'in oğlu Şakir'i dövüşünde, Ali'nin ve Muazzez'in ölümünde ve işlediği cinayetlerde hep *dillendiremediği* bir şeyler vardır. İçten içe değişmektedir elbet Yusuf, karısı Muazzez'in "boğazına yakın yarasına" diker gözlerini ve "belki yarım saat hiç kıpırdamadan bakar". Ne yazık ki, bu yarım saatlik *bakma/düşünme* süresince aklından geçenleri bilmiyoruz, bilemiyoruz Yusuf'un. Sonra, heybesinden çıkardığı bıçakla toprağı kazar, Muazzez'i yatırır ve üstüne elleriyle toprak atar, gömer onu. Sessizce. Ve "matemini ortaya vurmadan tek başına yüklenir, yeni bir hayata doğru yürür". Ama bu yürüyüş, Hegel'in sözlerini ödünç alarak söylersem *yine* "değişmemiş ve doyuma ulaşılmayacak bir dünyaya" doğrudur besbelli ki. Hiçbir olayda başkalarıyla iletişim kurmamış, kuramamıştır.

İlginçtir: Bir cinayet olayıyla açılan *Kuyucaklı Yusuf* yine bir ölümle, Muazzez'in ölümüyle sona erer. Şu saptama yapılabilir öyküleri ve öteki romanları da göz önünde bulundurularak: Sabahattin Ali'de *ölüm* ağırlıklı bir yer kaplamakta, hem kurtuluş hem direniş imgesi olarak belirmektedir. *Toplumsal duyarsızlığın* açığa çıkarılma aracıdır ölüm. Cinayet karşı kutbunda yer alır onun ama çift değerlidir: Bir yandan onuru kurtarır, öte yandan Ben'i zedeler. Cürüm içten içe kemirir insanı. Yani cinayet, son kertede bir çözüm sağlamaz, aşma'yı sağlamaz. Doğal ölüm, asıl anlam alanını kavramamıza yardım eder. Kuyucaklı iletişime girmediği, konuşmadığı için doğrudan belirleme, saptama yapmaz. Bize sınırı çizen, iletiyi gönderen Muazzez'in ölüsüdür. Suçluyu o işaret eder. Suçlu, dünyayı doyuma ulaşılmayan bir yer haline getiren ekonomik ve toplumsal gücü elinde bulunduran egemenlerdir: Fabrikatör Hilmi, oğlu aylak Şakir, avukat Hulusi'dir. İnsan ilişkileri son kertede toplumsal ilişkilerdir. *Kuyucaklı Yusuf*, bu önermeyi yetkinlikle göz önüne seren ilk yapıtlardan biridir.

Kuyucaklı Yusuf, taşradaki iktidar ilişkilerine değinir, onları görünür kılmaya çalışırken, A. Bezirci, F. Naci ve B. Moran gibi eleştirmecilerin belirttiği gibi sınıf sorununa gereğince değin(e)memekte, açık bir bilinçlenmeye ulaşamamakta, sömürünün ve baskının ekonomik içeriğini yansıtamamaktır. Kuramsal çerçevede, Sabahattin Ali'nin romantik bir söylemin sınırları içinde kaldığı söylenebilir.

Sabahattin Ali, öykücülüğünü ve romancılığını gözlemci gerçekçilikten eleştirel, hatta toplumcu gerçekçiliğe doğru geliştirmiş, bireysel boyutu da korumaya çalışarak yazın yoluyla bilinç oluşturmayı istemiştir. Az sayıdaki kuramsal içerikli sayılabilecek yazılarında ve konuşmalarında şöyle demektedir: "Edebiyat, hatta alel-umum sanat, bence sanatkârın düşündüğü ve duyduğu bir fikrin ve bir hissin ortaya atılması, tamim edilmesi demektir; yani bir nevi propagandadır. Ben hiçbir zaman sanatın maksatsız olduğuna kâni olmadım. Sanatın ve edebiyatın bu manada gelişmesini isterim. (...) Sanatın gayesi de her içtimaî fiil gibi cemiyet olduğuna göre, benim kanaatimce sanat, insana insanı ve hayatı ve bunların manâsını öğretmekle muvazzaftır."

Sabahattin Ali'nin edebiyata ilişkin bu görüşlerinin, zaman zaman biçimsel/biçemsel gedikler açtığı da öne sürülmüştür. V. Günyol örneğin, onun bazı öykülerinin "fıkra" türüne yaklaştığını söylemiştir. Ama Sabahattin Ali okuru edimler, eylemler, istekler ve ayrıntılar düzleminde, daha kapsayıcı bir söyleyişle yaşam pratikleri düzleminde kavramaya yöneldiğinde; yani siyasal/ideolojik inançlarını işe karıştırmayarak düşüncelerden değil imgelerden yola çıktığında, "insan dünyasından çok şey anlamaya" çalıştığında yetkin sanatçılığına kavuşmaktadır. Örneğin, "Yeni Dünya" adlı öyküsünün aynı adlı yaşlanmış oyuncu-şarkıcı fahişesi, kendisini alçaltan ve nesneleştiren erkek dünyasına ilk ve son baş kaldırış anında güzelleşmekte, belki ilk gençliğinde bile ulaşamadığı ölçüde cinselleşmektedir: "Yeni

Dünya'nın incecik vücudu ortada, gerilmiş bir yay gibi hareketsiz duruyor ve bekliyordu. Sazın ilk vuruşlarıyla birlikte bu vücut, kendisinden beklenmeyen bir çeviklikle harekete geçti. Boyalı saçlarını savurup yüzüne dökerek ve başını bir göğsüne bir arkaya atarak, ortada fırıl fırıl dönmeye başladı (...) Kenarda oturan ve dünyanın hiçbir hadisesiyle ilgilenmelerine imkân olmadığını sandıracak kadar ruhları kütleşmiş görünen köylülerin bile yüzünü memnun bir gülümseme kaplamıştı."

Kuyucaklı Yusuf'ta da bütün bir toplumsal arka planı aydınlatan böylesine güçlü betimlemeler vardır. Örneğin Meşrutiyetin ilanıyla gelen düzen değişikliğini, otoritenin kasabaya bile egemen oluşunu şöyle anlatır anlatıcı: "Sokağın başında iki candarma ile genç bir candarma çavuşu belirdi. Hürriyetin ilânından beri oldukça kendilerini gösteren bu devlet kuvvetlerine karşı halk, eski zaptiyelere yaptığı gibi lâubalilik gösteremiyor ve bir tanesi bir yerde görününce herkes işine gücüne gidip üstüne iş açmamayı tercih ediyordu". Yusuf'tan yediği dayağın intikamını almaya ant içmiş olan Şakir, artık Şahinde'nin işret gecelerine katılmaya başlayan Muazzez'in başka kucaklarda oturmasını şöyle betimler: "İçinde bu anda hâkim olan his, Muazzez'e karşı duyduğu istek değil, Yusuf'a karşı duyduğu kindi. Bir kere başkasının olan bu kızı nasıl olsa elinde farzediyor, fakat onun kucaktan kucağa dolaşmasının Yusuf için ne acı bir talih olduğunu düşünerek gülüyordu. İşte, eninde sonunda bu yabanın Yusuf'undan yediği yumruğun acısını çıkarmıştı. Bu kıza bir zamanlar yan bakmasına müsaade edilmemişti ve bugün onu saatlerce hırpalıyor, kucağına alıyordu. Hatta bu kızın ortaya düştüğünü de görecekti."

"Arkasında bıraktığı sahilin gitgide erişilmez olduğunu fark eden" Muazzez'in durumu da şöyle anlatılır: "Şimdi akşamın olmasını, sofranın kurulmasını, yahut bir yere gitmelerini biraz isteyerek bekliyor, rakı kadehlerini daha az yüz buruşturarak içiyor ve koluna gümüş bir bilezik takan bir erkeğin kucağına oturmaktan eskisi kadar nefret etmiyordu."

Son bir örnek de, bir mekân betimlemesinden verilebilir: "Bu serin taşlığın kış yaz en hâkim kokusu bu küf kokusu idi. Bir kenarda üstleri tahta kapaklarla örtülü duran zeytinyağı küplerinden, yukarı kata çıkan merdivenin altından görünen çürük tahta basamaklarından, çivitli duvarlardan, üst üste yığılmış birkaç şilteden ve bahçe kapısının yanındaki tulumbadan mütemadiyen bir küf kokusu fışkırmakta ve yayılmakta idi."

Kuyucaklı Yusuf, aradan geçen zamana rağmen aşınmamış, önemini yitirmemiş bir roman olarak görülüyorsa, bu, hiç kuşkusuz taşraya ilk gerçekçi bakış olması kadar yazınsal niteliklerinin yetkinliğinden de gelmektedir. Onu canlı kılan budur. Tam da bu yüzden, bugün ya da yarın, başka bir Kuyucaklı Yusuf'un "matemini ortaya dökmeden tek başına yüklenip yeni bir hayata doğru yürüyeceği" duygusunu taşıyoruz. Değiştirilemeyen, dönüştürülemeyen bir dünyanın, doyumun hep ertelendiği mevcut dünyanın yazgısı bu olmayı sürdürecek belki de.

Edebiyatın başarısı da bunu duyumsatabilmesinde, mutlu dünya ütopyasını harlandırmasındadır.

Kuyucaklı Yusuf, erdemleri ve kusurlarıyla, bir yetimin, bir evlatlığın öyküsünden insanlık durumuna yükselmeyi başarmış bir yapıt olarak görünüyor hâlâ.

2002